1781

Cecilia Joyce Röski

Poussi

Roman

Hoffmann und Campe

Die Arbeit an diesem Roman wurde gefördert vom
Fritz-Hüser-Institut für Literatur und Kultur der Arbeitswelt.

1. Auflage 2023

www.hoffmann-und-campe.de
Umschlaggestaltung und Illustration: © Anina Takeff
Satz: Pinkuin Satz und Datentechnik, Berlin
Gesetzt aus der Bembo und der Proxima
Druck und Bindung: GGP Media GmbH, Pößneck
Printed in Germany
ISBN 978-3-455-01550-8

HOFFMANN
UND CAMPE

Ein Unternehmen der
GANSKE VERLAGSGRUPPE

Für Eleonore

Ibli

Da steht Kamillentee, der richtig gute ohne Beutel, hochwertig zerlegte Blütenknospen, und Ich (23, süß) hab auch Vanillekipfel in einer Schale angerichtet, damit der Poi den kleinen Hunger stillen kann. Es ist gemütlich so, mit Gardinen an der Wand und Kissen überall, ein kleines Wohnzimmer, Omimis warmer Schoß. Ich habe alles vorbereitet, das gehört sich so im Palast, das machen wir hier so. Unsere Türen stehen für die Pois immer offen. Meine Tür ist auch offen, jeder Poi kann eintreten, Zeit mit mir verbringen, und ich verbringe dann Zeit mit ihm.

Ich liege auf meinem Bett, ich weiß nicht, wie lang schon, aber wichtig ist, dass ich hier liege. Nicht dass jemand in mein Zimmer lugt, und ich bin gerade gar nicht da. Ich bin immer da.

Ich höre den Schritten auf dem Flur zu. Es sind leise Schritte, die nicht auffallen wollen. Sie huscheln vorbei an meiner Tür. Es vergehen Stunden. Ich bin ganz froh eigentlich, dass ich mich jetzt ein bisschen ausruhen kann. Der Tee verdampft, die Schritte werden nicht weniger. Ich fange an zu schwitzen. Eigentlich sollte ich bei dem Empfangskomitee vor der Tür stehen. Da habe ich bessere Chancen. Nett lächeln, vielleicht einen Knicks. Hallo, oh, Poi, tritt ein in mein Wohnzimmer. Auch vorstellen nicht vergessen, wo sind denn meine Manieren? Mein Name ist Ibli, hocherfreut, Gemahl. Nein, Gemahl ist das falsche Wort. Vielleicht Hochwohlerzogen. Süßer. Irgendwie so was. Damit er sich wertgeschätzt fühlt. Hier, noch ein Handkuss, von mir für ihn oder andersherum, wie der Poi es mag.

Es bleibt wer stehen. Er klopft nicht, wozu auch, er sieht ja, dass ich noch niemanden bei mir habe. Komm rein, ich bin bereit, mich mit dir zu beschäftigen. Das habe ich gelernt, das übe ich aus. Mein Kalender öffnet sich für dich, und ich habe heute noch nichts weiter vor.

Er steht da in der Tür und ist ein richtiger, wie sagt man, Adoinis. Jung, ganz reinliche Haut, mit geröteten Wangen, so schaut er mich an. Geh nicht weg. Er steht da und schaut mich an, ich sehe sein Hirn knisteln und knubbeln, er fragt sich: Will ich sie, oder will ich eine andere? Wie lange soll ich noch warten, hätte ich fast gefragt. Seine Augen fallen auf die Köstlichkeiten, die ich vorbereitet habe. Er dreht sich zu mir, der Poi kommt zu mir. Jackpot, juhu, so ein Adoinis; und er ist so zart. Ich sage es immer wieder: Kekse. Kein durchtrainierter Bodi kann es mit herrlichen Vanillekipfeln aufnehmen. Der Poi schließt die Tür, kommt auf mich zu, wellt so zu mir rüber. Es ist eine fließende Bewegung, wie er sich zu mir runterbeugt und mir den Venushügel küsst.

Er sagt: »Süß.«

Und er dreht eine Runde durch den Raum, er muss sich ja erst mal umsehen, mit wem er es zu tun hat. Ein paar Eckdaten, die braucht er schon, ein bisschen Kennenlernen, fürs Vertrauen, um sich richtig fallen lassen zu können. Vor den Gardinen bleibt er stehen, greift in den Stoff.

Er sagt: »Pink macht mich froh.«
»Froh«, sage ich.
Er sagt: »Ich bin immer froh.«
»Immer«, sage ich.
Er sagt: »Obwohl, einmal, ein paar Tage lang, da war ich nicht froh.«
»Unfroh«, sage ich.
Er sagt: »Meine Knuffelmutti ist davor eingeschlafen.«
»Nicht doch, die Knuffelmutti«, sage ich.
Er sagt: »Doch, die Knuffelmutti.«
»Ssssch«, mache ich.

Er dreht sich in die Gardine ein und weint. Nur sein Kopf guckt raus, der kleine süße Schmusekopf.

»Sssch«, mache ich weiter, »ich bin auch ein Schnuppel«, sage ich.

Seine nassen Augen blinzeln mich an, ich denke, oh du meine Güte, dieser Flüssigkeitsverlust, er verliert so viel Salz. Nicht doch, das muss nicht sein. Es waren doch nur die paar Tage, heute ist es Pink. Und ich muss ihn zu mir locken, will er denn ewig in meiner Gardine hängen? Ich bin hier und warte, komm schon her, ich bin da für dich.

Er sagt: »Ich freue mich, dass du mich kennenlernst.«
»Da freust du dich«, sage ich.

Endlich gleitet er aus der Gardine, lässt sie durchweicht hängen und setzt sich neben mich, legt seine Hand ab. Ich streiche mit meinen Fingern über seinen Arm.

Er sagt: »Schnuffelmutti hat mir gern was von Rosamunde vorgelesen.«

»Von Rosamunde, die Schnuffelmutti wieder«, sage ich.

Seine Armhaare stellen sich auf, es ist ein intimer Moment, ich spüre sie: die Magie. Sie umschließt uns. Ich habe ihn in meinen Aurakreis aufgenommen. Meine Aura hat eine warme Farbe, Altrosa. Auf jeden Fall nicht Blau, Blau ist nichts für mich. Blau ist sozusagen verboten. Mit Blau braucht mir niemand zu kommen.

Ich streichle seinen dünnen Rücken, entlang der Wirbelsäule. Er schüttelt sich, ist aufgeladen: Zapf mich an, ja wirklich, nimm dir meine Energie, ich hab viel, von Mami Natur aus. Lad dich auf.

Er macht sich lang und zeigt mir seinen Zipfel, sehnig wie ein Baumstamm, an den er mich drückt, um mich zu knutschen. Jetzt ist die Zeremonie eröffnet, er dreht sich auf den Bauch:

Ich streiche seine Wirbelsäule entlang, zwischen den Schulterblättern umkreise ich einen Wirbel, fahre weiter hoch in den Nacken, greife in sein Flauschehaar. Jeder Zentimeter seiner Haut ist interessant für mich. Ich will überall mindestens einmal gewesen sein, ihn markieren. Dann wissen alle, die an ihm riechen: Sie war da.

Er säuselt: »Du darfst.«

»Ich darf«, säusel ich zurück.

Mein Finger fährt Wirbel für Wirbel hinunter, Hunderte Hauthügel strecken sich mir entgegen, ich erreiche sein Steißbein, fahre ein paar zusätzliche Runden und gleite mit meinem Finger in seinen Po. Ich wühle und pule und höre sein dumpfes Wiehern.

Er ist eingeschlafen, liegt immer noch auf dem Bauch und seufzt. Ich überlege, ihm eine Schlafmütze mit einer flauschigen Bommel aufzusetzen und seine trockenen Lippen einzukremen. Ich liege daneben, völlig benebelt, schwitze ein bisschen, streife meinen Schweiß an seinen Schulterblättern ab. Das hinterlässt eine nasse Spur auf seiner Haut. Ich umschlinge ihn von der Seite, drücke meinen Körper gegen seinen. Bloß nicht zu fest drücken, dann wacht der Kleine auf. Er riecht so süß. Ich zähle die Leberflecken auf seinem Körper, ich komme bis 103. Die anderen liegen verborgen unter ihm. Er quiekt im Schlaf, und unter seinen Lidern rollen die Augenbälle. Wahrscheinlich träumt er, wie ich süß dusche oder süß gucke, wie ich ihn aus meinen süßen Rehäuglein anschmachte.

Bleib doch noch ein Stündchen länger, so einen Adoinis möchte ich nicht gleich ziehen lassen. Wenn dein Geldbeutel mehr hergibt, sollten wir es nutzen. Ich nehme dich huckepack und führe dich durchs Leben, und ich bade dich. Ich seif dich ein, ich seif dich überall ein. Kein Problem, bleib doch noch ein bisschen. Ich fütter dich auch mit Milchreis, öffne deinen Mund, ich schiebe dir Korn für Korn in den Mund, Stunde um Stunde. Du musst es nur wollen.

Am liebsten recherchiere ich mit meiner Nase an seinem Nacken. Seitdem er in meinem Bett liegt, fließen meine Gefühle über seinen Körper und versickern klagend in seinen Poren. Was hab ich denn da bloß gemacht und gedacht? Nein, bitte, er schält sich heraus, raus aus mir. Bitte, sag nicht Tschüssel, wir waren doch gerade erst beim Hi. Er entledigt sich meiner. Sitzt wieder da, als wäre nichts gewesen. Jetzt streckt er sich auch noch, drückt die Schulterblätter nach hinten und dehnt sich. Als wäre es Morgen und Zeit zu gehen. Als würden wir uns gar nicht kennen. Ich engagiere mich, schau her, ich arrangiere mich so sehr.

Er sagt: »Schön, dass du lieb zu mir warst.«

»Schön lieb«, sage ich.

Er steht auf und nimmt sich einen Vanillekipfel. Er isst meinen Vanillekipfel und wurstelt mit seinen Scheinen herum, lässt sie rascheln.

Er sagt: »Zwei Stunden.«

»Trösten kostet extra«, sage ich.

Er sagt: »Wo steht das?«

»Es kostet fünfzig mehr«, sage ich.

Er krümelt mit meinen Keksen auf den Boden, und ich sehe, wie seine Muskeln sich verkrampfen. Er zieht seine Schultern hoch und raschelt weiter mit den Scheinen.

Er sagt: »Hätte ich das gewusst.«

»Hättest du das gewusst«, sage ich.

Er sagt: »Du bereicherst dich an dem Tod meiner Schnuffelmutti.«

»Nein«, sage ich und bemitleide meinen Adoinis mit dem zarten Rücken. Ich kämpfe innerlich mit mir und überlege her und hin, ob ich ihm einen Rabatt geben soll wegen dem Tod seiner Schnuffelmutti. Seine Stirn kräuselt sich, da kommt gleich was, da platzt es gleich. Lass es raus, mein Lieber.

Er schnieft, bleibt tapfer, ich will ihm zum Trost einen Traubenzucker geben und wirklich kein Monster sein.

»Na gut, zwei Stunden«, sage ich.

Das bringt ihn zum Lächeln, er blättert seine Scheine hin und nimmt sich den letzten Keks aus der Schale. Er stopft ihn sich in seinen hübschen Mund und nuschelt, dass ich einen neuen Stammkunden gewonnen hätte.

Als er weg ist, seine Beine in die Hand genommen, riecht es überall nach ihm. Ich habe mich in die Gardine eingedreht und sauge seinen wehmütigen Geruch ein. Seine Tränen sind getrocknet, und ich fühle mich ganz schlapp.

Richtiger lappen

Meine beste Zola (22, temperamentvoll) schreibt mir eine Nachricht. Sie muss gesehen haben, wie er mein Zimmer verlassen hat. Sie steht sicher vor der Tür beim Empfangskomitee.

Stehst du vor der Tür?

Bild gesendet: Adoinis hockt auf
dem Gang und sammelt etwas ein.

Ich kann nicht erkennen, was er einsammelt. Es sieht aus wie Murmeln, aber ich glaube nicht, dass ihm wirklich Murmeln heruntergefallen sind.

Was ist das?

pillen

Video gesendet: Adoinis versucht hektisch, die Pillen wieder in seine Hosentasche zu stecken.

lass das

Richtig peinlicher Typ

Einen kurzen Moment später steht sie in meinem Zimmer, pustet mir einen Kuss zu und schenkt sich einen Kamillentee ein. Er hat sich nicht mal einen wärmenden Tee genommen, nicht mal von innen gewärmt hat er sich.

Zola sitzt auf meinem Sessel, hat die Beine über die Armlehne gelegt.

»Ich dachte, wir lästern jetzt hart über den ab«, sagt Zola.

Ich sag dazu gar nichts, heute will ich keine Witze machen. Ich fühle mich wie eine Lebensretterin und möchte mir das von meiner Zola nicht zerstören lassen. Wie schön wir zusammen ausgesehen haben müssen. Kompatible Körper. Zwei Puzzleteile. Stecker und Dose.

»Ich hab keine Lust«, sage ich.

»Was ist denn los?«, fragt Zola.

»Hab mich lieb«, sage ich.

Zola lässt sich vom Sessel fallen und krabbelt zu mir. Erst kralle ich mich noch im Gardinenstoff fest, aber sie wickelt mich gnadenlos aus.

»Ich hab dich doch lieb«, sagt Zola.

»Das war ein Hübscher, ein richtig astreiner Bodi«, sage ich.

Sie greift in meine Haare und zieht mich zu sich, legt meinen Kopf auf ihrem Brustkorb ab. Ich höre ihr Herz arbeiten, es arbeitet vor sich hin, und ich liege hier bei Zola, meinem Liebling. Halt mich fest, ich muss mich ausruhen.

Zola reißt die Gardine von der Stange, und wir wickeln uns gemeinsam ein. Sie hält mich, und ich halte sie. Wir hören dem Herzen der anderen zu, und wir überschreiben den Duft des Pois mit unserem, wir dünsten ihn weg, bis ich loslassen kann.

Ich weiß gar nicht mehr, wie es war, als er da war. Was habe ich da empfunden? Fühlte es sich üblich an, dass er da war? Ich weiß doch gar nicht mehr, wie er aussah. Seine Gestalt verschwimmt in meiner Erinnerung zu einer hautfarbenen Gummifigur, deren Gliedmaßen ich nicht brechen kann.

»Er war niedlich«, sage ich.

»Nicht er, sondern seine Frisur.«

»Ja, die war auch hübsch.«

»Ich kann mal anfangen, diese Frisuren hier auf dem Flur zu zählen. Heute wäre ich bestimmt schon auf zwanzig gekommen.«

»Er hat mir von seiner Mutti erzählt.«

»Was ist mit der?«

»Die ist tot.«

»Hm, ja, aber es macht ihn nicht hübsch, dass seine Mutti tot ist.«

»Ein bisschen schon, irgendwie. Als er mir das erzählt hat, war er so zerbrechlich, da tat er mir ganz leid.«

»Hat er denn wenigstens ordentlich Trinkgeld gegeben?«
Ich gucke weg, wechsel das Thema.
»Wer ist denn eigentlich gerade bei dir?«, frage ich.
»Keine Ahnung, wie der heißt.«
»Magst du ihn?«
»Ich mochte andere lieber.«

Ich werde ganz schläfrig, seit Tagen bin ich so müde, wenn ein Poi da war. Meine Augenlider zittern, wollen runter, ich seufze, es ist doch erst mitten am Tag. Zola dreht meinen Kopf in ihre Richtung, zieht meine Augenlider nach oben und sagt: »Ich mache uns einen Kaffee.«

Wir bewegen uns rüber zu Zolas Zimmer. Sie stützt mich. Die Energie hat mich nach all dem Trösten verlassen, ich bin so schwach. Die Puddingflut verteilt sich in meinen Gliedmaßen, selbst mein Kopf ist voll Dickflüssigkeit. Ich bin leicht wie ein Krümel, fühle mich aber so schwer wie eine Milchkuh. Zola setzt mich vor ihrer Tür ab. Meine nackten Füße sinken in den Plüschteppich. Die Fäden drücken sich zwischen meinen Zehen hoch.

»Ich hab ihn eingeschlossen«, sagt Zola.

Sie lacht ihr nach innen atmendes Lachen. Neugierige Köpfe schauen aus den anderen Türen. Sie mögen Zola, alle mögen Zola. Wenn sie im Gang steht, gibt es immer etwas zu sehen.

Ich gehe auf die Knie und gucke durch das Schlüsselloch, und da liegt er, bei Zolinchen im Bett, hat die Beine überschlagen und die Arme hinter dem Kopf verschränkt. Sie hat ihn einfach eingeschlossen, und er guckt Fernsehen, zappt sich durch die Programme. Der Poi ist mittelalt und trägt eine Arbeitshose mit praktischen Taschen an der Seite. Er liegt mit dieser Arbeitshose in Zolas Bett und schaut Fernsehen. Umzüge Rainer steht auf seiner Jacke, die über einem Stuhl hängt.

Zola lacht weiter.

»Das ist doch gemein«, sage ich, »der Arme.«

»Der hat das nicht mal gemerkt«, sagt Zola, »der denkt, ich hole Snacks.«

Ich will gehen und versuche aufzustehen, aber sie drückt mich runter.

»Sei nicht so 'ne Tussi«, sagt Zola.

Sie klopft an ihre Tür, ich sehe, wie der mittelalte Poi seinen Kopf in unsere Richtung dreht. Zola klopft noch mal.

Er fragt: »Ja?«

Zola klopft noch mal, er steht auf, knöpft sich seine Hose zu und tapst in meine Richtung. Ich weiche ein bisschen zurück. Zola gibt mir einen Kuss auf den Kopf und geht einfach weg.

Er fragt: »Zola?«, und ich glaube, dass er seine Hand auf den Griff legt, er zieht, dann ruckelt es. Er zerrt und klopft, fängt an, gegen die Tür zu hämmern. Er schnauft.

Er ächzt: »Lass mich raus!«

Ich rieche ihn durch das Schlüsselloch, rieche sein Afterschejf, es kribbelt in meiner Nase.

»Hallo?«, sage ich.

Er hört auf zu klopfen.

Er fragt: »Hallo?«

»Du bist sicher«, sage ich.

Er fragt: »Wer ist da?«

»Entspann dich«, sage ich.

Er fragt: »Wieso ist abgeschlossen? Wo ist Zola?«

»Pssscht«, mache ich, »alles wird gut.«

Er atmet hinter der Tür, setzt sich hin.

Er flüstert: »Wann darf ich wieder raus?«

»Wenn du keine Fragen mehr stellst«, flüstere ich zurück in das Schlüsselloch.

Ich streiche mit meiner Hand die Tür entlang, tipple mit den Fingerspitzen gegen den Lack.

Zola lässt sich neben mich auf den Boden gleiten, sie hat zwei Tassen dampfenden Kaffee in den Händen. Erst schüttle ich den Kopf, als sie mir eine Tasse hinhält. Da ist nicht genug in meinem Magen, um einen Kaffee drüberzukippen. Andererseits ist die neue Maschine in unserer Küche wirklich gut. Um uns zufriedenzustellen, hat Kala (43, reif) aufgerüstet. Wieso? Wir haben doch eine neue Kaffeemaschine und einen Schokoriegelautomaten mit riesiger Auswahl. Wieso beschwert ihr euch?

Ich nippe an dem braunen Sud, damit Zola nicht umsonst Treppen gestiegen ist.

»Was macht der?«, flüstert sie mir zu.

Ich schaue wieder in das Schlüsselloch und sehe sein Auge, wie es mich anstarrt, ich halte schnell meine Hand davor.

»Er wartet«, flüstere ich und schlürfe. Ich merke, wie die heiße Flüssigkeit meine Speiseröhre hinunterfällt.

»Sehr gut«, sagt Zola.

Sie zieht mir ihre Socken an, über meine kalten, nackten Füße. Sie drückt noch ein bisschen rein, in meinem Fuß fließt ja immer was nicht richtig. Weil ich meine Füße so selten benutze, funktionieren die nicht mehr so. Ich kraule ihr Knie, das unter der Hose liegt.

Zwölf Jahre früher
Lackschuh

Lackschuh saß auf seinem Hocker vor dem Automaten im Nebenraum des Café Keese. Es war sein Hocker, weil nur er dort sitzen durfte und sonst niemand. An seinen Fingern hingen noch die Salzreste von den Erdnüssen, die er sich eben in den Mund geworfen hatte. Sein Mittagessen, vielleicht auch das Abendessen. Er knetete mit seinen salzigen Fingern das leere Stoffsäckchen, das auf seinem Schoß lag, in dem er hundert Münzen aufbewahrt hatte, strich es glatt, faltete es einmal, faltete es ein weiteres Mal und legte es vorsichtig neben dem bunten Bildschirm des Automaten ab.

Eine weitere Münze würde ihm schon reichen, nur noch ein Mal, dann wäre Schluss für heute. Danach könnte er sich strecken, alle Glieder ausschütteln, mal seine Frau Lore anrufen, fragen, wie es läuft, ob sie es warm genug hat, versprechen, dass er bald zu ihr rausfahren, ihr ein Hühnersüppchen zubereiten würde. Er war nur eine Münze davon entfernt.

Bunte Meerestiere huschten über den Bildschirm, und er dachte an Lores Ohren, an denen schon lange keine Ohrringe mehr hingen. Der eine Schlangenledergürtel aus

Marokko war auch schon im Pfandleihhaus verschwunden, aber er erinnerte sich an ein goldenes Fußkettchen, das er ihr mal zum Hochzeitstag geschenkt hatte, von seinem ersten Lohn im Nachtclub Top Ten. Dafür hatte sie sich besonders fest an seine Brust gedrückt und ihm kleine Küsse auf das Hemd gegeben. Seitdem aber Krampfadern begonnen haben, ihre Beine entlangzukriechen, hatte er weder ihre Knöchel noch das Kettchen je wieder gesehen. Vielleicht lag es noch in einem der Kästchen unter ihrem Bett.

Die türkisen Delfine auf dem Bildschirm lachten ihn mit ihren Glupschaugen an, lockten ihn mit ihren geschwungenen Flossen. Komm, komm. Sie fragten nach ihm, stupsten ihn mit ihren glänzenden Schnäbeln an, wollten ihn umgarnen.

»Es wird bald Herbst«, trällerte ein Delfin.

»Da bin ich geboren«, sagte er, »im Herbst.«

»Die meisten Präsidenten wurden im Oktober geboren.«

»Bobby hat im Oktober Geburtstag«, sagte er.

»She's crazy like a fool.«

»Ich hab Bobby mal im Flugzeug getroffen«, sagte er.

»What about it, Daddy Cool?«, quietschte der Delfin.

»Und ganz viele Fotos gemacht, Bobby mit Lore, ich mit Bobby, Lore, Bobby, eine Frau mit Hut und ich. Doch zu Hause ist mir aufgefallen, dass kein Film in der Kamera ist. Das hat mir dann natürlich niemand geglaubt.«

»She loves her daddy«, sang der Delfin weiter.

»Ich hab keine Beweise, dass ich mit Bobby im Flugzeug saß«, sagte er.

»Daddy, Daddy Cool, Daddy, Daddy Cool, Daddy, Daddy Cool, Daddy, Daddy Cool, Daddy, Daddy Cool.«

»Bitte nicht singen.«

Die Musik klatschte dudelnd in sein Gesicht, und er schlug so doll mit der einen Seite seiner Faust gegen den Bildschirm, dass die Stelle brannte.

Er hörte Barfrau Donka drüben etwas rufen, konnte aber nicht hören, was genau. Sie unterhielt sich sicherlich mit dieser alten Frau, die manchmal nach Seifenresten fragte und schwer hörte.

Lackschuh nahm seinen Schlüssel und ritzte einmal über das Gesicht eines Delfins, das ihn kurz darauf schon wieder an einer anderen Stelle anlächelte.

Wenn die Frau Seifenreste aus ganz Grindelsta sammelte, könnte es sein, dass sie das größte Stück Seife in ihrer Wohnung lagerte, das die Menschheit je gesehen hatte. Ein Monstrum, das jeden Tag einen neuen Rest an die Seite geklebt bekam.

Mit den Handflächen klopfte er sein Gesicht ab. Irgendwie musste er wach werden, seinen Körper aktivieren. Am nächsten Tag musste er wieder mit dem Taxi los, bis dahin wollte er noch eine Münze in den Automaten gleiten lassen, doch wirklich nur eine.

Er ließ sich vom Hocker nach hinten fallen und landete auf seinem Rücken. Der Schmerz tat gut, und er meinte, dass sich durch den Aufprall einige Verspannungen gelöst hatten. Er bekam einen dicken Kopf in diesem stickigen Raum. Warum war niemand auf die Idee gekommen, hier ein Fenster einzubauen?

Donka schaute ihn an. Sie stand im Hauptraum hinter der Theke neben ihrem ausgestopften Affen, aus dessen aufgerissenem Maul die scharfen Zähne ragten. Lackschuh kam nicht auf die Namen der drei Frauen, die auf den Zebrahockern vor der Theke saßen und ein Musikvideo im Fernseher ansahen. Der eine Name fing mit F an, aber er erinnerte sich immer nur an ihn, wenn er ihr gerade nicht gegenüberstand.

Als er an den beiden Frauen und F vorbeiging, strich er zur Begrüßung über ihre Schultern. Sie lächelten und drückten sich gegen seine Hand.

»Deine Mikta hat eben angerufen«, sagte Donka, »ich bin hier nicht die Tippse, ne!«

Sie lächelte Lackschuh mit ihren verfärbten Zähnen an, die er so charmant fand.

»Hat sie gesagt, was sie wollte?«, fragte er und holte sein Handy aus der Tasche, stellte fest, dass es ausgeschaltet war.

»Das weiß ich nicht, hab nicht wirklich zugehört, ich bin doch nicht die Auskunft.«

Sie drehte sich zum Fernseher.

Lackschuh lehnte sich über die Theke, griff nach dem Telefon und tippte Miktas Nummer ein, dabei sah er dem Affen in die kleinen schwarzen Augen. Nach dem ersten Klingeln sprang die Mailbox an, und er versuchte es noch zweimal, aber Mikta drückte ihn immer weg. Was war denn jetzt schon wieder? Er legte den Hörer schließlich auf, ignorierte Donkas genervten Blick und ging zur Toilette.

Es roch nach frisch verlegten Fliesen, und Donkas neuster Stolz strahlte aus der hinteren Ecke des Raumes: eine Kombination aus Toilette und Bidet. Lackschuh konnte mit dem Ding nichts anfangen, hatte aber auch nicht vor, Donka zu kritisieren. Sie hat sich lange über das alte grüne Bad beschwert, das ihr Vater in den Siebzigern hatte einbauen lassen. Das sieht aus wie bei Oma, hatte sie gesagt, aber niemand außer ihr hatte sich daran gestört. Donka wusste schon, was sie tat. Sie wollte die Bar bis an ihr Lebensende führen, da musste sie mit der Zeit gehen.

Er zog seine Hose runter, setzte sich auf die Klobrille und kniff die Augen zusammen. Der Sitz begann sich zu drehen. Er stand wieder auf und schaute auf das kleine Teil unter dem Spülkasten, das den Sitz offenbar reinigte. Es dauerte ewig, die Brille drehte sich mindestens dreimal. Wenigstens roch es durch das Putzmittel weniger nach Klo. Er hatte vorher nie darüber nachgedacht, aber solche speziellen Toiletten mochte er einfach nicht. Er mochte normale Toiletten, die normal funktionierten.

Er erinnerte sich an die Stehtoilette an der Raststätte in Frankreich, auf dem Weg von Cannes nach Nizza. Er war ausgerutscht und hatte nach Lore gerufen. Sie hatte ihm eine neue Hose bringen müssen. Danach wollte er nie wieder nach Frankreich.

Der Wasserstrahl kam überraschend und traf beeindruckend genau, spülte etwa zehn Sekunden lang von unten. Er schüttelte ab und klappte vorsichtshalber den Deckel runter. Am Wasserhahn begann er, sich das Gesicht und den Nacken zu waschen, er spülte seinen Mund aus und trocknete sich schließlich mit seinem Ärmel ab.

Er sah Mikta an der Theke stehen, streckte seine Brust raus und lächelte Ibli an, die neben Mikta auf einem Barhocker saß. Er ging zu Mikta, nahm ihr Gesicht in seine Hände und drückte ihr einen Kuss auf den Mund, damit er ihr einen Schritt voraus war. Dabei zappelte sie, sodass ihre Lederjacke quietschte. Sein Kopf dröhnte etwas, aber das kalte Wasser hatte ihn wach werden lassen.

»Du kannst dich ma gehackt legen«, sagte Mikta, spuckte auf den Boden und zerrte Ibli von dem Barhocker neben sich runter. Mikta packte sie an den Schultern und drückte sie gegen Lackschuhs Bauch.

»Darf ich vorstellen: deine Tochter. Deine Tochter hatte gestern ihren ersten Tag in der neuen Schule an der Glanze. Ich bin vom Palast direkt dahin, aber irgendwie warst du nicht da?«

»Ach Kacke«, sagte Lackschuh, »das hab ich vergessen.«

»Weil ich dir scheißegal bin.«

Ihre Stimme überschlug sich. Lackschuh schaute zu Donka, die ihre Augenbrauen hochzog. Er hörte eine der Frauen leise hüsteln.

»Hab dich mal nicht so, du weißt doch, wie er ist. Immer am Rumtingeln. Und trotzdem ein toller Papa«, sagte Donka und schob Ibli einen Möhrensaft über die Theke, den sie sich mit zugehaltener Nase in den Mund kippte.

»Sei froh, dass du einen mit so einem Knackpo hast«, sagte F.

»Ja, und wer hat in dem Alter schon noch so volle Haare?«, meinte eine andere.

»Leckt mich!«, schrie Mikta.

Er sah nur noch, wie sie mit dem Bein ausholte und ihm mit ihrem Stiefel gegen das Schienbein trat. Der Duft ihres Shampoos wehte ihm ins Gesicht, als sie vor die Tür stürmte. Als er den Geruch tief einatmete, zog es in seinem Becken.

»Du hast die Schule doch absichtlich geschwänzt.«

Neben ihm lehnte sich eine der Frauen zu Ibli und legte ihre Hand auf ihre. Lackschuh rieb sich sein Schienbein.

»Klar«, antwortete sie, »bringt doch keinen Spaß da. Ihr schwänzt ja auch die Arbeit.«

»Recht hat sie«, sagte F und lachte, »Spaß bringt das alles nicht.«

Ibli lachte mit und stieß den Affen mit dem Ellenbogen an, sodass er zur Seite fiel. Sie brachte ihn wieder in Position und strich über seinen Rücken.

»Ach, Harry!«, sagt Ibli zu dem Affen, der ein bisschen auf dem Untergrund wackelte, während Ibli ihn streichelte. Donka stöhnte.

»Niemand heißt hier Harry, das ist ein Affe und nicht der Kaiser von China«, sagte sie.

»Du meinst, von Schottland«, sagte eine der Frauen.

»Sag ich doch.«

»Ihr meint den Prinzen«, sagte Ibli.

»Jedenfalls bleibt Affe Affe«, sagte Donka.

»Sie kann den Affen nennen, wie sie will. Man kann einen Harry ja auch Affe nennen«, sagte Lackschuh und beschloss, Mikta noch einmal anzurufen.

»Lass die mal«, sagte Donka, als er ihre Nummer wählte, »die ist zu zickig jetzt.«

Von der Mailbox ließ er sich nicht abhalten, Mikta so lange anzurufen, bis sie entweder ihr Handy ausstellen oder mit ihm sprechen würde. Er blieb hartnäckig, so wie sie es wollte. Nach zwölfmal Anrufen und Wegdrücken klickte es schließlich doch. Sie atmete nur schwer in den Hörer.

»Du weißt doch, dass ich das nicht mit Absicht mache«, sagte er und lächelte.

»Halt die Fresse, halt deine dumme Fresse«, antwortete Mikta.

»Das passiert, wenn der Lude einen auf Familie macht«, hörte er Donka den Frauen zuflüstern.

»Jetzt regel dich mal runter«, sagte er etwas lauter.

»Guck mal aus dem Fenster«, sagte Mikta.

Sie stand an der Scheibe und zeigte ihm ihren nackten Hintern. Er biss sich auf die Lippe. Sie hielt ihm den Mittelfinger hin und grinste ihn an.

»Ave Maria«, flüsterte er.

Lackschuh griff Iblis Arm, zog sie vom Hocker neben sich und strich ihr die Haare hinters Ohr.

»Geht's dir gut?«, fragte er, nahm sie fest in den Arm und drückte seinen Mund gegen ihren Kopf und hielt ihr den Hörer hin.

»War doch nicht schlimm, oder? Morgen fahr ich dich hin«, sagte er zu ihr. Sie schaute ihn an und verzog das Gesicht.

»Ich will nicht«, sagte Ibli. Aber er drückte ihr den Hörer trotzdem ans Ohr.

»War nicht schlimm, er fährt mich dann morgen«, sagte sie ruhig zu Mikta.

»Geh weg vom Telefon, gib ihn mir«, hörte er Mikta durch das Telefon sagen.

»Oh, Mann«, krächzte Ibli und drückte sich an Lackschuhs Brust.

»Ist schon gut, du kannst ja nichts dafür, aber jetzt gib ihn mir mal.«

»Jaja, okay.«

Ibli gab Lackschuh den Hörer zurück und begann, ihren Rucksack auszupacken.

»Oje«, sagte Donka und verschwand in dem Raum hinter der Bar. Lackschuh beobachtete Mikta, wie sie ihre Hose mit dem Handy in der Hand wieder hochzog.

»Nein, nicht!«, sagte er und legte den Hörer auf. Er rieb sich einmal durchs Gesicht, leckte sich über Ober-

und Unterlippe und joggte zu Mikta vor die Tür. Es war kühl.

»Du liebst mich nämlich überhaupt nicht«, sagte Mikta zu ihm. Er legte seine Hand auf ihre Hüfte.

»Oh doch«, hauchte er gegen ihre Wange, »seit dreißig Jahren jeden Tag ein bisschen mehr.«

»Seit einunddreißig«, sagte sie leise.

Er saugte an ihrer Oberlippe, die von der Aufregung ganz trocken war, und leckte über ihre Zunge. Dabei kam ihm sein Mund sehr pelzig vor, aber das würde sie nicht bemerken. Sie bohrte ihre Fingernägel in seine Schulter, und eine Träne lief in ihre Münder hinein. Ohne sie würde er sich vermutlich nicht mehr als lebendiges Wesen begreifen.

»Hast du noch zwei Euro?«, flüsterte er ihr ins Ohr.

Lackschuh atmete tief ein und aus, ließ die Sinneseindrücke auf sich wirken: roch, schmeckte, hörte, fühlte. Und ließ los, verdrängte seine Gedanken und Gefühle nicht, aber hielt sich auch nicht daran fest. Er ließ sie einfach wie Wolken vorbeiziehen. Er setzte sich gerade hin, richtete den Kopf nach vorn, legte den Finger auf den Startknopf. Die bunten Farben vor seinen Augen vermischten sich zu einer völlig neuen Farbe, die in seinen Kopf zog und sich dort langsam ausbreitete, um weitere neue Farben zu produzieren. Er hatte die Delfine vermisst, die von dem Bildschirm durch seine Augen in das Farbenmeer in seinen Kopf sprangen. Es waren strahlend blaue Delfine mit freundlichen Augen und lachendem Gesicht, die für zwei Euro zu Freunden wurden. Es ging ihm nicht bloß ums Gewinnen, es ging darum, den Delfinen nahe zu sein, sie wackeln zu sehen, wie sie lachten mit ihren großen Augen und ihrem geschmeidigen Körper.

Er spielte auf allen neun Gewinnlinien, wartete auf den Joker: den Delfin. Die fünf Walzen schleuderten die Symbole des Meeres über den Bildschirm: Seepferdchen, Rochen, bunte Fische und die Muscheln. Sie luden ihn ein in ihre Unterwasserwelt. Er drückte den Startknopf, die zwei Euro flackerten vor sich hin. Nichts. Er drückte noch viermal, bis endlich die Musik klimperte. Drei Muscheln, die ihm zu seinen fünfzehn Freispielen applaudierten, indem sie ihre Mäuler auf- und zuklappten.

Ibli stand dicht neben ihm, legte ihren Arm auf seine Schulter und verfolgte sein Spiel.

»Willst du was essen?«, fragte Ibli nach einer Weile. Die Delfine meinten es heute endlich gut mit ihm, sie füllten die Reihen auf, schwangen ihre Flosse neben zwei Seepferdchen.

Er nahm Iblis Stimme nicht als solche wahr, sondern eher wie eine giftige Schlange, die sich in sein Hirn zu schlängeln versuchte, um ihn zu beißen. Sein ganzer Körper wehrte sich, die Informationen, die sie ihm geben wollte, zu verarbeiten oder ihnen Einlass zu gewähren. Und doch drängte sein Hirn, irgendetwas zu antworten, um sie zum Schweigen zu bringen.

»Ja genau«, nuschelte er.

Er atmete tief ein und aus, überlegte, ob er seinen Gewinn in einer Blitzspielrunde verdoppeln sollte. Er räumte seine Gedanken in Schubladen ein, schloss die Augen, um seinen Körper unter Kontrolle zu bringen. Er stand bei hundert Euro dreißig im Plus. Eine gute Grundlage, um weiterzumachen, aber mehr als zweihundert Euro waren auch verlockend. Das würde nur klappen, wenn er konzentriert vorging, keinen Fehler machte. Er versuchte mit seinem Körper eine perfekte Neunzig-Grad-Treppe zu bauen, indem er seinen Rücken durchstreckte und seine Beine gerade aufstellte. Seine linke Hand musste das Gleiche tun wie seine rechte, auch wenn sie keinen Knopf bediente. Die Finger mussten sich synchron auf den Knopf legen, während er ausatmete. Es kam nur auf ihn an.

Und er durfte an nichts anderes denken als sein Ziel: den doppelten Gewinn. Er hatte die Erfahrung gemacht, dass, wenn seine Gedanken abschweiften, er bloß verlieren würde. Sein Kopf war frei und würde sich für den Erfolg öffnen. Mit dem Ausatmen drückte er auf Risiko, dann auf Start und schaute schnell an die Decke. Er durfte die Ergebnisse nicht mit seinen Blicken verfälschen. Alles in ihm sehnte sich den Delfingesang herbei, der erklingen würde, wenn er gewinnen würde. Er war bereit, total bereit, hatte alles bedacht, was zu bedenken war.

Während er wartete, glaubte er, dass sein Herz aufhörte zu schlagen, dass Blutfluss und Lunge stillhielten, bis Gewissheit da war. Er durfte sich nicht erlauben zu zweifeln, er musste von dem Gewinn ausgehen, die Musik schon hören, damit er gewinnen würde. Seine Gedanken machten einen Zeitsprung, sie ließen die Delfine bereits für ihn tanzen, für ihn singen, in naher Zukunft kletterten die Zahlen bereits auf den doppelten Wert. Er fühlte, dass sich sein Kopf weitete, sein Puls hochging, ihm ein bisschen schwindelig wurde. Er konnte alles erreichen, was er sich vorstellte.

Das traurige Seufzen der Delfine zog ihn aus seinem Glücksstrudel. Die Zahlen liefen rückwärts, bis sie auf null standen. *Schade* stand in der Sprechblase neben einem Delfin. Seine Augen starrten erst auf die Kulleraugen, aus denen einzelne Tränen fielen, um seinen Verlust zu betrauern, dann auf die flackernde Null. Seine Hand krallte sich am Knopf fest, sein Blut floss, überflutete ihn. Sein Körper fühlte sich wie ein großer Blutball an, der bald platzen würde.

Ich zerschlag euch die Fressen, wollte er schreien, zerschneide eure blöden Delfinkörper, und dann mach ich euer Zuhause kaputt, zertrümmer die Muscheln. Ich hack alles kurz und klein, aber er konnte sich kaum bewegen, seinen Mund würde er nicht aufbekommen. So setzte sich der Schrei in ihm fest, bequem in seinem Gaumen.

Erst nach ein paar Minuten war er wieder beruhigt, presste die Hand gegen seinen Brustkorb und sagte sich, dass er die dreihundert Euro Verlust beim nächsten Mal wieder einspielen würde, es musste bloß eine neue Strategie her.

Neben sich sah er Ibli mit einem gestreiften Kissen unter dem Kopf auf dem Boden liegen und schlafen. In ihrer Hand glänzte ein angebissener Dürüm. Als er sich hinter sie legte und ihr einen Kuss auf das Haar gab, merkte er, wie müde er war. Sein Kopf sank in das Kissen, die Augenlider fielen zu.

Ibli

Ich lasse ihn saugen, obwohl kaum Staub liegt, und beobachte ihn dabei. Das sollte ich natürlich nicht, weil das ja niemand sexi findet, wie ich da auf dem Boden hocke und beobachte, wie mein Sauger seine Runden dreht. Wenn die Tür zu ist, trauen sich weniger Pois hinein, hin und wieder taucht schon mal ein Schädelchen auf, und da leg ich mich dann schnell auf die Seite wie eine Meerjungfrau aufm Stein, lasse meinen Unterkiefer locker hängen und schaue nach oben an die Decke. Komm her, ja, das hast du richtig erkannt, ich bin hübsch und still, mysteriös ohne Ende. Willst du mich entschlüsseln? Nein, ich bin verschlossen für dich.

Die Schädelchen verschwinden trotzdem wieder, sagen nicht mal »Hallo, wie geht's«, sie zeigen nicht mal ihre Zähnchen. Ich wünsch mir ja, dass sie Jesus Mariah Cryst oder Halleluja rufen und sich in die Faust beißen, weil sie einfach nicht anders können, weil, wenn ich hier liege, sich niemand mehr beherrschen kann.

Du saugst und saugst, ohne daran zu denken, ob das jetzt sinnvoll ist. Ich möchte dich streicheln wie einen Hund, dabei weiß ich doch, dass du kein Hund bist. Es ist sogar gut, dass du keiner bist. Um etwas mit Herz würde ich mich zum Zerreißen sorgen.

Ich muss an Bebis denken, weil die auch so klein und unbeholfen sind. Sein Blinken ist für mich wie ein Giggeln. Seine Oberfläche ist von einer leichten Staubschicht bedeckt, die er natürlich nicht wegsaugen kann, und darüber muss ich irgendwie lachen. Was freue ich mich so sehr über dich?

Als er an mir vorbeituckert, wische ich mit der Hand über ihn, um den Staub abzutragen, aber auch, um ihn einfach zu berühren. Er wird so lange saugen, wie ich möchte, und das gibt mir Hoffnung für alles. Ich öffne die Tür zu meinem Klo und sage Hopphopp zu meinem Fusselfranz, aber er kann mich nicht hören. Lieber fährt er die fünfhundertsechzigste Runde unter meinem Bett hindurch.

Mit einem Sensor kann er erkennen, wenn etwas im Weg steht, zum Beispiel die Zimmerwand. Doch mich erkennt er nicht als Gegenstand, und deswegen ist er vor ein paar Tagen voll gegen mein Bein gefahren, und ich dachte, oh, Mann, da hab ich einen hässlichen Fleck, und wollte ihn ausschalten, in den Schrank sperren. Sein schnelles Blinken habe ich dann aber schon als Reue verstanden und gleich ein schlechtes Gewissen bekommen. Schon gut, schon gut, hab ich ihm gesagt.

Noa (32, liebevoll) hat gemeint: »Der ist scheiße. Der macht eher alles dreckig als sauber«, und ich möchte wirklich nicht, dass das mal jemand über mich sagt. Aus Mitleid hab ich ihn Noa abgenommen. Adoptieren ist Quatschel, klar, aber es ist schön, sich um etwas Lebloses zu kümmern, das sich bewegt.

Ich nehme ihn hoch und trage ihn zum Bad, wobei er wieder blinkt. Er saugt durch die Luft, und das finde ich gar nicht so dumm, weil auch Staub in der Luft liegt.

Ich setze ihn auf den Fliesen ab. In meine nackten Füße zieht die Kälte hoch, ich springe wieder auf den Teppich und beobachte ihn von der Tür aus. Er fährt im Kreis und blinkt, da könnte ich stundenlang zugucken, wie er Zentimeter für Zentimeter abarbeitet, mein Kleiner. Er schleppt dabei meine langen braunen Haare hinter sich her, die vorher auf den Fliesen gelegen haben. Kala findet das sicherlich nicht fein von mir, aber ich meine, was findet Kala denn fein an mir? Ich soll selbstbewusst sein, sagt sie mir, mit Freude an der Sache die Brust herausstrecken und immer laut und deutlich reden. Immerhin lobt sie mein sauberes Zimmer, seitdem ich mein saugendes Bebi habe.

Ich springe einmal auf die Fliesen, nehme schnell die Bürste und springe wieder zurück. Die Haare zwischen den Borsten ziehe ich heraus und werfe sie von der Tür in den Weg meines Saugers.

Bald hast du eine richtige Frise, und die kämme ich dir dann täglich und mach dir Haarmasken und steile sie dir.

Jetzt piept er, weil er zwischen Klo und Boden hängen geblieben ist. Er piept wie eine Bombe, und ich fände es schade, wenn mein Bebi explodieren würde. Ich krieche zu ihm, bemerke, wie die Kälte der Fliesen über meine Knie in die Oberschenkel strahlt. Als ich an ihm ziehe, schlackern meine Arme wie alte Seile. Es macht plopp, ich falle auf den Pöps. Er blinkt und dankt mir für meinen Einsatz. Was wäre nur gewesen, wenn ich dich alleine gelassen hätte, sage ich zu ihm oder er zu mir. Ich setze ihn zurück auf den Teppich. Er fährt pflichtbewusst los, und da muss ich fast weinen, wie fein er sich entwickelt hat. Sie werden so schnell pflügge.

Ich lasse ihn durch die Tür in den Flur, habe aber auch gleich Angst, dass er geklaut wird oder jemand gegen ihn tritt. Ich strecke den Kopf durch den Türrahmen in den Flur, mein Hals hält ihn am Faden, mein Kopf schwebt, so leicht ist er; bloß mit Luft und etwas Staub gefüllt. Vielleicht spricht mich ein Poi an, wenn ich schon hier stehe wie eingepackt und nicht verschenkt.

Im Flur haben sich ein paar platziert, die warten. Kaschir ist dabei, Kaschir, den ich so nett und lustig finde. Ich will die Tür eigentlich gleich wieder zuhauen, aber nicht um rotzig zu sein, sondern weil ich heute nicht süß aussehe. Soll ich, soll ich nicht? Kaschirs Stimme ist so weich, als könnte er für alles Verständnis aufbringen. Wer ihn ins Zimmer locken kann, hat großes Glück.

Ich kann heute ein solides Hohlkreuz machen, das ist schön, aber ich hab mich heute auch gehen lassen. Die Haare glänzen überhaupt nicht, sie sind gar nicht geschmeidig. Ich reibe mit dem Zeigefinger über meine Kopfhaut, rieche dran: Parfüm, ein bisschen nach Talg, ist schon okay. Kopf nach vorne, einmal Haare durchschütteln und mit einem Schwung nach hinten. Kurz ist mir schwarz vor den Augen, aber dann stelle ich mich wieder an die Tür, vor die Schwelle, als Teil des Empfangskomitees, so, dass jeder Poi sieht, wie selbstsicher ich hier meinem Beruf nachgehe. Ich schaue nach meinem Sauger, der am Rand entlangfährt, und hoffe, dass er zu mir zurückkommen wird.

»Ich geh den Gang rechts runter und Kaschir links, ihr beide könnt hier stehen bleiben und auf uns warten«, sagt einer der Pois. Er hat eine auffallend tiefe Stimme, die mich an ein Donnerwetter erinnert.

»Ich würde lieber im Kreis stehen bleiben«, antwortet ein anderer mit einer kratzigen Stimme, der wohl schüchtern ist.

»Ich auch«, sagt Kaschir und legt seine Arme jeweils um die Schultern seiner Nebenpois. Die finden das aber gar nicht witzig, verziehen keine Miene, sondern schütteln seine Arme wieder ab.

Die Vroni (28, cool) sitzt mir gegenüber vor ihrer Tür und zieht einen durch. Sie lacht lautlos über Kaschir. Die ruhige Vroni, ich hab sie gern. Neben ihr die Schnittchen, die sie nur Ausgewählten anbietet. Niemals den Pois, nur sie und ihre Liebsten dürfen die Schnittchen essen. Ihr Kind

Kuffi liegt mit dem Minikopf auf den Schnittchen und zappelt mit den wurstigen Beinen. Ich zieh meine Mundwinkel auch nach hinten, um Vroni und Kuffi zu begrüßen. Die Pois sind Vroni so schnurz, und das ist irgendwie ein bisschen Freiheit.

»Gut, ist mir egal, was ihr macht, ich schau mich mal um«, sagt der tiefe Poi.

»Schau dich um, Herr Offizier«, ruft Kaschir ihm nach.

Der tiefe Poi straft ihn mit einem Blick, der so etwas sagt wie *Noch einmal und Ich wisch den Boden mit dir.*

Er hinterlässt ein Loch in dem Kreis. Die anderen schließen den Kreis nicht, sondern bleiben auf ihrem Platz kleben und gucken blöd. Kaschir schaut mich mit einem Seitenblick an, und direkt brennt es in meinem Gesicht. Ich will eine eiskalte Dusche nehmen, bis mein Hirn einfriert.

Was schaut er mich an, warum kommt er nicht rüber?

Ich steh hier einfach nur und bin heute gar nicht in Stimmung, hätte lieber krankgefeiert. Komm lieber nicht rüber, bleib, wo du bist. Ich bin nicht lustig, nicht smard, geh woandershin.

Ich mache einen Schritt zurück und bin kurz davor, eine Rolle rückwärts in mein Zimmer zu machen, die Tür abzuschließen, im Kopf eine Reise in die Berge zu unternehmen. Ich würde vier Stunden lang einen Berg hochwandern, tolles Panorama. Auf dem Weg würde ich Kühen begegnen, die die Freiheit haben, an Ort und Stelle loszupinkeln, wenn ihnen danach ist. Doch ich denke an die Zimmermiete für den Tag und verdrehe die Augen.

Kaschir fragt: »Ist das deiner?«

Er stupst mir gegen den Bauch mit dem Sauger, der weiter die Luft einzieht.

Ich würde so gern einen kleinen Witz machen, aber mir fällt keiner ein. Schön wäre ein zweideutiger, den Kaschir erst nach ein paar Sekunden verstehen und ich in seinen Augen sehen würde, wie er durchsickert, der Witz, und dann lachen wir zusammen, und er stupst mir mit der Faust gegen die Schulter und sagt, ach, du wieder.

»Nein, ist es deiner?«, sage ich viel höher, als ich es geplant habe, und das soll der Witz sein.

Ich grinse einmal kurz und merke dann, dass ich mich durch das Grinsen verraten habe. Jetzt weiß er, dass ich einen Witz machen wollte und dass dieser Witz schlecht ist.

»Entschuldigung«, krächze ich.

Kaschir guckt mich freundlich an, und damit hat er mich natürlich. Die Freundlichen machen es mir besonders schwer im Leben, denn was will ich gegen die freundlichen Fältchen um seine Augen sagen, die ich besonders reizend finde. Wenn ich mir sein Gesicht so ansehe, kann ich es mir sehr gut unter meinem Gesicht vorstellen, und wie jemand uns anschaut und sich denkt: Ja, genau.

Ich schweige und gucke, denn Kaschir sagt nichts, und bisher kam nur Brei aus meinem Mund. Ich bleib still wie eh und je, da komm ich gut weg, so schätzt man mich. Ich starre einfach in seine freundlichen Augen, lasse den Kiefer locker, und meine Augenlider flattern. Wir können uns auch gleich die Zunge geben, wenn wir nichts zu reden haben.

Der Poi mit der kratzigen Stimme hat sich aus dem Kreis getraut, klopft an Zolas Tür. Da kann er lange klopfen, meine Zola will nichts wissen von irgendwem. So ist das mit ihr, wenn sie blutet. Zola sieht es überhaupt nicht ein, mit irgendjemandem zu reden, wenn ihre Gebärmutter sie gerade von innen zerfetzt.

Erst nach dem zweiten Klopfen höre ich sie stöhnen, sie öffnet die Tür langsam, ihre graue Hose hat hier und da Blutflecken, und sie hat vergessen, sich ein enges Oberteil anzuziehen. Sie ignoriert den Kratzigen, setzt kein freundliches Gesicht auf. Guckt an ihm vorbei, dreht den Blick zu uns.

»KASCHI!«, ruft Zola, als sie Kaschir vor meiner Tür sieht. Sie drückt sich an dem Kratzigen vorbei, springt auf Kaschirs Rücken und legt von hinten ihren Kopf in seinen Nacken: »Wie schön!«

Kaschirs Augenfältchen werden tiefer, er imitiert ein störrisches Pferd und versucht Zola von seinem Rücken zu werfen. Sie galoppieren ein bisschen durch den Flur, lachen, und ich wünsche mir eine Hirnblutung.

Ich war doch noch gar nicht so weit, ich wollte doch witzig sein, ein wenig mehr Zeit, und er wäre meinem symmetrischen Gesicht erlegen gewesen und in mein Zimmer getapst. Ich sehe ihre Körper aneinandergepresst, und meine Augen verfaulen.

»Oha, ich hab dich vermisst«, ruft Kaschir und schüttelt Zola ächzend von seinem Rücken ab. Sie plumpst auf den Boden, ich sehe den Blutfleck zwischen ihren Beinen, ich mag diesen Blutfleck nicht.

Die Aufregung ist zu mächtig, die Kränkung zerstört meine Haltung, ich falle auf meinen Hintern, ziehe die Beine an. Meinen Fusselprinz stelle ich aus, drücke den einen Knopf, den ich nicht drücken mag. Sein Licht erlischt, ich setze ihn hinter mich und schaue zu Vroni, die immer noch lächelt. Als sie aber mein zerfallendes Gesicht sieht, guckt sie mich mit einem Oje an. Die Kränkung ist in mein Gesicht gekrochen, und es ist mir so peinlich, dass alle sehen, wie es mir was ausmacht. Vroni kann es besser, sie lächelt immer, in verschiedenen Varianten, und so bleibt sie sicher hinter ihrer Festung, gebaut aus Zähnen.

Der Tiefe und der Kratzige entfalten sich, fahren ihre Schultern aus, nehmen ein bisschen mehr Raum ein als vorher, und ihre Augen stieren auf Kaschir, der da mit meinem Zolinchen auf dem Boden hockt. Sie unterhalten sich aufgeregt und lachen einander mit ehrlichem Interesse an. Wie befreit meine Zola wirkt. Ich find mich doch bescheiden. Sollte ich mich doch einfach freuen, dass Zola an einem dieser schrecklichen Tage einen guten Tag hat und sie sich gut mit Kaschir versteht, den alle so gern mögen. Zwei Leutchen, die ich mag, verstehen sich, wie schön, das ist wirklich schön, ich find das so toll, ich heule gleich. Meine Miete.

Die Bedrohung, die der Kratzige und der Tiefe erzeugen wollen, kommt bei den beiden nicht an. Sie sind viel zu sehr miteinander beschäftigt. Es gefällt den Pois nicht, wenn ihre Bedrohung nicht gesehen wird, haben sie sich doch aufgeplustert wie geföhnte Wattebäusche.

»Die kommt zu mir«, sagt der Kratzige.

»Wer zuerst kommt, kriegt zuerst«, sagt der Tiefe.

Zolinski bleibt liegen, dreht ihren Kopf zu ihnen und lacht so sehr, dass ich denke, sie erstickt vielleicht. Kaschir tippt ihr an die Schulter, er hat die Bedrohung gesehen, er will sie darauf aufmerksam machen, aber Zola sieht das als großen Spaß, sie macht ein lustiges Spiel daraus. Pois gibt es wie Sand am Meer.

»Ach, komm schon«, sagt Kaschir und hebt defensiv seine Hände. Er hofft sicher, dass wir alle innehalten und uns fragen, ob diese Situation wirklich in Gewalt enden muss.

»Ist doch lustig«, sagt Zola.

Und da platzt in den Köpfen der Pois ein Luftballon, ich sehe den Knall in ihren Augen.

Lasst sie in Ruhe, verschwindet aus unserem Flur. Es ist unser Flur, ihr seid nur zu Besuch, benehmt euch, seid feine Pois. Wehe, ihr packt meinen Kaschir an.

»Was sagt die?«, fragt der Kratzige, seine Stimme ist bebend noch kratziger.

Die Pois bewegen sich auf Kaschir und Zola zu. Kaschir steht auf. Der Tiefe zieht seinen Pullover Stück für Stück aus seiner Hose, fixiert mit seinen Augen Kaschir, der dasteht und wartet. Erst zieht der Tiefe langsam den einen Arm, dann den anderen aus dem Ärmel. Kurz sehe ich den haarigen Streifen, der in seiner Hose mündet, und will meine Zunge daranhalten.

Kaschir versteht die Signale, weiß ganz genau, was sich hinter dem Ausziehen und Voranschreiten verbirgt. Er zieht sich seinen Pullover über den Kopf, die Schweißflecken auf dem Shirt drunter werden entblößt. Zola lacht noch immer, kriegt sich fast nicht mehr ein. Ich pfeife ganz hoch, damit sie mich sieht, damit ich sie warnen kann, aber sie bemerkt mich nicht.

Auch Vronis Blicke kann ich nicht einfangen, sie beißt in ihre Schnittchen, hat die Beine angezogen, und ihre feuerroten Augen sind gespannt auf die Pois gerichtet. Ich will nicht hingucken, will nicht sehen, wenn Blut fließt. Wenn jemand Schmerz nach außen trägt, kann ich das nicht aushalten. Dann breche ich auseinander, rutschte auf dem Blut aus, falle in ein Loch im Boden.

Der Tiefe wartet, während Kaschir sich seinen Pullover auszieht, folgt seinen Bewegungen Zentimeter für Zentimeter. Der Kratzige filmt von hinten. Ich schreibe Noa.

Hier oben knallts bald.

Noa ist onlein, onlein, onlein, nicht mehr, wieder onlein, und ich beobachte das blinkende *schreibt…* unter Noas Profilbild, ein bunter Zehnagel.

Lässt Zola wieder die sahgne klumpig werden?

Was?

Lieg grad eingecremt im bett.

es ist Kaschir!

Och, der Süße!

Dann ist Noa nur noch kürzlich onlein gewesen, und in meinem Kopf kremt sich Noa stundenlang ein, geht drei Tage nicht ans Telefon, um die Kreme einwirken zulassen. So verpasst du doch die Schau!

Kaschir greift mit der einen Hand unter sein T-Shirt und zieht es über den einen, dann über den anderen Arm aus. Ich sehe die Haut auf seiner Brust, sehe, wo er Haare hat und wo nicht, möchte ganz nah bei ihm sein, um einzelne schwarze Borsten an ungewöhnlichen Stellen zu finden. Er zieht seine Schuhe aus, lässt sie gegen die Wand prallen. Zola hat aufgehört zu lachen und schaut ganz gespannt, was hier in unserem Flur passiert.

Kaschir knöpft seine Hose auf, und ich verstehe nicht, was er vorhat. Ich sehe seine Beine, die mir unnatürlich vorkommen an dieser Stelle. Noch nie habe ich an dieser Stelle nackte Poibeine gesehen. Es beschämt mich, Würstchen gehören doch in die Hose.

Der Tiefe steht da und weiß auch nicht so recht. Ich sehe, dass er keinen Plan hat, aber versucht, Kontenonz zu bewahren. Bei dieser Zeremonie darf es kein Zucken geben, kein Zittern, das weiß der Tiefe, das wissen sie alle.

Kaschir zieht seine Unterhose aus. Das ist jetzt auch egal. Weil die Unterhose schon so eng war, brauchte ich keine Vorstellungskraft.

»Na komm!«, sagt Kaschir zu dem Tiefen. Ich sehe Kaschirs Blick nicht, will nicht einsehen, dass er so furchtlos ist.

Der Tiefe macht einen Schritt zurück, Kaschir breitet die Arme aus und schleicht zu dem Tiefen. Hilfe, das kann ich nicht sehen, das wird knallen.

Unser Kaschir, mein Kaschir, den ich so nett und lustig finde, unternimmt das Unbegreifliche, er versucht den Tiefen mit seinem nackten Körper zu umarmen, er will ihn an sich drücken. Ich habe so etwas noch nie gesehen, ehrlich, ich weiß nicht, was passiert, wenn zwei Pois sich umarmen. Ich rechne mit allem, mit einer Explosion, vielleicht die Köpfe. Ich überlege, den Alarmknopf in meinem Zimmer zu drücken, damit Kaschir nicht bluten wird und wir den Teppich im Flur nicht schrubben müssen.

Kaschirs Zipfel berührt fast die Hose des Tiefen. Ich kneife die Augen zusammen, das ist mir zu heikel, das will ich nicht sehen, und gleichzeitig will ich es doch sehen. Vorsichtig luge ich zwischen zwei Wimpern hindurch, atme ein, atme aus, atme ein, halte an, atme aus, atme aus. Der Tiefe stolpert nach hinten, plumpst auf den Boden und schaut sich empört um.

»Ist der pervers, oder was?«, fragt er außer Atem.

Kurz versucht der Tiefe meinen Blick einzufangen, mich in sein Boot zu holen, ich lasse mich verleiten zu denken, dass es einfach wäre, nach dieser rettenden Hand zu greifen, einfach zu nicken. Nicht nicken, Kopf bleibt oben, mein Kopf ist aus Glas, seine Blicke perlen ab. Ich nicke.

»So was ist doch widerlich, in der Öffentlichkeit«, sagt der Tiefe, steht auf und kommt fast ins Kreischen.

Er zeigt auf Kuffi: »Da ist ein Kind.«

Wieder schaut er mich an, wieder nicke ich. Mistel, reiß dich zusammen.

Kaschir lächelt breit: »Kuffi, das ist doch nur Kuffi!«

»Kaschir, wollen wir?«, fragt Zola und lenkt die Aufmerksamkeit wieder auf sich.

»Dumme Fotze!« … »Ich bin doch kein Homo«, sagen der Kratzige und der Tiefe gleichzeitig. Sie starren sich an.

»Gehen wir zu mir?«, Zola ignoriert sie, wird ungeduldig und legt Kaschir die Hand auf die Schulter. Ich spüre, wie die stickige Luft um Zola zu mir zieht.

»Ich muss doch noch mit Kuffi spielen«, sagt Kaschir sanft, als wäre das offensichtlich.

Die Freundlichen tun uns das Allerschlimmste an, indem sie uns freundlich abweisen. Zolas Frust überrollt mich, vermischt sich mit meinem, wird zu einem Kloß, der tief in mir wütet.

Wir müssen zusehen, wie Vroni uns entschuldigend anlächelt, wie Vroni hinter Kaschir in ihrem Zimmer verschwindet, wie die Tür sich leise schließt. Der Tiefe glotzt auf Kaschirs zerknüllte Unterhose auf dem Boden.

Zola steht da, und ich sehe, dass sie enttäuscht ist, ich muss sehen, wie sie ihre Lippen aufeinanderpresst, und sofort ist Land unter in meinen Augenhöhlen, aber es kommt nichts raus. Ich spalte mich ab, dafür sind Körper und Seele getrennt, genau aus diesem Grund kann ich mich abschotten.

Ich konzentriere mich auf meinen Atem. Ich sehe nichts, ich bin nicht da, ist jemand da?

»Tja«, sage ich zu Zola und boxe mich selbst von innen. Ich will weg, mich auflösen, zerbröckeln. Kann mich bitte jemand überfahren?

»Wie tja?«, sagt Zola, ihr Gesicht ist angespannt, ich nicke zu dem Kratzigen und dem Tiefen, die noch für uns übrig sind.

»Tja eben. Ich meine, so ist das.«

»Wieso bist du so?«

»Wie bin ich denn?«

»Eiskalt.«

Ihre Lippen beben, ich will sie umarmen, sie halten. Meine arme Zola, das ist doch alles egal, wir haben uns, wir lieben uns. Es ist nicht so schlimm, ich bin da, für immer, ich bin bei dir, Zolinchen. Doch ich bin ein Stein.

Der Kratzige steht neben mir und glotzt mich an. Ich hab ihn gar nicht näher kommen sehen. Mein Körper dreht sich automatisch zu ihm, meine Hüfte knickt ein, ein Bein stellt sich auf, meine Schau beginnt. Ich sehe Zola weggehen. Nein, geh nicht weg, nimm mich mit, ich brauche Urlaub.

Meine Lippen schmollen an.

Er sagt: »Na du!«

»Gut, und dir?«, hauche ich.

Ich schüttle den Kopf, während der Rest von mir sein Programm abspult. Ich überlege, was ich Zola morgen zum Frühstück zaubere. Vielleicht Pfannkuchen mit Nussnougat.

Ich streiche dem Kratzigen über die Wange. Hey, ich, ja das bin ich. Ich brauche nichts weiter zu sagen und freue mich schon auf die Pfannkuchen, Ahornsirup wäre auch lecker. Mein Träger rutscht von meiner Schulter. Schau her, ganz genau, ich bin die unergründliche Schönheit.

Lackschuh

»Was für ein Tag«, seufzte Lackschuh, während er seinen Hut vorsichtig auf den stummen Diener neben der Tür setzte. Die Vorstellung, wie er mit Hut aussehen wollte, wich stark von dem ab, wie er wirklich mit Hut aussah. Umso erleichterter war er, ihn endlich absetzen zu können, damit ihn keine Spiegelung mehr bedrängen konnte. Seine Delfinin Trudy half ihm aus seinem Mantel, biss in das Wildleder und hängte ihn zu dem Hut. Lackschuh gab ihr einen Kuss auf den Schnabel, legte ein Zwei-Euro-Stück in eine Schale und setzte sich an den gedeckten Tisch. Es roch nach Kartoffelsuppe und frischer Wäsche. Trudy benutzte das gleiche Waschmittel seit Jahren, und so musste Lackschuh an Trudy denken, wo auch immer er Lavendel roch.

»Die wären schon in der Insolvenz, wenn ich da nicht hinterher wäre«, sagte er.

Trudy rührte die Suppe mit einem großen Holzlöffel um, bevor sie zwei blaue Schüsseln befüllte, dabei pfiff sie lächelnd vor sich hin.

»Die wollten Einnahmen vortäuschen, damit tatsächliche Verluste verschleiert werden. Ich hab das nur durch Zufall erfahren und bin dann dazwischengegangen. Ich meine, wenn das so einfach wäre, dann wären wir sicher nicht die Ersten mit dieser Idee. Die waren noch ernsthaft stolz auf diesen Einfall.«

Lackschuh lachte. Trudy platzierte sich ihm gegenüber, beugte sich über ihre Schüssel und begann, die Suppe zu züngeln, während sie seinen Worten folgte.

»Gerade ist es hart, das bezweifelt ja auch niemand, aber solche Ideen vergiften dann auch nur die Stimmung. Wir sollten daran interessiert sein, auf legalem Weg aus der Krise zu kommen. Sonst steht eben der Haftrichter vor der Tür, und wir sind alle ruiniert.«

Lackschuh spürte, wie ein wohliger Schauer durch seinen Körper bis in die Spitzen aller Gliedmaßen kroch. Trudys Pfeifen umschloss und wiegte ihn.

Die Kartoffelsuppe war nach seinem ganzen Gerede bereits lauwarm, aber das störte ihn nicht weiter. So konnte er sie, ohne zu pusten und zu schlürfen, in seinen Mund laden. Auch wenn die Kartoffeln mehlig zerkocht waren und der Brühe etwas Salz fehlte, konnte er sich für diesen Moment keine bessere Mahlzeit vorstellen.

»Ach, ich lass das jetzt, sonst regst du dich auch noch auf«, sagte Lackschuh, rückte mit dem Stuhl etwas zurück und klopfte auf sein Bein. Trudy kam zu ihm rübergeschlittert, um sich niederzulegen. Gleich spürte er, wie seine Oberschenkel unter dem Gewicht ihres Körpers etwas nass wurden. Er starrte in ihr dunkles Auge, in dem er sich selbst gespiegelt sah. Sein weißes langes Haar strahlte ihn an. Er küsste ihren Augapfel und schloss seine Lider.

»Wenn ich dich nicht hätte«, sagte er. Trudy bewegte ihren Flipper so sehr, dass Lackschuh ihren Körper nicht mehr halten konnte und sie auf den Boden glitt. Sie flutschte über die Fliesen gegen die Wand, stieß sich mit der Flosse ab und landete wieder auf Lackschuhs Schoß. Er griff nach ihrer Rückenflosse, damit sie ihm nicht mehr entgleiten konnte, doch ihre Haut war zu nass, zu glatt; er konnte sie nicht halten.

»Wie war denn überhaupt dein Tag?«, fragte er.

Sie stupste mit ihrem Schnabel gegen sein Bein, klapperte und sang ihr schönstes Lied, sie erzählte ihm alles, doch er verstand nichts. Der Raum füllte sich mit ihrem Klang, dehnte ihn aus. Ihm war, als befänden sie sich in einem Klangvakuum, wo Sauerstoff in Ton umgewandelt wurde, den er mit den Ohren einatmete. Er schloss die Augen und lauschte, genoss ihre Freude und Leichtigkeit.

Seine Schuhe nässten, er spürte das Wasser durch das Leder, durch seine Socken, durch seine Haut sickern. Die Frage, wie lange es dauern würde, bis seine Hornhaut aufquellen und seine Füße sich auflösen würden, schob er beiseite.

Wenn er Trudys Gesicht so ansah, wurde ihm fast schwummrig, so schön fand er es. Auch wenn sie sich schon seit Jahren kannten, verlor er nicht das Glück an ihr.

Sie lächelte ihn an, während sie durch den Raum glitt. Ihr Körper bewegte sich weich, ihre Flossen waren stark, halfen ihr, sich von einer Seite zur anderen zu stoßen. Dabei warf sie einen Stuhl um, hinterließ Dellen an den Schränken und blaue Flecken an Lackschuhs Beinen. Mit einem kräftigen Stoß katapultierte sie sich auf das Bett mit Holzgestell. Sie platzierte sich seitlich, sodass sie ihren Flipper vor sich ablegen konnte. Er erahnte ein leichtes Zucken. Ihre Haut glänzte nass, von der Spitze ihres Schnabels tropfte es. Die Muskeln um ihre Augen entspannten sich, Trudy ließ ihre Augenlider etwas sinken, schaute zu ihm rüber und ließ mit einem lauten Knall ihre Schwanzflosse auf die feuchte Matratze klatschen.

Lackschuh stand auf, darauf bedacht, nicht auszurutschen, watete durch das Wasser auf dem Boden Richtung Bett. Als er sich auf die Matratze setzte, um seine Schuhe auszuziehen, ertönte ein schmatzendes Geräusch, wofür er sich schämte. Doch Trudys Blicke gaben ihm keinen Anlass, nicht er selbst zu sein. Er zog die nassen Socken von seinen Füßen und betrachtete seine gewellte Haut.

Er hielt Trudy seinen rechten Fuß hin. Sie rückte etwas näher an ihn ran, sodass er ihre Haut unter seinem Fuß spürte. Es war, als würde er sich gegen eine Aubergine drücken. Er presste seinen großen Zeh gegen sie, dann nacheinander die anderen vier. Ihre Haut, die eingedrückt wurde, zog sich, sobald er seine Zehen nicht mehr gegen sie presste, ohne helle Druckstellen zu erzeugen, wieder glatt auseinander. Er zog seinen Fuß zurück, legte seine Hand auf ihre Seite und streichelte sie. Ihr Gesang wurde tiefer, schwerer, ging über in ein dunkles Knacken.

Auf diesen Moment hatte er sich schon den ganzen Tag gefreut, zurück zu sein, genug Kleingeld zu haben, um Trudy zu besuchen. Sie bewegte ihren Flipper leicht, um ihn aufzufordern, sich hinzulegen. Er schmiss sich fast in die Matratze, so sehr wollte er genau dort liegen. Es platschte, als er sich vor sie legte, seufzend seinen Hintern gegen ihren Flipper drückte, sich einrahmen ließ von ihrem gekrümmten Körper. Sie bildete die ideale Form, um seine Gestalt von hinten zu umschlingen. Bis er in einen tiefen Schlaf fiel, hörte er ihr leises Knacken über seinem Kopf und genoss das Pulsieren ihres Flippers in seinem Rücken.

»Hast du gut geschlafen?«, fragte er sie, und seine Bauchschmerzen begannen, da diese Frage ein Ende des Umschlingens bedeutete. Trudy stupste ihm in den Nacken, drückte noch ein letztes Mal ihren Körper um seinen und flutschte schließlich vom Bett.

Er beobachtete sie, wie sie ihre morgendlichen Runden durch das knietiefe Wasser schwamm, wie sie über Lackschuh hinwegsprang und krachend wieder im Wasser landete. Der Countdown lief, ihm blieben nur noch einige Minuten. Er zog seine klitschnasse Kleidung an, hob seine Schuhe hoch, entschied dann aber, dass er sie einfach zurücklassen würde, und schmiss sich ins Wasser, dessen Oberfläche immer weiter anstieg. Sein Kopf verschwand kurz unter Wasser, und als er auftauchte, klebten ihm seine Haare vor den Augen. In zwei Zügen schwamm er zum stummen Diener, hielt sich fest und kramte in der Tasche, fand kein Geld. Trudy schwamm unter ihm, stupste gegen seine Füße, um ihn zur Eile zu ermahnen. Er zuckte mit den Schultern, schaute Trudy entschuldigend an und ließ sich aus der Tür schwemmen.

-.-

Lackschuh erhob sich nur widerwillig von seinem Hocker, der ihm so schön warm vorgekommen war, und ließ seinen Blick einige Sekunden auf dem Geldschlitz des Automaten ruhen. Er hatte keine Lust, sich ins Taxi zu setzen. Wenn er seinen Lohn wenigstens wie früher sofort ausgezahlt bekommen würde, hätte er mehr Energie, sich aufzuraffen, aber das Warten auf die Lohnabrechnung machte die Tage bloß zäh und dröge.

Es war hell, und der Barraum war leer. Alle schon zu Hause. Lackschuh schlurfte an der frisch gewischten Theke vorbei, überlegte, ob er noch eine Flasche Cola aus Donkas Kühlschrank mitnehmen sollte, aber entschied sich dann dagegen, weil er seine Schulden bei ihr nicht ausweiten wollte. Erst mal die Lohnabrechnung abwarten, dann weitersehen.

Vor der Tür hielt er sich seine Hand vors Gesicht, um seine Augen langsam an das Licht zu gewöhnen. Er ging das Grindelhorn vom Café Keese bis zur Kreuzung entlang, wo sein Taxi stand. Als er sah, dass Ibli sich auf den Fahrersitz gesetzt hatte, schwang er sich auf den Beifahrersitz und strich ihr einmal über den Hals, wobei sie ihre Schultern etwas anzog, ihm auszuweichen schien. Sie hielt mit beiden Händen den Schaltknüppel fest und zog.

»Fährst du heute?«, fragte Lackschuh.

»Ja, ich hab einen Kinderführerschein im Einkaufszentrum gemacht«, sagte Ibli, zog den Schaltknüppel in den vierten Gang und war dabei, die Handbremse zu lösen, doch Lackschuh hielt ihre Hand fest.

»Vielleicht ist es mir lieber, wenn ich fahre«, sagte er und pikste ihr in die Seite. Sie zuckte und wehrte sich gegen das Piksen mit einer boxenden kleinen Hand.

»Aber ich hab einen K-I-N-D-E-R-F-Ü-H-R-E-R-S-C-H-E-I-N!«, rief sie.

»Geh mal auf die Kupplung!«

Er umschloss zusammen mit ihrer Hand den Schaltknüppel und ließ ihn im ersten Gang einrasten.

»Wenn du einen K-I-N-D-E-R-F-Ü-H-R-E-R-S-C-H-E-I-N hast, hättest du ja auch wissen können, dass wir im ersten Gang losfahren«, sagte er und stieg aus. Mit müden Beinen bewegte er sich zur Fahrerseite, hielt sich am Autodach fest, während er Ibli an der Schulter zog. Hupend fuhren andere Autos an ihm vorbei, er ballte die Faust in ihre Richtung und lachte.

»Du kannst doch auch nicht besser fahren«, sagte sie, »du wirst dauernd geblitzt.«

Er streckte sich so, dass es in seinem Rücken knackte. Es würde noch ein Morgen geben. Wenn der heutige Tag geschafft wäre, wäre gar nichts geschafft. Es würde immer so weitergehen: gestern, heute, morgen; das war sicher. Egal, was er heute tun würde, morgen wäre das Heute gestern und das Morgen heute.

»Ja, aber wir müssen jetzt Asche machen.«

Er zog Ibli aus dem Auto, hob sie hoch und trug sie zur Beifahrerseite.

»Lass mich«, sie strampelte, als Lackschuh sie auf den Sitz setzte.

»Kröten. Moos, Zaster, Moneten. Richtig geile PIEPEN!« Er tat so, als würde er mit Scheinen wedeln.

»Reg dich ab«, sagte Ibli und zog ihre Beine an, »dann kauf mir aber Süßis.«

Er setzte sich auf den Fahrersitz, holte einen kleinen Kamm aus der Hosentasche und kämmte sich sein Haar mit Blick in den Rückspiegel.

Nachdem er das Taxilicht eingeschaltet hatte, ließ er das Fenster runter, um sich während der Fahrt frische Luft ins Gesicht blasen zu lassen.

»Hast du was zu essen?«, fragte er nach ein paar Minuten.

»Im Rucksack.«

»Wasn?«

»Guck doch selbst.«

»Jaja, okay.«

Er fingerte hinter seinen Sitz, griff nach der Tasche und

zog sie auf seinen Schoß. Den Verpackungsmüll, der noch darin rumflog, warf er aus dem Fenster. Unter den bunten Schulheften fand er eine Packung Studentenfutter, die er gleich öffnete und seine ganze Hand hineinsteckte.

»Du auch?«

»Joa«, sagte sie. Lackschuh schob ihr schnell eine ganze Hand Nüsse in den Mund. Sie lachte und versuchte zu kauen, doch die Hälfte fiel ihr in den Schoß.

»Darfste nicht so viel von, sonst siehst du noch *so* aus«, sagte er und zeigte auf eine dicke Frau mit großer Handtasche auf dem Bürgersteig.

Er griff in Iblis rechten Oberschenkel und zog an der Haut.

»Na, aber ist doch noch alles schön straff«, sagte er und gab ihr einen Kuss auf die Schulter, bevor er die leere Tüte aus dem Fenster warf. Sie hielten an einer roten Ampel, und Lackschuh drehte das Radio auf. Die Nachrichten liefen gerade, also stellte er das Radio wieder aus.

»War die Schule heute schön?«, fragte er.

»Joa.«

»Was joa?«

»Ich hab auf jeden Fall viel mehr Hausaufgaben als vorher und muss irgendwelche Karten ausmalen.«

»Malen magst du doch«, sagte er.

»Und wir sollen bis morgen einen Text schreiben über unsere Familie.«

»Aha. Was wollen die da wissen?«

»Na, was Mama und Papa arbeiten, wo wir wohnen und so.«

Hinter ihnen hupte es.

»Da kannst du dir ja auch irgendwas ausdenken. Dass wir Buchhalter sind und in einem Haus wohnen.«

»Oder dass ihr Tierpfleger seid, im Zoo. Die Cheftierpfleger.«

»Irgendwas mit Chef ist immer gut.«

»Okay.«

»Dir fällt schon was ein«, sagte er. »Hast du schon neue Freunde gefunden?«

»Ja, Leonie. Die mag auch Hula Hoop.«

»Schön.«

»Sind Sie noch frei?«, fragte eine Frau mit einem viel zu breiten Kinn, die ihnen vom Straßenrand aus zugewunken hatte. Er wollte aus Grindelsta raus Richtung Mönketal fahren, ein teures Viertel, durch das er früher gern mit Lore geschlendert war, um einzukaufen. Die guten Pfannen, das feine Geschirr, und wenn Lore gerade Pause in einem Café gemacht hatte, war Lackschuh losgegangen, um Geschenke für die Prostituierten zu kaufen, die besonders viel Umsatz machten. Mikta hatte er einen Ring beim Juwelier gekauft.

Die Frau mit dem breiten Kinn hatte ihnen aber nicht in Mönketal, sondern kurz vor Brook, einem Industrieviertel, gewunken. Sie musste sich verirrt haben, auch im Jahrzehnt, denn sie trug eine Vokuhila, lila Lippenstift und einen Pelzmantel.

»Vor allem sind wir das schönste Taxi, das du hier finden wirst«, sagte Lackschuh mit seinem schiefen Lächeln.

»Ach, sind wir schon beim Du?«

»Gleichaltrige siezt man doch nicht.«

Die Frau und ihr breites Kinn schauten skeptisch, wohl unschlüssig, ob sie bei einem Alten mit einem Mädchen auf dem Beifahrersitz einsteigen sollte. Ibli lächelte erst ihn mit ihrer großen Zahnlücke an, dann das Breitkinn. Die Frau lächelte nach kurzem Zögern zurück. Mit Ibli war es wie mit einem Hund, sie wertete ihn auf, ließ ihn vertrauenswürdiger erscheinen.

Lackschuh schlenderte um das Auto, um der Frau bei ihrem Wanderrucksack zu helfen, den sie ächzend von ihrem Rücken wuchtete. Lackschuh warf den Rucksack im Kofferraum auf einen Karton voller Joghurtbecher.

Die Frau nahm hinter ihm Platz, holte ein Taschentuch aus ihrer Tasche, tupfte sich das Gesicht sowie das Dekolleté ab und warf es aus dem Fenster.

»Ich muss zum Excalibur, dem Hotel«, sagte sie.

»Weißt du den Weg?«

»Nein, aber ich kann nachschauen.«

Er stellte das Taxameter ein.

»Ich bin analog unterwegs«, sagte er, »sich noch mit Menschen unterhalten, weißt du?«

»Also, Sie müssen im Prinzip immer geradeaus und nach ein paar Kilometern rechts abbiegen. Ich sag Ihnen Bescheid.«

»Ist doch schade, wenn alle auf ihr Handy starren. Ich mein jetzt nicht bei dir, du hast ja was nachgeschaut, aber es fällt mir schon auf, dass viele nur noch auf ihr Handy starren.«

»Ich finde, es erleichtert vieles«, sagte sie und schaute aus dem Fenster.

»Und teuer sind die Dinger. Wahnsinn, was das kostet. Ich bin mit meinem Tastentelefon völlig zufrieden. War gar nicht teuer.«

Sie schwieg. Lackschuh beobachtete sie ein paarmal durch den Rückspiegel und fand in ihr aber etwas Vertrautes, vielleicht sah ihr Gesicht aus wie eines, das er schon einmal geküsst hatte.

»Jetzt die nächste rechts«, sagte sie.

Er fuhr auf den Parkplatz des dreistöckigen Hauses, dessen Fassade einmal in einem herrlichen Zustand gewesen sein musste. Doch die Verzierungen bröckelten bereits ab. An der Wand zwischen den Stockwerken leuchteten die Buchstaben *Excalibur* in einem matten Gold. Neben der Drehtür stand ein Mann, der rauchte.

Lackschuh parkte das Auto auf der linken Seite rückwärts ein und stieß mit der Rückscheibe gegen die Sträucher, die ihnen entgegenwucherten.

Die Frau mit dem breiten Kinn tippte Ibli von hinten an und drückte ihr das Geld in die Hand. Ibli zählte das Geld und nickte der Frau schließlich zu.

»Stimmt so«, sagte sie. Lackschuh beobachtete ihr Gesicht. Ihre Schminke lag zusammen mit dem Schweiß ölig auf ihrer Haut. Lila Kügelchen hingen an ihrem Mund, die beim Reden entweder an der Ober- oder Unterlippe klebten.

In Lackschuhs Bauch breitete sich eine zähe Masse aus, er bemerkte, wie sie ihm bis zum Kehlkopf stieg, wovon ihm übel wurde.

»Warte, ich helfe dir«, sagte er zu der Frau.

»Nicht nötig.«

Schnell stand er auf, ging um das Auto, öffnete den Kofferraum und setzte den Rucksack auf seinen Rücken.

»Ich trag ihn noch rein.«

»*Ich* trage meinen Rucksack«, sagte sie, schaute an ihm vorbei und nahm den Rucksack an sich. Ihre Haare klebten nass im Nacken. Sie setzte ihren Rucksack auf, zog ihren Mantel zurecht, lächelte an ihm vorbei zu Ibli und schlenderte Richtung Eingang. Er sah ihr nach und zögerte, schaute zu Ibli, die ihn durch die Scheibe fragend ansah. Als er die Frau durch die Drehtür verschwinden sah, ging er ihr nach, wollte sie kennenlernen.

»Alter!«

Der Typ, der rauchend vor der Tür stand, zog seine dichten Augenbrauen fast bis zum Haaransatz hoch. In Lackschuhs Wangen fing es an zu kribbeln, seine Haut zog sich zusammen. Er versuchte, die Frau hinter der Drehtür verschwinden zu sehen, aber das Licht verspiegelte die Glasscheibe.

»Ja?«, sagte er und sah an ihm vorbei ins Innere.

»Gibs ja nicht.«

Instinktiv hielt Lackschuh die Hand an seine Jackentasche, bis ihm einfiel, dass Ibli das Geld bei sich im Auto hatte.

»Sorry, sorry, ich weiß gar nicht, ob du mich noch kennst, aber ich kenne dich. Wir zwei haben mal gegeneinander geboxt. In eurem Laden da im Boxkeller. Weißt du?«

»Okay?«, sagte Lackschuh und sah ihn prüfend an. Er war etwas jünger als er selbst und musste dementsprechend damals noch ein Bengel gewesen sein.

»Ach so, ich bin Zati. Und mir gehört das Hotel hier«, er drehte sich um und trat lachend gegen die Fassade, »aber da, als wir geboxt haben, hatte ich gerade bei der Honig-Bande angeheuert, hab die Frauen rangebracht.«

»Ach echt?«, sagte Lackschuh. Er könnte ihn zu der Frau mit dem breiten Kinn befragen.

»Ja, wie geht's denn? Und den Jungs, Beatle, Werner? Lebt da noch jemand?«, fragte Zati und zog an seinem Zigarettenstummel, der fast zwischen Zeige- und Mittelfinger verschwand.

Lackschuh presste die Zähne zusammen und schaute Zati in die grünen Augen, die ihm irgendwie gefielen. Er wollte eigentlich nicht über Beatle und Werner reden.

»Na ja, also ne, ich bin hier der Einzige, der noch lebt. Keine Ahnung, wie ich das geschafft habe.«

»Na immerhin«, sagte Zati, »bei uns sind auch viele, na ja, tot. Außer zwei von uns. Der Boxer und ich. Aber wir haben nicht mehr so viel miteinander zu tun, hat dann jeder sein eigenes Ding gemacht, manchmal kommt er vorbei.«

»Jo, mit dem Boxer hatte ich viel zu tun«, lachte Lackschuh.

»Das kann ich mir vorstellen.«

»Und jetzt Hotelier, oder was?«, fragte er.

»Ja, hat sich so ergeben, aber warte mal, ich geb dir meine Nummer, ich muss nämlich rein und noch ’n bisschen was tun heute. Aber meld dich gern mal.«

Zati kramte eine goldene Visitenkarte, auf der EXCALIBUR stand, aus der Tasche und drückte sie ihm in die Hand.

Ibli

Ich gucke gar nicht erst in den Spiegel, ich weiß, wie ich mich fühle, und diesen alten Pfirsich muss ich nun wirklich nicht sehen. Außerdem sieht Kala mich andersrum, als ich mich sehe. Würde sie mich durch einen Spiegel betrachten, könnte sie mich wiederum sehen, wie ich mich im Spiegelbild sehe. Ich kann mich aber nicht sehen, wie sie mich sieht.

Ich höre die Olle vom Gesundheitsamt auf dem Gang vor meiner Tür. Stampfend arbeitet sie die Zimmer ab. Ich kann mir vorstellen, wie sie uns anschaut, fragt, ob wir Drogen nehmen oder Alkohol trinken. Ich sehe sie vor mir, wie ihre riesigen Augen uns durch die Brille anglupschen, wir begutachtet werden wie eine seltene Spinnenart. Sie duzt uns, als wären wir ihre Schulkinder, fragt, ob alles gut ist, und wir sagen ja und ja und JA, damit sie uns glaubt, dass wir nicht gezwungen werden. Da will ich schreien: Doch, wir werden gezwungen, uns von der Ollen vom Gesundheitsamt ausquetschen zu lassen.

Ich bekomme eine Nachricht von Zola, ich lese den Anfang.

Lass mal vertragen, ich hab …

Ich wische es weg. Wenn ich es nicht gelesen habe, kann ich auch nicht antworten. Ich schiebe das Fon unter mein Kopfkissen, klemme die Hand unter meinen Rücken. Ich muss die Finger davon lassen.

Wir können einfach vergessen, dass Kaschir da war. Es werden neue Pois kommen, die auch so freundlich sind, dass sie von Pois zu Freunden werden. Alles ist gut, wie immer, es ist so ein guter Tag, neu zu beginnen.

Ich höre die Olle nebenan in Zolas Zimmer stapfen, und ich ekel mich mit ihr vor den prüfenden ollen Blicken. Wenn wir bei der sogenannten Beratung wenigstens zusammen sein dürften, uns die nassen Händchen halten dürften, wäre es erträglicher. Doch Kala will, dass wir alle brav allein in unseren Zimmern auf die Hinrichtung warten. Stundenlang müssen wir warten, bis die Olle alle Zimmer abgearbeitet hat.

Aber heute packt es mich, und ich rolle mich vom Bett.

Ich entscheide: Das ist kein Tag des Wartens, das ist ein Tag des Vermeidens!

Und dabei trete ich versehentlich auf meinen Sauger, entschuldige mich mit einem kurzen Kuss auf den Saugkopf und tapse durchs Zimmer auf der Suche nach Dingen, die ich mitnehmen kann. Ein kleines Kissen klemme ich mir unter die Achsel, das Fon stecke ich mir in meinen Beha, wahrscheinlich werde ich eine Mütze brauchen, also setze ich sie mir direkt auf. Socken an die Füße, und eine Sonnenbrille darf auch nicht fehlen, falls ich einen Schlitz finde, durch den sich ein Sonnenstrahl quetscht. Ich schleiche zur Tür und zögere gar nicht lange, sondern gleite gleich aus der Tür und fliege wie ein Ninga den Flur hinunter. Mein Hemdchen flattert.

Flavia (31, erfahren) steht gerade vor ihrer Tür neben ihrem Tochterkind Sophia und macht ein mieses Gesicht, weil sie ganz genau weiß, dass ich vor den bohrenden Fragen der Ollen fliehe und sie auch bald dran ist. Ich hauche ihr zu, dass sie mitkommen soll, aber sie ist träge und fragt mich, wozu. Du kannst mir hinterherkommen, das ist kein Problem, du kannst dich umentscheiden, komm einfach mit.

Flavia kommt nicht mit, sie mag mich gar nicht, glaube ich. Sie schaut mich meistens skeptisch an, und ich frage mich dann, wem in mir sie misstraut.

In der Kurve remple ich einen Poi an, der einen kleinen Rucksack vor dem Bauch trägt. Ich bleibe stehen, er reibt sich den Arm, gegen den ich gesprungen bin.

Er sagt: »Mein Arm.«

Ich blicke den verdunkelten Poi durch meine Sonnenbrille einen Moment an, um zu zeigen, dass ich meinen Fehler wirklich einsehe. Er lächelt mich an. Oh, eine Zahnlücke, durch die es bestimmt zieht. Er zeigt auf meine Sonnenbrille.

Er sagt: »Wieso trägst du die drinnen? Bist du blind?«

Und ich sehe da ein bisschen Interesse in seinen Augen, ein Teelöffel voll Hoffnung, ich bin mir sicher, ihn macht es an, seine Hose beult gleich aus.

Ich könnte in einer Geheimsprache antworten, die ich mir jetzt in diesem Moment ausdenke.

Ich genieße, dass er meine Augen nicht sehen kann. Er dreht sein Ohr ein bisschen weiter zu mir, und ich sehe, wie es in seinem Kopf rattert. Aber darum kann ich mich nicht kümmern, wenn ich auf der Flucht bin.

Hoffentlich folgt er mir nicht und stellt weiter Fragen zu meiner Sonnenbrille oder zu meiner Mütze oder zu meinem Kissen.

Ich drücke auf den Aufzugknopf, immer wieder, los, los, los. Ich springe in den Aufzug, wo es nach Pische riecht, drücke die Vier, die Türen schließen sich. Mein Kissen lege ich in die Ecke hinten links, setze mich drauf und fahre in den vierten Stock. Die Tür geht auf, und da steht niemand, die Tür geht wieder zu. Das bedeutet Ruhe. Es wird jetzt so lange nichts passieren, bis jemand den Aufzug ruft.

Ich ziehe das Fon zwischen meinen Bubis hervor, stelle den Flugmodus ein und lese Zolas Nachricht.

Lass mal vertragen ich hab hier
drüben auch Lakritzis für dich

die richtig salzigen

Bild gesendet: Lakritz klemmt in
Zolas Achsel.

Ich stecke das Fon zurück. Überall ist es kalt, außer auf meinem Kopf. Ich bereue meine Entscheidung, keine Decke mitgenommen zu haben. Ich versuche, an etwas Warmes zu denken: an eine Sauna. Da riecht es so gut, und ich kann meinen Schmutz ausschwitzen. Ich muss die Augen schließen, damit mir kein Schweiß ins Auge läuft, damit die Augäpfel nicht zu trocken werden.

Der Fahrstuhl bewegt sich, ich fahre in den ersten Stock zurück. Kala wird den Fahrstuhl nicht gerufen haben. Weil es hier stinkt, benutzt sie lieber die Treppen und macht Kardio. Ich amte durch den Mund, so geht es. Ein großes Dankeschön an den Riechgott, dass man Gestank nur einatmen und nicht auch noch sehen oder hören muss.

Die Tür geht auf, und da steht ein Poi, die Hose schon halb offen. Als er mich sieht, hält er schnell seine Tüte vor den Hosenstall, aber ich hab es schon gesehen. Ich weiß ganz genau, was du Ekelspatz vorhattest.

Er stellt sich neben mich und knispelt mit seiner Tüte rum. Hoffentlich spricht er mich nicht auf meine Sonnenbrille an, die ich drinnen trage. Ich atme ganz flach. Die Tüte drückt die Vier. Ich schreibe Noa.

War die olle schin bei dir?

schon

Die Tüte bewegt sein Becken hin und her, ich beobachte ihn mit einem Seitenblick, drehe aber nicht meinen Kopf in seine Richtung. Nicht dass er denkt, ich würde mich für ihn und seine volle Blase interessieren, ich interessiere mich vor allem für sein Auflösen. Wir haben Toiletten für Pois, die sie aber selten benutzen. Es ist wohl ein besonderer Kick, in den Aufzug zu pieseln.

Ja

Kann ich zu dir in arm?

Huch

jaok mach aber gerade Haarmaske

Riecht doch gut!

Bringst du dwas schönes mit?

was denn

Kekse oder so

Bin schon los und kann nicht noch mal runter.

nagut

Ich stecke mein Fon zurück, stehe auf und drücke die Drei. Der Poi sucht etwas, ich schaue zur Tür, bloß kein Blickkontakt, gerade habe ich frei, Feierabend. Mein Kissen klemme ich mir unter den Arm und drücke mich in die Ecke, mache mich möglichst klein.

Ich merke doch, dass du was sagen willst, blöd bin ich nicht, ich hab so Fühler, damit weiß ich, was du möchtest. Sag es doch, anstatt es bloß zu wollen und es dann nicht zu tun. Gleich bin ich weg, und dann ärgerst du dich, dass du nichts gesagt hast. Sag es mir endlich oder frag, was auch immer du durch deinen Mund schwabbeln lassen willst.

Die Tür geht auf, ich jampe raus, schaue mich schon gar nicht mehr um. Seine Chance ist vorbei, ich kann ja auch nicht ewig warten.

Die von der vierten Etage stehen im Empfangskomitee vor ihrer Tür und reden miteinander, wurden anscheinend schon von der Ollen besucht. Ich fange an zu schwitzen, weil ich an ihnen vorbeimuss, und dann gucken sie mich an und denken, dass ich nicht süß aussehe. Am besten schaue ich keiner in die Augen. Ich will in ihren Äuglein keinen Hass sehen oder andere schlechte Dinge. Eine sehe ich dann doch an, weil sie ganz verschmiert ist. Das brennt doch, wenn du dir den Maskera in die Augen reibst. Als sie mich anguckt, schau ich schnell wieder weg, weil sie mich jetzt komisch findet, mich dafür hasst, dass ich sie eine Sekunde zu lange angestarrt habe.

Eine spricht mich von der Seite an, aber während ich darüber nachdenke, dass jemand mit mir spricht, verstehe ich das Gesprochene überhaupt nicht. Ich drehe mich zu ihr. Mir fällt der Name nicht ein, ich will nicht nachfragen und noch grottendümmer wirken als eh schon, also laufe ich lieber schnell weiter, bis zum Ende des Gangs vor Noas Tür.

Bin da

Komm rein

bin auf Klo

Es riecht nach Weingummi, laute Musik kribbelt in meine Ohren, und es ist ganz warm, sodass ich mich hier in meinem Hemdchen ganz ohne Probleme aufhalten kann. Ich ziehe die Mütze und die Sonnenbrille ab, lasse mich mit ihnen zusammen vor der Badtür auf den Boden fallen. Ich liebe Noas Zimmergeruch, nirgendwo riecht es so süß wie hier. Nur am Geruch kann ich erkennen, dass es Noas Zimmer ist, sonst sieht alles fast so aus wie in meinem Zimmer.

Auf dem Bett liegt ein nackiger Poi, er hat die Decke kaum um seinen Po gewickelt und döst. Ich hätte Noa gern für mich allein gehabt, aber Noa ist so wundervoll, da verstehe ich schon, dass hier dauernd Pois rumschwirren. Ich will ihn wirklich gern vergraulen, so doll erschrecken, dass er rausläuft oder losheult.

Ich krabble näher an ihn heran, sauge den Duft ein, den das Bett verströmt: rotes Weingummi. Sein glänzendes Haar fällt ihm ins Gesicht, seine Wimpern sitzen wie süße langbeinige Spinnen auf seinen Augen, seine vollen Lippen sind leicht geöffnet. Da möchte ich so gern etwas Saftiges reinschieben, eine reife Apfelsine, deren Saft ihm vom Mundwinkel aufs Bettlaken tropfen würde. Kurz bin ich versucht, in seinen kleinen Schwabbelbauch zu piksen, aber ich verzieh mich lieber unters Bett, damit der Poi mich nicht sieht, wenn er aufwacht.

Wie lang brauchst du?

Kopfhaut juckt schon

bleibt der noch lang?

frag ihn doch

Trau mich doch nicht

Dann üb das mal!

Ich schiebe meinen Kopf ein bisschen unter dem Bett hervor, damit ich den Fernseher sehen kann. Ich will mir die Zeit vertreiben. Da tanzen sie in roten Latexanzügen, mit Armeschwingen und Pobackenwackeln. Das sieht auf jeden Fall sexi aus, denke ich. Wenn ich wackeln würde, dann würde es klappern. Nicht mal meine Seitenansicht ist hübsch. Manchmal denke ich, dass ich ganz süß aussehe, wenn ich dann aber an einem Spiegel vorbeilaufe und mich von der Seite oder im Fahrstuhl von hinten sehen muss, ja, dann laufe ich lieber wieder schnell in mein Zimmer, damit das sonst niemand sehen muss. Es gibt keine Gewissheit darüber, wie ich aussehe.

»Sex, sex, sex«, oder so etwas in der Art singen die im Fernseher, und daran muss ich nun wirklich nicht erinnert werden. Kein Wort der Welt beschreibt diesen Vorgang gut. Ein steinalter Poi hat mal poppen dazu gesagt, und dieses Wort hat sich dann in mein Hirn gebrannt und ging nicht mehr weg. Auf der Milchpackung stand »Bitte hier poppen«, und ich bin irgendwann davon ausgegangen, dass mein Leben nicht enden, sondern poppen wird.

Zola fehlt mir, aber ich weiß nicht, was ich zu ihr sagen soll. Ich versteinere, wenn wir streiten, ist kein guter Satz, außerdem würde sie dann wissen wollen, warum, und das will ich aber überhaupt nicht wissen.

Die Tür des Badezimmers geht auf, und Noa gleitet ins Zimmer. Noa trägt ein silbernes fluffiges Hemd, auf das ich sofort neidisch bin, und eine weite Hose. Nie würde ich so aussehen. Ich könnte Noa jetzt die Kleidung runterreißen und mich genauso hinstellen, und trotzdem würde ich aussehen wie ein Schluck Wasser in der Kurve.

Noa sieht meinen Kopf unter dem Bett, verdreht die Augen und zieht mich ein Stück über den Boden. An meinem rechten Fuß hängt ein Haar, das ich abschüttle.

»Womit hast du eine Haarmaske gemacht?«, frage ich.

»Mit rohem Ei und Honig, danach sind die megaweich.«

Ich greife in Noas Haare, die noch etwas nass und glitschig sind.

Der Poi bewegt sich jetzt, schmatzt, streckt Arme und Beine von sich. Ich sehe seinen schrumpligen kleinen Zipfel, der mich an einen Huhnhals erinnert. Noa stellt die Musik leiser.

»Schu, schu«, sagt Noa zu ihm.

Der Poi gähnt und macht dabei ein quietschendes Geräusch, als wäre er ein kleines süßes Bebi.

Er fragt: »Hast du was zu essen?«

Der Poi sieht mich an, wie ich in Noas Schoß liege und den Kopf gekrault bekomme. Er lächelt erst mich, dann Noa an.

»Ibli sollte Kekse mitbringen, sie ist aber eine ganz Faule«, sagt Noa und täuscht an, mir eine Backpfeife zu geben. Ich tue so, als würde ich mich vor Schmerz winden. Ich bin das kleine Schoßhündchen, das einfach zur Entzückung aller daliegt und nichts sagen muss. Streichel mich bitte, bis mich das Kribbeln in meinem Kopf einschlafen lässt.

Er sagt: »Ich würde so gern irgendwo mit dir was essen gehen, eine richtig große Pommes mit irgendeiner kranken Soße.«

»Ich geh doch nicht da raus«, sagt Noa und schüttelt sich.

»Ja, ich weiß ja, ich muss leider auch bald los zu Stevan«, sagt der Poi.

»Ich glaube, das wird toll heute.«

Ich winde mich tiefer in Noas Schoß.

»Baba hat nämlich einen neuen Job«, sagt Noa zu mir.

Ich sabber anerkennend.

Als der Poi weg ist, verschwindet das drückende Gefühl in meinem Bauch, ich atme nicht mehr so flach, sondern nehme tiefe Züge von der Weingummiluft. Noa huscht durch den Raum, beseitigt die Poispuren und streicht mir im Vorbeigehen über den Kopf. Ich liege im Bett, grabe mich in die Matratze, um meinen Geruch zu verteilen, es mir gemütlich zu machen.

Manchmal wünsche ich mir, dass ich auch ein Poi bin und Noa besuchen kann, dass Noa auch schu, schu zu mir macht.

Im Musikvideo reißt sich ein Brautkleid von dem Körper der Frau los und flieht über eine weite Wiese. Die Frau rennt hinterher, aber das Kleid ist leicht, schnell und gemein. Es verschwindet gackernd im Nebel, und die Frau bricht zusammen, drückt ihr Gesicht ins Gras und schreit. Die Musik ist ganz heulig und mit Geige oder so was, das gefällt mir gar nicht.

Ich schaue mich um, aber ich sehe nirgendwo die Fernbedienung. Also beobachte ich lieber Noa und hoffe, dass das Aufräumen und die Geige bald erledigt sind.

»Kala hat mir gerade geschrieben und fragt, wo du bist«, sagt Noa.

Ich mache ein Hohlkreuz, starre an die Decke.

»Drückst du dich etwa?«, fragt Noa und grient.

Ich schließe die Augen und will nichts mehr hören. Da

werde ich ganz wehleidig, wenn ich daran denke, dass Kala enttäuscht von mir sein wird, oder noch schlimmer: beleidigt ist und nicht mehr mit mir redet.

»Willst du es nicht einfach hinter dich bringen?«, fragt Noa und legt sich zu mir ins Bett, zieht mich zu sich. Ich lege mich an Noas Hals und entspanne mich. Ich antworte nicht, und das ist Antwort genug.

»Weißt du was, ich schließ einfach die Tür ab.«

Ich atme schwer aus, sage, dass das nicht erlaubt ist, dass Kala das unhöflich finden wird.

»Ja ach, sie findet es doch eh schon unhöflich, dass du dich versteckst, und: Ich hab 'ne neue Massagekerze.«

Noa lächelt, holt den Schlüssel aus einem kleinen Schrank hervor und schließt die Zimmertür ab. Mit einem Hexenlachen wirft Noa den Schlüssel in irgendeine Ecke.

Ich grabe meine Nase in Noas Achsel, halte ein paar Haare mit den Zähnen fest und ziehe dran. Noa haut mir auf den Kopf, dreht mich auf den Bauch. Ich höre, wie ein Feuerzeug ratscht.

Bei der Massage verspanne ich mich erst recht. Wie soll ich das aushalten, wenn wir uns so nah sind. Noa tröpfelt mir das Kerzenöl auf den Rücken, und ich spüre die Stelle zwischen Noas Beinen, die gegen meinen unteren Rücken drückt. Ich kann an nichts anderes denken als an diese Stelle. Noa ist Noa und keine Stelle im Schritt, kein Sie, kein Er, Noa, daran muss ich mich erinnern, damit ich nicht immer wieder diesen Fehler mache.

Ich will mich nicht unwohl fühlen und drehe mich wieder auf den Rücken.

»Nicht gut?«, fragt Noa.

»Weiß nicht«, sage ich.

Noa zieht mich in den Arm, der Kloß in meinem Hals pocht. Ich setze kleine nasse Küsse an Noas Hals ab.

»Ich dich auch«, sagt Noa.

Lackschuh

Lackschuhs Handy klingelte in seiner Bauchtasche, und er versuchte es einhändig durch den Stoff auszustellen, aber es klingelte weiter, und die Hitze stieg in ihm auf.

Das war sicher Mikta. Er hatte vergessen, ihr Bescheid zu geben, wann er Ibli zurückbringen würde, und er wusste, dass sie bereits beleidigt war, es auf sich beziehen würde, dass er wieder angeschrien werden würde, sich Vorwürfe anhören müsste.

Endlich fand er den Knopf, der den Anruf ablehnte.

Er kaute auf der Innenseite seiner Lippe herum.

Er hatte erst Zahlungen von fünf Fahrgästen bekommen, wovon noch Benzin und Prozente für Taxi Mücke abgezogen werden würden. *Die Wege effizient nutzen, Pausen in die Wartezeiten legen, viel besuchte Straßen abfahren.*

Er parkte rückwärts ein, stellte den Motor ab und schluckte das Blut runter. Er könnte diesen Monat hundert Euro zurücklegen, ab zwölf Monaten wären das schon tausendzweihundert Euro mehr. Irgendwann wollte er wieder einen Laden eröffnen. Wenn der gut liefe, könnte er vielleicht einen weiteren aufmachen. Anfangs müsste er selbst arbeiten, aber es würde nicht lang dauern, und dann würde das Geld für ihn arbeiten.

»Der ist für Frauen«, sagte Ibli.

»Wer?«, fragte er.

»Der Parkplatz.«

»Ja was, du bist doch eine. Ein junges Fräulein.«

Ibli kratzte an ihrem Handgelenk.

»Ich bin elf.«

»Ja, aber schon so ein erwachsenes Mädchen.«

»Ich dachte, Fräulein.«

»Beides.«

Er kratzte sich am Kopf. Sie schaute in ihren Schoß.

»Wenn sich jemand beschwert, gib ihm einen Leberhaken.«

Er imitierte einen Schlag in Iblis Seite und lachte. Sie kicherte.

»Okay«, sagte sie und ließ sich in den Sitz sinken, »mir ist langweilig.«

»Soll ich dir was Schönes mitbringen?«, fragte er.

»Eine Leckkugel!«

»Dieses Zuckerding?«, sagte er.

»Bitte, bitte, bitte, bitte.«

»Na gut.«

Er kramte die Münzen aus der Zwischenablage, stieg aus und ließ die Tür zufallen. Der Wind kroch ihm unter die Jacke, er zog den Reißverschluss hoch. Vor dem Eingang drehte er noch einmal um und ging zurück, um das Auto abzuschließen. Er atmete durch den Mund.

An der Stelle der Mitarbeiterin, die gerade Binden einräumte, wäre er schon längst durchgedreht, aber sie drehte nicht durch, sie drehte sich hockend zu ihrem Karton, nahm zwei Verpackungen in eine Hand und schob sie in das Regal, dann drehte sie sich wieder zum Wagen, nahm zwei Verpackungen und schob sie in das Regal. Sie hatte einen lockeren Pferdeschwanz im Nacken hängen und sah aus wie eine, die Ansagen machte. Er ging an ihr vorbei und streifte mit dem Knie leicht ihren Rücken.

Er wollte nicht sehen, wie die Leute hier mit dem Dreck unter den Fingernägeln nach den Produkten griffen, wie Frauen sich einen Sixpack Limo kauften und direkt vor der Tür eine Flasche austranken. Warum konnten sie nicht warten, bis sie zu Hause waren?

Bei dem Kühlregal mit den Fertigbackprodukten nahm er den hintersten Croissantteig aus der Reihe.

Ein Mann mit Glatze schaute ihn im Vorbeigehen ein bisschen zu lange an. Lackschuh schloß die Augen, bis die Glatze seinen Einkaufswagen an ihm vorbeigeschoben hatte.

Er legte seine Hand unter die Bauchtasche und erfühlte die Münzen darin, bewegte die Finger leicht. Es waren nur ein paar, damit er nicht zu viel Geld für Lebensmittel verschwendete.

Er ging an dem Regal mit dem Süßkram vorbei, nahm eine Leckkugel und steckte sie in seine Jackentasche.

Während er an der Kasse bezahlte, beobachtete er den Lottostand, wo eine Frau neben ihrem Kind den Lottozettel ausfüllte. Er könnte Lore eine Freude machen, wenn er für sie Lotto spielte, aber vermutlich hatte sie schon längst Tipps abgegeben. Würde sie gewinnen, wüsste er es als Erster. Ihre Stimme klang in ihm nach: Wenn ich im Lotto gewinne, dann fahren wir endlich mal wieder in die Sonne. Auf den Malediven war es doch so schön.

»Zwei achtundvierzig, bitte«, sagte der Kassierer und lächelte ihn an.

Lackschuh ließ zwei Münzen in die Schale fallen.

»Stimmt so«, sagte er.

»Das können wir leider nicht annehmen, aber Sie können für obdachlose Menschen spenden.«

Der Kassierer zeigte auf einen Behälter, worauf eine saubere Hand eine dreckige festhielt.

Lackschuh lächelte ihn an und steckte das Restgeld in den Behälter. Er nickte und versuchte das Lottozeichen zu ignorieren.

Schon beim Rausgehen ließ er die Verpackung aufploppen, zupfte etwas Croissantteig ab und schob ihn sich in den Mund. Sein Magen knurrte, während er kaute. Das Fett würde ihm die nötige Energie geben. Der Teig könnte in seinem warmen Magen aufgehen und ihn vielleicht für den Rest des Tages satt machen. Er wollte sich etwas aufbewahren, er genoss es, dass sich der Teig beim Kauen in eine süße Masse verwandelte. Bei jedem Stück, das er abzupfte, ermahnte er sich, etwas übrig zu lassen, aber in seinen Wangen zog es vor Appetit. Er zwang sich, nicht auch noch das letzte bisschen zu essen.

»Scheiße!«

Lackschuh sah ein paar Meter von ihm entfernt eine junge Frau, die versuchte, ihren grünen Schirm vor dem Wind zu retten. Ihr klebte eine große Haarsträhne im Gesicht. Sein Blick traf ihren. Sie lächelte ihn entschuldigend an. Er seufzte und ging zu ihr, um zu helfen.

»Der Wind darf nicht von unten kommen«, sagte Lackschuh zu ihr und probierte verschiedene Richtungen aus, damit der Schirm stehen bleiben würde.

Er war bereits an einigen Stellen kaputt, sodass schon ein kleiner Windstoß reichte, damit sich der Schirm nach außen bog. Sie kämpften, der Schirm, die Frau und er. Sie tänzelten im Kreis, doch der Wind kam nicht nur von mehreren Seite.

»Ach egal, lassen Sie«, sagte sie nach einigen Minuten, klappte den Schirm zusammen und strich sich die Haare aus dem roten Gesicht, »schönes Hallöchen erst mal, was für ein Wetter.«

Er schaute auf ihre trockenen Lippen. Irgendwo in seinem Hals klebte noch etwas Teig, er musste sich räuspern.

»Wollen Sie einen Kugelschreiber? Wir haben auch ein kleines Nähset, Schlüsselanhänger, ähm, und Taschenlampen«, sagte sie, ging hinter ihren Stand und holte einen grünen Beutel hervor. Er nahm alles, was sie ihm hinhielt.

»Das ist für Sie.«

»Danke«, sagte er.

»Ich bin Direktkandidatin für den Wahlkreis Grindelsta, und ich würde Sie hier gern kennenlernen«, sagte sie und lächelte.

»Ja, okay, was ist mit dem Müll?«, fragte er und zeigte auf ein Stückchen zugemüllte Wiese, das mit einem Bauzaun vom Parkplatz getrennt war.

»Das Grundstück ist kein öffentlicher Platz, sondern gehört wahrscheinlich denen.«

Sie neigte ihren Kopf Richtung Supermarkt.

Er aß das letzte Stück Teig, fragte: »Und was ist mit dem

Spielplatz dahinten um die Ecke? Auch alles voll. Meine Kinder würde ich da nicht spielen lassen.«

Die Frau kramte einen Notizblock aus ihrem Beutel und schrieb sich mit ihrem grünen Kugelschreiber etwas auf.

»Haben Sie als Bürgerinnen und Bürger Grindelstas schon mal über Müllsammelaktionen nachgedacht?«, fragte sie.

»Wieso soll ich Müll von anderen wegräumen?«

»Für Ihre Mitmenschen. Als solidarischer Akt sozusagen.«

»Ach komm, und wer räumt meinen Müll weg?«

Sie lächelte ihn an, er versuchte sie ausdruckslos anzusehen, wollte das Gespräch so nicht enden lassen.

»Sie haben recht«, sagte sie schließlich, »ich informiere mich mal, was wir da machen können.«

»Ist doch eklig, so einkaufen zu gehen.«

»Ja, ich rieche es ja auch.«

Er konnte sich ein Lächeln abringen. Es war sicher auch nicht toll, Kugelschreiber vor einem Supermarkt zu verteilen. Tauschen wollte er nicht.

»Ich muss dann mal weiter«, sagte er und hob dabei die Hand.

»Tschüs, und danke!«

Nach ein paar Metern hörte er sie wieder »ein herzliches Hallöchen« sagen.

Ibli drückte ihre Nase gegen die Fensterscheibe. Er holte die Leckkugel aus seiner Jackentasche und wedelte damit vor dem Fenster rum, sie hüpfte auf ihrem Sitz auf und ab. Als er das Auto aufschloss, stieß sie die Tür auf und hielt ihren Kopf raus.

»Mann, das war ganz schön stickig langsam«, sagte sie.

»'tschuldigung, da hat mich so eine Olle zugetextet.«

Er warf ihr Kugel sowie Beutel zu und setzte sich auf den Fahrersitz. Mit den Händen krallte er sich ans Lenkrad und starrte auf den Müllhaufen hinter dem Bauzaun. Neben sich hörte er Ibli mit der Verpackung knistern und dann ihre Zähne auf die harte Zuckerschicht treffen, das Geräusch kam ihm sehr laut vor.

»In dem Beutel sind noch mehr Süßigkeiten und Schlüsselanhänger, für die Schule vielleicht. Ach, und Nähzeug«, sagte er.

»Danke.«

Er schwieg.

»Können wir jetzt zurück? Donka wollte, dass ich ihr bei irgendwas helfe«, sagte sie schließlich.

»Bei was denn?«

»Sie wollte schmücken, glaub ich. Die hat morgen Scheidungstag.«

»Wir müssen vorher noch zu meiner Frau«, sagte er und startete den Motor.

»Och nö, das ist voll weit weg.«

»Geht ganz schnell«, sagte er und fuhr los, »ich muss nur was abholen.«

Als sie auf die Bundesstraße abbogen, lehnte er sich zurück und ließ seine Arme am Lenkrad runterhängen, seine Gedanken schlurften, fielen hin und blieben liegen. Er gab Gas, denn da waren noch mindestens zehn Kilometer ohne Blitzer, die er nutzen würde. Natürlich war das Taxi nicht sein Silver Shadow, natürlich nicht, aber wenn er drin saß, konnte er sich alles vorstellen, das Gefühl herauskramen, das er gefühlt hatte, wenn er den Silver Shadow gefahren war. Es kribbelte in seinem Kopf, er roch das Leder, spürte das dünne Lenkrad in seinen Händen, und da war auch ein bisschen von dem Parfüm in der Luft. Sein tolles Parfüm aus dem grünen Fläschchen, das er selbst gar nicht mehr bewusst gerochen hatte, aber von dem ihm gesagt worden war, dass es *sein* Parfüm war.

Im Radio lief etwas, das er nicht kannte. Er drehte die Lautstärke auf null. Wenn dieses verdammte Taxi einen CD-Player hätte, könnte er bei Lore nach CDs suchen, vielleicht würde er doch noch eine finden, die nicht kaputt war.

Er sah Iblis Kopf im Dösen an der Scheibe runterrutschen, sie brummte, suchte nach einer Position, stützte sich mit dem Arm ab und legte ihren Kopf seitlich auf ihre Faust. Ihr Mund stand etwas offen. Die Leckkugel klebte in ihrem Schoß.

Er könnte Donka sagen, dass er keine Lust auf Party habe, dass es ihm leidtue, dass es ausgerechnet ihre treffe. Sie wäre nicht mal beleidigt, Donka mag Ehrlichkeit, egal wie weh sie tut. Sie hatte genug Leute um sich, die ihr Küsschen gaben, sie umarmten, da käme es auf ihn nicht an. Stattdessen wäre aber Mikta beleidigt, dass sie an dem Abend keinen auf Pärchen machen würden. Sie würde es auf sich beziehen, wenn er die Tür zum Nebenraum abschließen würde, wahrscheinlich dagegentreten, irgendwas kaputt machen, denn das war, womit Mikta sich gut auskannte: Stress machen. Dabei wollte er doch einfach nur mal wieder hinter ihr liegen, sich an ihr festhalten, seine Hand auf ihre Brust legen und ruhig einschlafen, durchschlafen. Doch Mikta wurde immer nervöser, er glaubte nicht daran, dass sie zwei Minuten ruhig daliegen könnte.

Wenn er an dem Ortsschild von dem Dorf, in dem sein Haus mit Lore stand, vorbeifuhr, fühlte es sich an, als würde das Taxi aus einem schwarzen Loch auf die Straße flutschen. An seinen Fußsohlen wurde es so warm, dass er nichts anderes mehr in seinem Körper wahrnahm, als hätte er sich in ihnen zusammengefaltet. Da unten konnte er sich ausruhen, sah nichts, hörte nichts, eine kleine Auszeit auf dem Gaspedal.

Lackschuh bog kurz vor dem Ortsausgangsschild links in die Einfahrt ab und parkte vor seinem alten Fitnessraum, in dem sich das Zeug mittlerweile fast bis unter die Decke stapelte. Er ließ das Fenster auf Iblis Seite einen Spalt offen.

»Darf ich mal mit?«, fragte sie.

Indem er ausatmete, blähte er seine Nasenlöcher auf und sah Ibli so lange an, bis ihr Blick auf ihre Hände wanderte, mit denen sie über ihre Oberschenkel rieb.

»Das geht doch nicht, die Lore mag das nicht«, sagte er und zog seine Jacke aus, um sie über Iblis Schultern zu legen. Sie kuschelte sich rein und kratzte mit einem Fingernagel über die Zuckerschicht der Leckkugel.

»Huhu«, rief er in das Haus. Es war still, kein Fernseher oder Geschirrklappern, da waren nur die Autos auf der Hauptstraße zu hören. Er hätte seine Jacke nicht im Auto lassen sollen, er zog seine Schultern an und steckte seine Hände in die Hosentaschen. Er sah fast nichts, der Lichtschalter im Flur schien nicht mehr zu funktionieren.

In der Küche hob er den Deckel von einem Topf an, worin zwei Klöße aneinanderklebten. In einem kleineren Topf daneben glänzte eine braune Soße. Mit dem Finger drückte er in den Kloß. Fühlte sich gut an. Er nahm ihn ganz in die Hand, drückte das Wasser etwas raus und tunkte ihn in die Soße. Die Soßenhaut wickelte sich um den Kloß, indem er ihn drehte.

Es schmeckte süß, er biss noch zweimal ab und hielt seinen Mund schließlich unter den Wasserhahn, um alles freizuspülen. Das Wasser war so kalt, dass es in seiner Speiseröhre brannte.

»Jasses ne!«, sagte Lore. Sie stand in der Tür vom Wintergarten zur Küche und hielt sich die Hand an ihren Brustkorb.

»Ich dachte schon, du bist nicht da«, sagte er.

»Wo soll ich denn sein?«, fragte sie und begann das Geschirr abzuwaschen, das sich neben der Spüle stapelte.

»Ich hab nicht sauber gemacht.«

Er stellte sich hinter sie und legte seinen Kopf in ihren Nacken. Sie roch nach den feuchten Wänden. Er griff mit einer Hand an ihre Brust, ließ das alte Silikon darin mit den Fingern hin und her rutschen.

»Dein Bademantel hängt draußen, ist schon trocken«, sagte sie, »ich hol gleich mal die Post.«

Im Wintergarten war die Luft weniger modrig. Lackschuh hielt seine Hände über den Heizlüfter, der neben einem kleinen Tisch stand, und schaute sich an, was Lore aus Zeitschriften ausgeschnitten hatte: ein Gewinnspiel für einen Urlaub im Viersternehotel in Marrokko, Bordeaux für den Fashion-Herbst, Tipps für einen Trip nach Athen, Hämorrhoiden: Hilfe für den Allerwertesten.

Draußen nahm er seinen Bademantel, der über Adonis' Kopf hing. Lackschuh versuchte, das Moos von Adonis' weißer Brust zu kratzen, aber das Wetter hatte sich zu weit in den Stein gegraben. Er zog seine Oberteile aus, hängte sie über Adonis und schlüpfte in den warmen Bademantel.

Der Rasen musste gemäht werden, doch wenn er einmal anfangen würde, wäre er tagelang beschäftigt. Er müsste einen Rasenmäher besorgen und eine neue Pumpe, um den grünen Schmodder aus dem Pool zu pumpen. Ihm würde bei der Arbeit ganz warm werden, Lore würde Kaffee kochen und drinnen aufräumen. Vielleicht würde Karsti von drüben mit einer ihrer Porzellanpuppen vorbeischauen und davon erzählen, dass man ihre Hündin Ronda aus dem Garten geklaut habe. Dass Ronda jetzt in einem Tierversuchslabor sei.

Im Sommer könnten sie eventuell schon wieder im Pool baden. Wohnte Karsti überhaupt noch hier?

Er band den Bademantel zu und ging zurück in den Wintergarten. Zwei verpasste Anrufe: Mikta und Taxi Mücke. Er schrieb eine schnelle SMS an Mikta: »Bringe sie heute Abend zurück!!!«

Seine Pantoffeln standen noch vom letzten Mal vor dem Sessel. Lore hatte anscheinend nichts angerührt, allerhöchstens hatte sie die Pantoffeln zum Fegen hochgehoben, mehr nicht. Er nahm die Fernbedienung und schaltete den Fernseher ein, stellte die Lautstärke aufs Maximum. Es lief nichts Interessantes, aber er schaute trotzdem hin. Eine blonde Frau war empört über irgendetwas, ihr Mund stand offen, und ihre Augen waren weit aufgerissen. Ihre Frisur sah aus wie betoniert.

Lore legte ihm eine kleine Schale mit Butterkeksen und einen Stapel Briefe hin. Es waren sicher zwanzig Briefe. Er nahm sich einen Butterkeks und stieß den Stapel mit dem Zeigefinger um. Der Keks knackte, als er abbiss.

»Bestimmt vier Briefe vom Amtsgericht«, sagte Lore.

Er nickte. Lore biss in einen Butterkeks, setzte sich auf

das Sofa neben ihn und hustete. Das Haus hatte er von seiner ersten Million gekauft, dem Amtsgericht war es wahrscheinlich nicht mal ein Viertel so viel wert.

»Die kennen wir«, sagte sie und zeigte auf die blonde Frau, »die und ihr Mann haben doch diese potthässlichen Klamotten verkauft damals und sind damit auch noch reich geworden.«

»Schöner hat sie das trotzdem nicht gemacht«, sagte er.

»Die Frau hat keinen Stil, noch nie gehabt.«

»Ja.«

»Hast du eigentlich noch dieses Fußkettchen? Das teure?«, fragte er so vorsichtig wie möglich.

»Und das ganze Botox, Jasses ne.«

»Das goldene Fußkettchen, Lori«, sagte er, »aus Frankreich.«

»Was ist damit? Das ist im Pfandhaus.«

»Okay, und sonst? Der ganze andere Schmuck?«

»Ich musste Gas kaufen.«

»Gar nichts mehr da?«

»In der Leihe, du kannst es abholen und mir ein zweites Mal schenken«, sagte sie und sah ihn nicht an.

Er schaute auf ihren schlaffen Hals, in dem es sich bewegte, als würde ein Hamster von einer Seite zur anderen springen.

In der Bademanteltasche fand er kein Feuerzeug, er sah sich um und entdeckte auf der Fensterbank eine Streichholzschachtel. Lores Hamster wütete noch in ihrem Hals. Beim Aufstehen füßelte er nach seinen Pantoffeln und griff in den umgefallenen Briefstapel, zog drei Briefe raus. Er legte seine Hand auf Lores Hals und ließ sie dort liegen, bis sich ihre Haut seiner Handwärme angepasst hatte, dann versetzte er die Hand einige Zentimeter und wartete auf die Wärme. Sie schloss die Augen und drückte sich etwas gegen seine Hand, der Hamster in ihrem Hals entspannte sich und schlief ein.

»Wollen wir oben noch mal gucken?«, fragte er.

»War lang nicht mehr oben, da schimmelt es weg.«

»Schmuck schimmelt ja nicht.«

»Wenn du unbedingt willst, guck halt.«

Er zündete ein Streichholz an und hielt es an den Rand von den Briefen. Lore stand auf, nahm die restlichen Briefe vom Tisch und öffnete die Tür zum Garten. Sie warf den Stapel auf den Steinboden, und Lackschuh legte vorsichtig die anderen Briefe dazu. Ein kleines qualmendes Lagerfeuer, Lore hielt sich die Hand vor den Mund, Lackschuh hustete und legte seinen Arm um ihre Hüfte. Sollte das Amtsgericht doch abfackeln, das Haus war ihres.

»Soll ich das Sofa für dich fertig machen?«, fragte sie, als aus den Briefen ein Aschehaufen geworden war.

»Ja«, sagte er.

»Das Balg von deiner Prostituierten kommt mir aber nicht ins Haus.«

»Okay«, sagte er.

Ibli

Bevor ich also für immer Tschüssel sage, werde ich Vroni bitten, mich auszustopfen. Sie soll mir meine Haut abziehen und sie über eine schöne Birnenform spannen. Ich vertraue da wirklich Vronis kreativer Hand, dass ich nicht wie vorher aussehen werde, sondern hübsch dekoriert, eine

Augenweide. Ich wollte schon immer eine saftige Birne sein, und so ist mein heutiger Hirntod eine Chance, mich weiterzuentwickeln, über mich hinauszuwachsen. Vroni könnte mich vor meine Tür, in unseren Flur, stellen, und es würde den Pois nicht mal auffallen, dass meine Nieren aus Styropor sind. Wenn ich nichts sage, werden sie das gern als Ja verstehen: Ja, ich tröste dich; ja, ich bin für dich da; ja, du hast hübsche Hoden.

Mein Hirntod kriecht näher, das merke ich ganz genau, während ich hier im Flur stehe und friere. Mein Hirntod hat heute Morgen schon bis später zu mir gesagt, und ich finde es ganz gut, dass ich so in der Lage bin, mich auf meine Birnenform vorzubereiten.

Ich suche nach Vronis roten Augen und sage: »Pscht, hey, huhu«, aber sie dreht sich nicht zu mir, sondern lächelt weiter einen Poi vor sich an. Kuffi lacht wegen meiner Vogellaute, weshalb ich das noch ein bisschen weitermache. Er liegt zwischen Vronis Beinen und hält sich an ihrem Zeh fest.

Auch Lucia (19, jungfräulich), die zwischen mir und Vroni in der Reihe steht, reagiert nicht auf mein Flüstern. Vroni und ich sind keine Besten, sind emotional nicht verwoben, aber doch dadurch verbunden, dass unsere Zimmer gegenüberliegen, dass wir uns täglich ansehen müssen. Ich werde sie noch fragen können, bevor alles in mir ausfallen wird. Bevor meine Nase das letzte Mal den Weingummigeruch von Noa einzieht, bevor meine Augen das letzte Mal meine Füße anstarren. Ich bin mir sicher, dass meine Ohren als Letztes ausfallen, weil die nämlich nicht richtig mit meinem Hirn verbunden sind. Alles Gehörte kommt viel später dort an, so werden sie auch bei meinem Hirntod den Absprung verpassen und völlig hektisch einfach aufhören, Ohren zu sein.

Lucia tritt auf meinen nackten Fuß und guckt mich an. Ihre Augen sind ganz nass und tropfen. Wir stehen so nah bei einander, dass ich sie einfach knutschen könnte, und das lässt meinen kleinen Zeh ganz warm werden, aber ich weiß natürlich, dass Lucia das jetzt nicht wollen würde. Niemand Tropfendes wollte je geknutscht werden, vor allem nicht während Kalas Morgenandacht. Ich würde gern Lucias zitternde Unterlippe festhalten und beruhigen, weil es meine Schuld ist, dass diese ganzen Unterlippen hier gerade in einer Reihe bibbern. Bitte, Mister Hirntod, komm mich bald abholen, ich will das nicht miterleben.

Ich würde Vroni vielleicht bitten, meine Birnenform mit Silikon zu überziehen, in Pink. Sie soll ein Schild danebenhängen: Bitte nicht anfassen; und wenn ein Poi mich doch berühren wollen würde, weil er sich unbeobachtet fühlt, gäbe es einen lauten Alarm. Alle würden aus ihren Zimmern rennen und meine wertvolle Birnenform mit Leib und Leben verteidigen.

»Schön, dass ihr alle Zeit hattet«, sagt Kala sanft.

Mein Gesicht fühlt sich klebrig an, und ich kann mich nicht bewegen. Da ist hoffentlich schon was weg, es wird nicht mehr lang bis zum Totalausfall dauern.

Kala berührt meinen Arm. Ich zucke zusammen, ein Stich in meine Haut.

Ich weiß doch auch nicht, wie ich den anderen erklären soll, dass ich mich vor der Beratung gedrückt habe.

Kala hebt mich hoch, sie schlingt ihre Arme um mich, und hau ruck, als wäre ich ein kleines Hündchen, das vom Boden auf das Sofa gesetzt wird, baumeln meine Beine in der Luft. Sie stellt mich ein paar Meter weiter neben sich ab. Da stehe ich, fühle vor Scham körperliche Schmerzen, will mich auflösen. Ich schaue in Zolas Gesicht, die mit den anderen zusammensteht. Ihr Gesicht ist ernst, Zola ist wahrscheinlich die Einzige, die ihre Gesichtsmuskeln unter Kontrolle hat. Hab ich sie angesteckt mit meinem Dasein als Stein?

»'tschuldigung«, sage ich aus Versehen laut.

Zola schaut mir in die Augen, und da fällt mir wieder ein, dass ich ihr nicht geantwortet habe, dass wir de fuckto noch Stress haben. Ich versuche ihren Gesichtsausdruck zu lesen, schaue ganz genau hin: Bist du meinetwegen angespannt? Presst du die Zähne aufeinander, oder lässt du den Unterkiefer baumeln? Meine Augen tun schon richtig weh, aber dein Gesicht gibt mir überhaupt keine Auskunft, ich weiß nicht, was zwischen uns ist, ob alles okay oder alles vorbei ist.

»Wie ihr wisst, musste ich leider, leider ein Bußgeld bezahlen«, sagt Kala, »weil Ibli die Gesundheitsberatung … nicht wahrgenommen hat.«

Ich forme ein Hallo in Zolas Richtung.

Zolas rechter Mundwinkel zuckt kurz hoch, und gleich fühle ich mich etwas besser.

Diese zwanzig Stunden ohne dich habe ich zwar jetzt für immer verloren, aber nach Kalas Hundekommando können wir in doppelter Geschwindigkeit Zeit miteinander verbringen, uns richtig schnell umarmen, dann aber mehrmals, und stürmisch reden, uns alles erzählen, wir müssen diese Schlucht zwischen uns rasch füllen.

»Deswegen muss ich die Miete auf hundertzehn pro Tag anheben. Es tut mir von Herzen leid«, sagt Kala und nickt mir zu.

Einige buhen mich aus, andere sagen überhaupt nichts, schauen nur finster in meine Richtung, und andere schreien rum. Wie unfair. Das kannst du doch nicht machen. So ein Kackscheiß. Ich senke den Kopf und lasse es auf mich rieseln, ertrage, was ich zu ertragen habe. Das ist alles in Ordnung, solange Zola wieder anfängt, meinen Kopf zu kraulen. Ich kann das aushalten.

Wenn Zola und ich uns wieder vertragen, möchte ich eigentlich doch nicht ausgestopft werden. Ich muss meinem Hirntod sagen, dass ich heute keine Lust habe und morgen wahrscheinlich auch nicht, dass mir das Hin und Her zu verzeihen ist.

»Tut mir den Gefallen und macht die Beratungen. Sie sind Pflicht«, ruft Kala in die Menschenknäuel hinein, die sich gerade auflösen.

Ich starre auf Kalas Mund, aus dem Wörter herauspurzeln, die ich kaum verstehen kann. Kleine Fältchen umranden ihn. Höher wandere ich nicht, ich will nicht riskieren, in ihre Augen zu sehen. Ein Poi hinter uns kichert.

Als Noa an mir vorbeigeht, sehe ich, dass sie auf meiner Seite ist. Ich lächle entschuldigend und wiege mich in Sicherheit, schleiche mit gesenktem Kopf zu Zola und stoße mit meiner Schulter gegen ihre. Doch sie weicht vor mir zurück, straft mich mit einem Blick, der mich irgendwo tief in meinem Darm trifft. Ich stehe auf dem Schlauch, zehn Euro hin oder her, teuer ist die Miete doch sowieso.

»Du bist so egoistisch«, zischt Zola mir zu.

Aber wieso denn, will ich flüstern, du wolltest doch auch nie zu den Beratungen, hast dich gewunden und gequält. Kannst du mich denn kein bisschen verstehen? Stattdessen steht mein Mund offen, kein Wort traut sich raus, nur ein kleiner Laut, ein Ahh. Das war's, mehr wird heute nicht von mir zu erwarten sein.

Sie verdreht die Augen, lässt ihren Zeigefinger nach vorn schnellen und sticht mir damit in die Brust.

»Meine Schwester verlässt sich auf mich. Sie braucht das Geld. Auch die zehn Euro. Zehn Euro für sie gehen jetzt einfach flöten. Verstehst du das nicht? Du kannst dir das vielleicht leisten. Ich nicht, okay?«

Mit jedem Wort ein Stich. Sie baut sich vor mir auf, ich mache mich klein, drücke meine Zellen zusammen, nicke, bejahe alles, was sie sagt. Sie packt mich mit ihren dampfenden Händen am Kopf, ihr ganzer Körper glüht, die Wärme strahlt zu mir rüber.

»Seid ihr lieb zueinander, ja?«, sagt Kala.

Ein paar Pois hinter uns giggeln.

Zola presst die Lippen zusammen, während Kala ihr die Hand auf den Oberarm legt. So stehen wir da, Zolas Hände an meinem Kopf, Kalas Hand auf Zolas Oberarm. Mich fröstelt es.

»Liebes, lass sie los. Komm schon«, sagt Kala.

Sie zieht erst an Zolas Arm, beginnt dann zu zerren.

»Scheiße, lass mich in Ruhe, okay?«, sagt Zola, ihre Augen sind plötzlich ganz rot, und ich kann ihrem Blick nicht standhalten, mache die Schotten dicht.

»Du bist immer so wütend, beruhige dich«, sagt Kala in einer zuckersüßen Stimme, die mir aggressiver vorkommt als ein Schlag ins Gesicht.

Das lässt Zola platzen, sie lässt mich los, ich höre sie Luft holen und will mir die Ohren zuhalten.

»Du, für dich ist das alles fein und lieb und schön, du spielst dich hier als Polizeihund auf, seit dein komischer Thorsten verreckt ist. Was soll die Scheiße? Wie soll ich das meiner Schwester und ihrer Ausbildung erklären? Ich hab keinen Fehler gemacht, muss jetzt aber die Strafe von wem anders zahlen? Kannst du mir das vielleicht mal erklären?«, schreit Zola und spuckt dabei kleine Tröpfchen in Kalas Gesicht, das sich zusammenzieht wie eine Schnecke. Im Flur ist es ganz still.

Das tut sie jetzt nicht wirklich, ich will ihr sagen, dass sie es nicht wagen soll, doch da rollen schon die Tränen über Kalas Wangen. Ihr Mund steht offen, ich kann ihre Zunge sehen und muss mich räuspern.

»Du solltest gehen«, sagt Kala zu Zola.

»Ich steh schon auf Dicke«, höre ich einen Poi weiter hinten leise sagen.

Ich halte mir die Hand an meine räuspernde Kehle.

»Echt jetzt?«, fragt ein anderer.

Ich räusper mich in Rage.

»Ja, die sind stark und ganz warm, zum Ankuscheln.«

Mein Räuspern wird zu einem Grunzen.

»So was darfst du denken, Brudi, laut sagen lieber nicht.«

Da sehe ich aus Versehen in Kalas Augen, und mein Mund sperrt sich auf und lässt ein langes Grunzen anschwellen. Mein Oberkörper dreht sich nach links, meine Arme winkeln sich an, und mein rechter Fuß stellt sich quer. Ich bemerke, wie ich die Kraft aus meinem Rücken über die linke Schulter, meinen Arm und meine Hand in Kalas rechte Seite schießen lassen will. Ich sehe sie schon umfallen und sich auf dem Boden zu einem Embryo zusammenkrümmen, aber mein Arm fällt einfach wieder runter und baumelt neben mir.

Vom ganzen Grunzen ist mein Hals ganz trocken geworden, und ich schaffe es nicht, mit Speichel nachzuspülen. Ich setze mich auf den Boden und fange an zu husten. Es wäre so schön, wenn mir jemand etwas zu trinken geben würde, aber da ist niemand mit einem Wasserglas. Ich kann nicht ganz ausschließen, dass ich an meinem eigenen Krächzen ersticke.

Ich suche die Gesichter ab, will in ihnen Zola oder Noa erkennen, aber alle sehen gleich aus, runde rosane Pobacken, die auf Hälsen rumsitzen. Auch mit zusammengekniffenen Augen kann ich einfach keine Nasen oder andere Gesichtsmerkmale feststellen. Wenn ich nicht so weit von meinem Zimmer entfernt wäre, würde ich einfach in mein Bett robben und schlafen, damit ich wieder genug Energie hätte, mit meiner Zola zu sprechen. Doch mit dem Aufzug zu fahren packe ich nicht. Ich bleibe hier liegen, lasst mich liegen.

Jemand packt mich, nein, zwei Jemande packen mich an Händen und Füßen. Sind Stunden vergangen? Ich schwebe in der Luft, vermutlich habe ich meine Kraft für dieses Jahr aufgebraucht und werde erst wieder im nächsten laufen und sehen können. Fast wollte ich fragen, wer mich da trägt, aber es ist mir egal. Wenn mich Pois einfach eingesteckt und mitgenommen haben, gibt es niemanden, der sie aufhalten würde. Eigentlich will ich ab jetzt gar nicht mehr wissen, was mit mir passiert. Schleppt mich überall hin, aber ich werde für immer so tun, als wäre ich bewusstlos.

Ich spüre ein Saugen an meinem Hals. Es ist ein starkes, denn meine Haut reißt in dem Sog ein bisschen ein, ich sage Autsch. Kuffi liegt auf meiner Brust und hält mich mit seinem Bebimund fest. Es bleibt mir nichts anderes übrig, als ihm auf den Hinterkopf zu klatschen. Einmal leicht, aber als er nur noch fester saugt, lasse ich es richtig auf seiner Kopfhaut flatschen. Er hört auf und guckt mich mit aufgerissenen Augen an, sein Säuglingssabber hängt an einem langen Faden aus seinem Mund nur wenige Millimeter über meiner Haut.

Du bist ein ganz, ganz ekliges Bebi, meistens nass, mindestens feucht.

Ich imitiere mit meinen Händen eine Schere und schneide den Faden durch, dabei mache ich ein schmatzendes Geräusch, und das gefällt dem Kuffi wieder. Wie gern würde ich in seinen kleinen schwulstigen Körper schlüpfen und mich dort ausruhen. Seine Hand greift eine Haarsträhne. Reiß sie ruhig aus, mein Speichelschatz.

»Hallo, Süßi«, sagt Noa zu mir.

Da fällt mir auf, dass ich das erste Mal in Vronis Raum bin. Der Geruch verrät es mir, ihr Zimmer riecht wie sie selbst, nach Pflanzen, nach Wiese. Noa setzt sich zu mir auf den Boden und streichelt meinen Arm.

»Sprichst du jetzt mit Fäusten statt mit Worten?«, fragt Noa und lacht mich aus, »ich hab gesehen, wie du deine kleine Faust geballt hast.«

Das Bild von mir, wie ich grunzend aushole, aber nicht schlage, wird nun für lange Zeit bei den anderen kostenlos im Gehirn wohnen.

Es wird sich alles ändern, da ich jetzt fast gewaltttätig bin.

Wenn ich die anderen auf dem Flur treffe, werden sie die Faust zur Begrüßung schwenken, vielleicht werden sich jetzt alle an meinen Namen erinnern: I b l i, die fast eine Schlägerbraut geworden ist. Ich muss dieses neue Ich pflegen. Das bedeutet vermutlich auch, dass ich Musik mit viel Gitarre hören muss. Ab dem heutigen Tag werde ich Ibli (21, potenziell aggressiv) sein. Starke Frauen sind sexi, die wissen, was sie wollen.

Aus meinem Inneren steigt es auf, es muss tief in meinem Gewebe festgesteckt haben: Ich muss lachen und erschrecke mich über das Geräusch. Wieso lache ich, wie eine Raucherin hustet? Dass ich noch Muskeln fürs Lachen besitze, wundert mich sehr, es freut mich. Das ist eine große Überraschung, heute ist mein Geburtstag, ich lache laut und spucke auch, es ist egal, ich schleudere alles aus mir heraus.

Ich umarme Noa und lache, daneben sitzt Kuffi, lacht auch, weil ich ihn von meinem Bauch auf den Boden geschubst habe.

»Huch«, sagt Noa und hält mich ein bisschen zurück, denn ich werde ganz stürmisch und will mich auf Noa werfen und über Witze lachen, die Noa vor Wochen gerissen hat. Schau, ich lasse alles aus mir heraus, ich bin so zügellos.

»Die arme Zola«, sagt Vroni, die ich bisher ganz vergessen habe, die auf ihrem Bett liegt und meinen Sturm auf Noa beobachtet, »Kala ist noch ganz geschockt.« Ihre roten Augen leuchten.

Ich schüttel mich vor Lachen, will ihr sagen, dass es Zola gut geht, dass nun eine neue Epoche unserer selbst beginnt. Unser neues Wir ist nicht arm.

»Sie hat Zola den Vertrag gekündigt«, sagt Noa und hält mein lachendes Gesicht fest, das jetzt einfriert.

»Was heißt das? Wo ist sie?«, frage ich.

»Schon weg.«

»Nein«, sage ich.

»Das geht nicht«, sage ich.

»Ist sie nicht«, sage ich.

»Wo ist sie?«, frage ich.

Noa sagt: »Ich weiß, atme durch.«

Vroni sagt: »Es ist auch ein bisschen deine Schuld.«

»Ich wollte das nicht«, sage ich, grinse und weiß nicht, warum, hab die Macht über mein Gesicht verloren.

»Hm«, macht Vroni.

»Holen wir sie zurück?«, frage ich Noa panisch.

»Ich mag es hier, hier habe ich einen Alarmknopf«, sagt Noa.

Im Dunkeln wälze ich mich durch Zolas Bett und umklammer meinen Sauger, aus dem die Fusseln hängen. Der Raum riecht nicht mehr nach Zola, die meisten ihrer Sachen sind weg. Ich habe ihren Fernseher eingeschaltet, auf dem wie immer der Sportkanal mit Eiskunstlauf flimmert. Während eine Frau mit Dutt zu Operngesang über das Eis wirbelt, leuchtet mein Fon an die Decke, und ich warte, hoffe, dass sie onlein kommt, weiß gar nicht, ob sie außerhalb vom Palast noch meine Beste ist, wo sie mittlerweile überhaupt ist. Zu Zola sind doch immer so viele Pois gekommen, sie darf nicht gehen. Was ist mit ihrer Schwester und ihrer Ausbildung? Muss sie jetzt zurück? Wo soll sie denn hin? Ich tippe ihr eine Nachricht.

Ist es kalt draußenß

?

alles gut?

Wo bisz du denn??

Hasst du mich?

Meine Backe ist ganz zerbissen, und in meinem Kopf knirscht es. Wenn ich mich bei Kala entschuldige, lüge ich, viel lieber würde ich mich bei Zola entschuldigen, aber persönlich. Ich will jede kleinste Regung in ihrem Gesicht dabei beobachten, wenn ich aufzähle, wofür ich mich alles ihr gegenüber schäme.

Seit ein paar Stunden knackt es in meinem Ohr, weil ich an nichts anderes denken kann.

Ich lasse das Fon liegen und gehe ins Badezimmer, ich schleiche, obwohl mich niemand suchen wird.

Ich kratze an den Zahnpastaspritzern auf dem Spiegel, schaue mich nach etwas um, das Zola vermissen könnte, das sie nicht mitnehmen konnte. Enthaarungskreme vielleicht nicht, aber ihren Bauchnabelring auf jeden Fall.

Wie ich mal den Ring an meinen eigenen Bauchnabel gehalten habe, um zu gucken, ob der mich hübscher macht, und Zola plötzlich ganz komisch war, als hätte ich den Ring dreckig gemacht. Da ist mir die Frage rausgerutscht, wie sie so als Kindchen war, und das fragen wir hier im Palast natürlich nicht. Zola hat total richtig reagiert und gesagt, dass sie mal versucht hat, Eiskunstläuferin zu sein, aber man ihr gesagt hat: Elefantenfüße wollen wir hier nicht.

Da hatte ich beschlossen, mir auch so eine Geschichte für mich auszudenken und sie Zola später geschickt:

»Eine Delfinin ist in unser Leben getreten, und am Ende ist mein Paps gestorben.«

Sie hat nur mit drei Pünktchen geantwortet und dann geschrieben:

»Delfine sind keine Menschen, das macht null Sinn.«

Wir haben nie wieder darüber gesprochen.

Ich rieche an Zolas Parfümflasche. Mir ist neu, dass sie andere Gerüche als ihren eigenen trägt. Es riecht nach Alkohol und Omi. Ich nehme ihren Rasierer, in dem noch ein paar schwarze Borsten hängen, stecke den Stecker in die Dose und fahre mit der Klinge an meiner rechten Kopfhälfte über meinem Ohr entlang. Die Haare ergeben sich und fallen runter auf den Boden. Ich fahre die Linie weiter, eine lustige Fahrt einmal um meinen Kopf, bis ich auf der linken Seite wieder ankomme. Ich rasiere meine Augenbrauen zur Hälfte ab und finde mich taff. Ich bin eine mit Frisur auf den Zähnen, immer einen lockeren Spruch auf den Lippen. Mein Spiegelbild spuckt mir ins Gesicht.

Wenn etwas richtig Schlimmes passieren würde, etwas, das nicht zu verwechseln ist und klar erkennbar, zum Beispiel der Tod oder die Misshandlung einer Person, die mich liebt, zum Beispiel von Zola, dann könnte ich öffentlich durchdrehen, dann endlich, vor allen, vor den ganzen berührten Gesichtern, dann kann ich mich so richtig gehen lassen, schreien, auf den Boden schlagen, mit den Beinen strampeln, tagelang im Kreis galoppieren und buhuu jaulen. Einmal alles durchspülen, den Dreck rausschwimmen lassen. Niemand würde fragen: Was ist denn bloß mit dir? Das wäre sogar eine absolute Dumpfkopffrage. Wenn ich neben dem Abgrund stehe, ist nicht zu fragen, warum ich schreie. Mein Schmerz wäre endlich gerechtfertigt. Und ich stelle mir vor, dass dieser Zustand nicht endlos weitergehen würde. Wenn alles rausdürfte, was da an der Tür klopft, dann würde irgendwann ein Moment der gläsernen Ruhe einsetzen. Nein, natürlich wünsche ich mir nicht, dass so etwas Schlimmes passiert, ich spiele es doch bloß durch.

Im Nebenraum höre ich es vibrieren, ich lasse den Rasierer auf den Boden fallen, und während ich rüberspringe, befürchte ich, dass es gar nicht wirklich, sondern nur in meinem Kopf vibriert hat.

Aber das Fon leuchtet mit seinen Neuigkeiten wie ein Mini-Ufo, ich darf das Universum nicht herausfordern, muss mich richtig verhalten, damit niemand anderes als Zola mir geschrieben hat. Ganz ruhig, ich darf nichts überstürzen, muss die Augen schließen, muss es mit zwei gerade ausgestreckten Händen hochnehmen, in einem angenehmen Abstand vor meine Brust halten. Ich öffne die Augen.

Vroniii hat die Gruppe »Komm zurück Zola« erstellt.
Du wurdest hinzugefügt.

Es vibriert wieder.

Richtig gute Idee!

Hallo

Da weiß ich nicht, was ich schreiben soll, weil ich doch davon ausgehe, dass ich schuld, dass ich der Grund für Zolas Leid bin. Die anderen müssen mich hassen, sie haben keine Wahl, das ist nicht zu entschuldigen, und ich kann nichts machen als warten. Mir ist peinlich, dass Zola mir nicht antwortet. Ich komme nicht hinterher im Kopf. Wie können lauter Einzelne eine Gruppe sein? Ich klopfe gegen meine Schläfe, während nacheinander neue Namen auftauchen: Flavia wurde hinzugefügt. Lucia und andere Namen, die ich lange kenne, die ich aber noch nie ausgesprochen habe. Zola wurde auch hinzugefügt. Wir haben sogar ein Gruppenbild: eine schlafende Katze auf dem Schoß. Ich kenne die Katze, sie läuft manchmal über meine Füße, wenn ich in der Küche einen Tee koche und Kekse in einer Schale anrichte.

zoola hat die Gruppe verlassen

Hä?

@noa Vielleicht will si3 gar nciht zurück.

Die ist bestimmt sauer.

oder sie nach hause

oder arbeitet woanders

Lackschuh

»Hossa! Auf Aimen und die Scheidung!«, rief Donka.

»Auf Aimen!«

Lackschuhs Schulter wurde berührt, und einen Moment später hielt er ein weiteres Glas in der Hand. Er beschäftigte sich schon eine Stunde mit dem anderen Glas, indem er seine Lippen zwar um den Glasrand legte, aber wenn der Alkohol beim Kippen in seinen Mund wollte, ließ er nichts oder bloß ein Tröpfchen rein, das er auf seiner Zunge verdunsten ließ. Er bemerkte, wie Mikta neben ihm wackelte, in seinen Arm drückte, in seine Hand, die sie noch festgehalten hatte, bevor das zweite Glas kam. Sie legte ihren Arm um seine Hüfte und drückte ihren Kopf gegen seinen Hals. Er könnte sich einfach ein bisschen drehen und ihr einen Kuss aufs Haar geben.

Wenn er noch eine Stunde durchhielt, wäre er lange genug geblieben, dann könnte er auf die Theke klopfen und Tschö sagen, die Gläser endlich abstellen. Sie alle würden ihren kleinen Tanz aufführen: Donka würde so tun, als wäre es schade, dass er schon gehen müsse, die anderen Gäste würden einsteigen und er auch, vielleicht würde er ein paarmal umarmt werden, sie würden Oh und Ah und Och machen. Die Arbeit, würde er behaupten.

»Sausack!«, sagte Mikta.

Sie hielt ihr Glas hoch und drückte in Lackschuhs Hüfte.

»Wer jetzt?«, fragte F.

»Na, hier, Aimen, die Kackbratze!«

Mikta nahm noch einen Schluck aus ihrem Glas und lächelte ihn an, er versuchte, irgendwie zu reagieren, schaffte es aber nicht.

»Aimen war ein total guter Typ. Wie der sich gekümmert hat, immer am Machen und Tun, aber ich konnte das nicht. Das war nichts für mich«, sagte Donka.

»Blöde, wenn man das nach der Hochzeit merkt«, sagte F.

»Vor allem teuer, sag ich mal, aber ich mein, er hat mir 'nen Affen gekauft«, sagte Donka.

Sie warf dem Affen einen Luftkuss zu, der mit einer Girlande um den Hals auf den Zigarettenautomaten gestellt wurde.

»Mensch, du sahst so gut aus in dem weißen Kleid«, sagte eine mit krausen Haaren.

»Ach, dieser Fetzen von meiner Mutter.«

Ein Geschenk musste her, irgendwas Schönes, bei dem sich Mikta die Hände vors Gesicht halten und ihre Stimme hoch werden würde. Das Fußkettchen war zwar alt, aber teuer gewesen. Wenn er genug Scheine erspielen würde, könnte er direkt zum Pfandhaus, und Mikta würde ihn mit diesem süßen Geschenkeblick anschauen, für einige Tage zufrieden dasitzen, ihren Fuß stolz hin und her drehen und betrachten.

»Also, Männer sollte man abschlachten, finde ich, alle«, sagte Mikta und stieß ihn an. Er schaffte es, sich zu räuspern. Die Leute an den Tischen drehten sich um und starrten ihn an, sogar der Typ, der gerade vom Klo gekommen war. Mikta zog ihn noch näher an sich und presste ihren Mund auf seine Wange.

»Den hier auch«, sagte sie und lachte sehr laut. Oder es war so still, dass sich jedes Geräusch wie ein Faustschlag auf dem Tisch anhörte.

»Das geht gar nicht«, sagte eine Frau am Tischfenster.

»Ähm, wer will noch?«, sagte Ibli mit hängenden Lidern und hielt eine Schale mit Weingummi hoch. Ihr Gesicht schien eingeschlafen, vielleicht träumte sie sogar schon.

»Nu ist mal gut«, sagte Donka, »heute geht's um mich.«

Sie schaltete den Fernseher ein, drehte die Lautstärke hoch und ließ ihre Hüften kreisen. Endlich guckten einige Gäste wieder weg.

Da wand er sich aus Miktas Griff und nahm Ibli mit einem Hauruck auf den Arm. Sie strampelte noch etwas, legte dann aber den Kopf auf seine Schulter und ließ ihre Arme und Beine wabbelig werden.

»Kleine müde Hummel«, sagte die Krause neben ihnen und strich mit der Rückseite ihres Fingers über Iblis Nasenrücken.

Es wurde ganz warm an seiner Schulter, er wippte sie etwas, warf sie ein bisschen hoch, damit er sie besser festhalten konnte, und legte seine Wange an ihre Stirn. Wie sich seine Brustmuskeln anspannten, um Iblis Gewicht halten zu können, lichtete es sich in seinem Kopf, die Schmerzen darin wanderten in die Muskeln, ließen sie leuchten. Die Berührung mit Ibli war real, ganz nah, er war da.

Er sah Mikta an, die ihren Kopf zur Seite gelegt hatte und mit ihrem Mund *Wie süß* formte. Die Strahlen ihres Lächelns trafen ihn direkt ins Mark, als hätte er keine Haut mehr, keinen Schutz, er bestand nur noch aus puren Muskeln. Er sendete Signale in sein Gesicht und lächelte zurück. Sie ergaben ein Dreieck im Raum: Lackschuh, Mikta und Ibli.

Seine Arme begannen zu zittern, also legte er Ibli auf das Sofa neben dem Zigarettenautomaten. Eine Tabakwolke wurde hochgedrückt, als er sich danebensetzte.

Wie schön musste es sein, immer und überall einschlafen zu können, ohne Gedankenknirschen einfach wegzuschlummern. Bei ihm fühlte es sich eher wie ins Koma fallen an, aber schlimm, also so, dass nicht sicher war, ob er das überleben würde. Sein Handy klingelte, Taxi Mücke.

Er sah, dass Mikta an der Theke den letzten Schluck aus ihrem Glas nahm und zu ihm rübergewackelt kam. Er wusste genau, was dieser Catwalk zu bedeuten hatte, und nahm den Anruf an, flüsterte Mikta zu, dass sie schon mal vorgehen solle.

Während er die Beschimpfungen von dem Taxi-Mücke-Typen über sich ergehen ließ, nickte er nur in regelmäßigen Abständen und machte *Hmhm*. Zum Schluss sagte er: »Überweisen Sie mir dann bitte noch das Geld für die letzten Wochen.«

Zwei Monate hatte er durchgehalten. Das war länger als in dem Callcenter, wo er, nachdem ihm von einem anderen Mitarbeiter unterstellt wurde, das Olivenöl aus der Küche geklaut zu haben, nach nur zwei Wochen entlassen worden war.

Er legte auf.

Lieber wäre er noch mal ins Badezimmer gegangen, um sich Wasser an den Hals zu tupfen, zu gucken, ob alles noch frisch war, aber Mikta ließ gerade die Tür hinter ihnen zufallen. Aus ihrem Ärmel glitt der Schlüssel für das Zimmer mit seinem Automaten drin in ihre Hand.

Das Dudeln der Delfine drängte sich ihm auf, es glotzte ihn an, wartete auf ihn.

Als Mikta abgeschlossen hatte und sich umdrehte, sah er ihre schwimmenden Augäpfel, er war sich nicht mal sicher, ob sie ihn oder was anderes im Raum ansahen, so schnell glitten sie durch ihre Augenhöhlen. Obwohl er kaum etwas getrunken hatte, kam die Übelkeit. Er legte sich die Hand unter den Brustkorb und drückte mit dem Mittelfinger in die Stelle, wo das Übel saß.

Konzentration, es war wichtig, dass er seine Energie sammelte, sich anstrengte. Mikta zog an einer ihrer Haarsträhnen, die in der Kette festhing.

»Aua, Scheiße«, sagte sie und rieß sich die Haarsträhne raus. Er drückte mit einem Finger auf die Stelle an ihrem Kopf und rieb.

Auf keinen Fall durfte er abdriften, er musste genau zusehen, zuhören, fühlen, und das Allerwichtigste: Er musste reagieren. Die Lichter des Automaten waren grell, blinkten in Morsezeichen: Huhu, hallo, hallo, huhu.

Mikta sah ihn von unten an, mit diesem butterweichen Blick. Er musste verrückt werden, sofort, es gab jeden Grund dazu, mit Mikta zusammen zügellos zu werden.

Sie saugte sich von unten an seiner Oberlippe fest, und er spürte ihre feuchte Zungenspitze.

Sie war eine Frau, seine Frau, seine Freundin, die auch eine Frau war. Mit Busen, er mochte den Busen, es machte ihn an, diesen Busen anzusehen. Wenn er ihn sah, wollte er den Busen anfassen. Busen, Busen und Brustwarzen, die auf ihn zeigten. Warzen, zwei Warzen saßen auf ihrer Haut. Warzen kamen durch einen Virus und waren ansteckend, aber Miktas Brustwarzen waren nicht ansteckend, sonst hätte er schon längst welche an seinem Körper. Wieso musste er jetzt an Hexen denken?

Miktas Hand war in seiner Hose. Er mochte es doch, wenn seine Freundin mit Busen in seine Hose griff. In seine Hose, sie griff in seine Hose wie in einen Einkaufsbeutel und suchte.

Er wollte die Augen schließen, damit die Lichter ihn nicht weiter bedrohen konnten, doch Mikta sagte: »Guck mich an!«, und das tat er, sah sie an, während sie in seiner Hose rumdrückte. Lackschuhs Körper reagierte zuverlässig, der Ablauf war klar, und Mikta übernahm sowieso die ganze Arbeit. Sie rackerte sich ab, ließ wie ein fleißiges Bienchen den Boden vibrieren.

Ein junger Typ, ein gut gebauter mit Rolex am Handgelenk, würde die Tür aufstoßen. Er hätte eine Föhnfrisur und würde stark nach einem holzigen Parfüm riechen. Lackschuh stellte sich ganz genau vor, wie der Typ Mikta von hinten überraschen, sie packen würde. Lackschuh starrte auf einen Fleck an der Decke, der Typ durfte nicht gleich wieder verschwinden. Seine Hände würden sich in ihre Hinternhaut graben, sie beglücken und dabei tief in Lackschuhs Augen sehen. Mikta würde vor Lust zittern und dabei völlig vergessen, dass Lackschuh auch da war.

»Kommst du gleich?«, fragte sie.

»Ja«, sagte er.

Er knetete ihre linke Brust immer noch, hatte sich richtig in einen Takt geknetet, doch sie hielt seine Hand fest, verzog den Mund und sah ihn an, als hätte sie gerade eine tote Katze gesehen.

»Du machst mich richtig an«, sagte er.

Sie fing an zu beben und schaute mit leerem Blick in seinen Schritt. Es war ein bisschen kühl in dem Raum geworden.

»Ist da überhaupt nichts mehr?«, fragte sie. »Wie wenig liebst du mich noch?«

»Ich bin bloß müde«, sagte er.

»Hast du es mit der Oma getrieben? Als du bei ihr warst? War das geil?«

»Bitte nicht so laut.«

Ihr liefen Tränen über das Gesicht.

»Du musst doch nicht weinen.«

Er hätte gern einfach mitgeheult, aber da kam nichts aus seinen Augen, die Tränensäcke waren groß und leer. Wo war die ganze Flüssigkeit in seinem Körper hin?

»Du verlässt mich, du hast dich schon vor langer Zeit getrennt. Da ist nichts mehr in dir«, sie atmete schwer, »ich habe niemanden, niemand hat mich lieb.«

»Schhhh, nicht so laut.«

Sie presste sich die Hände gegen ihre Schläfen und begann zu schreien. Er drückte ihren offen stehenden Mund gegen seine Schulter, sie wehrte sich, schlug gegen sein Bein. Es half nichts, sie schrie immer lauter, die Leute nebenan mussten sie längst gehört haben. Vielleicht war Ibli von den Schreien ihrer Mutter aufgewacht und fragte sich, was er ihr angetan, ob er ihr eine runtergehauen hatte. Jeden Moment würde es klopfen, vermutlich würde einer der Kerle irgendwann die Tür eintreten.

Mikta griff nach einem Glas, das mit Zigarettenstummeln darin rumstand, und schlug es auf den Boden, in ihre Hand.

»Seid ihr bescheuert?«, fragte Donka, die wenig später in der Tür stand, die Hände in die Haare gegraben, »och nö«.

Glücklicherweise drehte sie sich schnell um und ging in den Hauptraum zurück, um Ibli von dem Bild abzuschirmen. Wie er ohne Oberteil auf dem Boden hockte und Mikta die Scherben aus der Hand zog, wie sie an die Wand vor sich starrte, nicht mal zuckte.

Er hörte es flüstern, konnte sich vorstellen, was geredet wurde, fand aber keine Worte dafür, wusste nicht, wie erklären, ob erklären. Gleich würde er sich wieder auf seinen Hocker setzen, nur ein paar Minuten, eine Runde.

»Kommt mal da weg, nicht glotzen«, rief Donka hinter den flüsternden Leuten.

-.-

Der Lavendelgeruch in Trudys Zimmer war verschwunden, er roch an der Wand, an dem Stoff der Gardinen vor der Wand, aber die Note, die Trudy immer versprüht hatte, war nicht mehr zu finden. Es roch bloß nach sehr alten Möbeln, die ein bisschen feucht geworden waren. Trudy konnte doch nicht verreist sein, er brauchte sie jetzt. Das Zimmer war wie immer, da stand das Bett, die kleine Küche in der Ecke, doch dann entdeckte er, dass Trudys Schürze nicht an ihrem Platz hing. Ein Hitzewall wuchs ihm bis zum Kragen hoch. Er trug immer noch Hut und Mantel. Er wankte rückwärts bis zur Tür, überlegte kurz, ob er gehen wollte, sollte, aber dann setzte er doch seinen Hut ab und ließ seinen Mantel auf den Boden fallen. Es gab viele Möglichkeiten, wo Trudy sein könnte, er dachte nach und dachte noch stärker nach, ging zu dem Plattenspieler und legte die Platte *Funk Vol. 2* auf. Als er die Nadel anhob, passierte nichts, die Platte drehte sich nicht. Er sah hinter das Gerät und fand kein Kabel, er fand nicht mal einen Anschluss.

Die Bücher im Regal waren Pappschachteln, er ließ sie vor Schreck fallen, sobald er sie in die Hand genommen hatte. Auch in den Küchenschränken stand nichts, die Vasen waren aus Plastik, die Blumen aus Gummi. Er rannte durch den Raum, durchsuchte alles, obwohl es nichts zum Durchsuchen gab, fühlte nach, ob er doch irgendwie Trudys Existenz in diesem Raum beweisen konnte.

Er ließ sich auf einen Küchenstuhl fallen und schaute auf die Stelle, wo sie immer sein Essen hingeschoben hatte. In seiner Tasche fand er kein Geld, auch beim zehnten Mal Nachschauen nicht.

Wenn er schon mal hier war, konnte er sich wenigstens ausruhen, nur ein bisschen schlafen. Immerhin war er ganz allein. Niemand würde ihn stören. Das kam so selten vor, er könnte endlich mal richtig Kraft tanken, zehn Stunden schlafen oder mehr, vielleicht zwölf Stunden, und er könnte träumen, so einen schönen Traum, in dem er sich an einem Pool sonnen würde. Seine Haut würde von dem Sonnenöl glänzen, und er würde keinen Sonnenstich bekommen. Der Pool wäre mit einem leckeren Cocktail gefüllt. Er könnte schwimmen und dabei mit offenem Mund den Drink einsammeln. Er würde nichts anderes machen als seine Birne in die Sonne halten und schwimmen und schlürfen. So einen Traum hatte er noch nie, so einen Traum wollte er jetzt haben.

Ein nasses Klatschen in sein Gesicht weckte ihn. Er hatte etwas Wasser ins Auge bekommen und musste sich erst die

Augen reiben, bevor er erkennen konnte, wer ihn da geschlagen hatte: nicht Trudy mit ihrem lieben Blick, dem süßen Geruch, sondern ihre männlichen Exemplare. Ihm kamen die Namen Izzy und Sonny in den Sinn. Unter Wasser sah er die Muscheln auf dem Boden liegen, sie waren geschlossen und bewegten sich nicht. Die Seepferdchen trieben tot und aufgequollen auf der Wasseroberfläche.

Izzy erzeugte dunkle laute Töne, und Lackschuh wusste, was er wollte. Sie wanden sich vor ihm, umschlängelten seinen Stuhl, stubsten sein nasses Bein an, und Sonny begann zu knacken.

»Ich hab nichts mehr«, sagte Lackschuh und überlegte, wie er durch das Wasser am schnellsten nach draußen kam. Er wäre zu langsam.

Izzy drückte seinen Schnabel gegen Lackschuhs Bauch, der bereits unter Wasser war, erst leicht, dann immer stärker. Als er die Zähne von Sonny zu sehen bekam, wusste er zwar, dass sie ihn nicht auffressen konnten, aber dass sie es versuchen könnten. Er könnte antäuschen, dass er nach Geld in seinen Taschen sucht, aber das kam ihm dann auch albern vor.

»Ich krieg das wieder hin«, sagte er, »es tut mir leid.«

Sie tauchten auf, und er sah, wie sich Tränen in den Augen der beiden sammelten. Sie konnten ihm nicht vertrauen, hatten vermutlich lange auf das Beste gehofft, aber auch die Geduld von Izzy und Sonny war irgendwann aufgebraucht. Die bunten Fische knabberten an seiner Hose, rissen ganze Stücke Stoff ab. Er konnte gut verstehen, dass sie sich betrogen fühlten.

Langsam bewegte er seine Hände unter Wasser, es war kühl, nicht eisig, aber er bemerkte, wie sich die Härchen auf seinem Körper aufstellten. Sonny und Izzy schlängelten wie Haie um ihn herum, und er wusste, dass er es sich mit der Unterwasserwelt verspielt hatte.

»Kann ich nicht bitte hierbleiben?«, fragte er.

Ibli

Heute mache ich frei, ich will nur daliegen wie ein Großmütterchen an seinem allerletzten Tag, die Gedanken von einem Band abspielen lassen, nicht auf Zolas Antwort warten, dann friedlich einschlafen, während ein Moddel meine schwitzige Hand hält. Und ich stelle mir vor, dass ich morgen früh dann wieder aufwache: fertig entspannt, gestärkt, bereit für den neuen Tag. So wird das doch gemacht an freien Tagen, so will ich das auch. Vielleicht ist Zola dann schon wieder da.

Ich brauche zum Nichtstun bloß mein Bett, das ich für diesen besonderen Tag frisch mit tiefrotem Stoff bezogen habe. Natürlich muss das mein Geheimnis bleiben, denn die anderen sagen, dass Rot eine blutige Farbe ist, und deswegen halten wir im Palast eigentlich alles weiß und pink, hell und ungefährlich. Doch als ich den tiefroten Stoff mal im Wäscheraum gefunden habe, war ich froher, als wenn ich ein Bebi-Katerchen gefunden hätte.

Ich bin bereit, mich auszuruhen. Mein spitzer Popo ist schon zufrieden in die Matratze gesunken, die Decke habe ich mir bis in meine beiden Nasenlöcher gezogen. Selten lag ich richtig in diesem Bettchen, selten eingekuschelt, friedlich, allein. Meine Heia kann doch kein Ruheort sein, wenn die Pois ein- und aussteigen, wie sie wollen. Heute aber ist mein Bett kein Büro, kein Marktplatz mehr, keine öffentliche Sitzbank. Falls mich deswegen jemand fies anschaut, sage ich, dass ich und mein Bett, dass wir uns erst neu kennenlernen müssen.

@flavia Wir können Kala doch einfach fragen?!

Was?

Na ob zola zurück darf, vielleicht
sagt sie Ja

...

Als ob Kala Ja sagt

@noa Oooder wir schließen alle unsere
Zimmer ab und machen nichts mehr bis
sie wieder zurück darf

da machen doch eh nicht alle mit

Es sind ja nicht mal alle hier in
der Gruppe

ich hab. einen sohn zu ernähren, das
geht nicht leute

@Kyrax Ich bin raus wenn nicht alle
mitmachen.

Ich verspreche meinem Bett, und das sage ich wirklich laut: Ich werde dich verteidigen wie meine schlechten Angewohnheiten, du bist mein Zuhause, mein Heim. Du warst so lange da, aber ich habe dich nicht gesehen. Weißt du, wir machen es uns richtig gemütlich.

Die pinken Gardinen applaudieren, mein Sauger blinkt vor Rührung auf seiner Ladestation, und mein Sessel ist beleidigt. Ich schenke meiner neuen Familie ein strahlendes Lächeln, sogar mit Zähnen. Ein- und ausatmen, mich ausstrecken, den Körper schwer werden lassen, verwachsen mit der Matratze, ich tanke mich auf.

Als ich von Miktas in mein eigenes Zimmer im Palast gezogen bin, hat Kala zu mir gesagt: Das ist dein Zimmer. *Dein Zimmer* sah genauso aus wie Miktas Zimmer, wie alle anderen Zimmer, die ich jemals von innen gesehen hatte. Aber es roch anders und stark, nicht duftend oder müffelnd, sondern es roch einfach sehr stark nach einer Person, die ich nicht kannte.

Hier im Palast sind die Zimmer Zuhause und Büro.

Dieser Geruch ist nicht verschwunden, hängt bis heute in der Luft, und immer wenn ich durch die Tür schlüpfe, rieche ich ihn besonders stark. Manchmal hab ich die Pois gefragt, nach was es hier riecht, weil ich es nicht beschreiben konnte. Und einige haben so etwas geantwortet wie: »Sehr gut, es riecht nach dir.« Um das zu unterstreichen, hat einer sein Nasenloch zugehalten und über meine Haut am Rücken geschnieft. »Hier riecht's nach gar nichts«, haben einige andere geantwortet, dabei haben sie gezwinkert, schief gelächelt oder sind sich mit der Hand durch die Haare gefahren.

Es war nicht der Geruch einer Körperflüssigkeit, vielmehr eine Frische, irgendwann dachte ich, dass ich da ein bestimmtes Gefühl riechen konnte. Welches, wusste ich aber nicht.

Natürlich kann das eigentlich nicht mein Geruch sein, aber vielleicht bin ich eine Ausnahme, wahrscheinlich bin ich ein sehr sinnliches Frauchen, die sich sogar selber riechen kann.

Ich wünsche mir ein Wasserbett, in dem ich treiben könnte wie eine Meerleichenfrau. Im Wasser einschlafen zu können, ohne Angst vor dem Ertrinken haben zu müssen; das ist doch wohl Reichsein!

@Vronii Ich vermiss Zola voll.

Schnief-Emoji

ich auch!

Ufftopic: @ibli3000 Ich hab deine neue Frisur gesehen!!

was isn mit der?

Wie?

Ich meine, was ist mit iblis Frisur?

Undercut

Delfin-Emoji

Foto gesendet: Ibli mit Undercut.

was sagt ihr?

mutig

woooooow!

@ibli3000 Reespekt, aber für mich wäre das nix.

Find lange hare auch besser!

*haare

@flavia Auch bei Männern??

Keine Ahnung.

Lol

aber die Augenbrauen sind schon krass

Sieht doch geil aus!

@ibli3000 Also ich find as so inspieriend von dri!

Ich bin noch sauer auf dich.

oh

Für meinen freien Tag hat Noa mir ein langes Flatterhemd gegeben und gesagt, dass ich es erst einmal behalten kann. Aber außerhalb meines Zimmers werde ich es nicht tragen können. Alle werden sofort wissen, dass es Noas Hemd ist. Nur Noa trägt weite Flatterhemden, die bis über die Knie gehen.

Ich streiche über meine Schulter, weil der Stoff so weich ist und nach Weingummi riecht. Es fühlt sich ganz leicht auf meiner Haut an, kein Teil aus meinem Kleiderschrank liegt so seicht auf mir.

Noa hat auch gefragt, ob ich kuscheln will an meinem Urlaubstag, und in mir habe ich gleichzeitig ja und nein geantwortet, irgendwo dazwischen hallte auch noch ein Vielleicht. Ja, weil ich mich so sehr in Noas Wärme einrollen möchte. Nein, weil mich kuscheln so müde macht und ich mich doch endlich einen ganzen Tag ausruhen möchte. Sonst habe ich an freien Tagen immer mit Zola und Noa zusammen im Bett gelegen und ferngesehen. Am Tag darauf war ich trotzdem müde und wollte morgens einfach weiterschlafen.

Zolas Namen zu denken, selbst wenn es nur der Anfangsbuchstabe, das Z, ist, verursachte ein kurzes Kribbeln in meinem gesamten Bodi.

Ich stelle mir vor, wie sie durch die Straßen geht, ich würde gern nach ihrer baumelnden Hand greifen, meine Finger zwischen ihre schieben und zudrücken. Die Hand unter meiner Bettdecke wird zur Faust, verbindet sich mit meiner Zola draußen, sendet ihr meine Anwesenheit. Wird sie immer weitergehen, bis zum Bahnhof oder Flughafen? Wird sie einsteigen und zurück zu ihrer Schwester kehren?

In meinem Traum sehen mich Zolas Augen an, sie sind so nah vor meinen Augen, dass ich mich sehr anstrengen muss, um sie scharf sehen zu können. Es sind nur ihre Augen, kein Kopf, kein Hintergrund, da sind nur die beiden Augen, mit Lid und Wimpern. Sie blinzeln nicht und müssten so doch innerhalb von einer Minute anfangen zu tränen, aber sie bleiben offen stehen und fixieren mich, bis ich aufwache.

Es kratzt an der Tür, und ich drücke die Decke noch tiefer in meine Nase. Heute faulenze ich, bleibe unerkannt. Ich sehe, wie die Finger durch den Türspalt geschoben werden, und ziehe meine Schultern an, drücke meinen Körper weiter zwischen die Matratzen. Ich bin bereit, meinen freien Tag zu verteidigen.

Mein Adoinis ist alt geworden, unter seinen Augen hängen dunkle, schwere Gardinen. Er steht wie das letzte Mal neben der Tür. Er hat das grelle Oberlicht angemacht und guckt und starrt. Ich bin sowieso nicht mehr süß genug, zu taff, kurz vor gewaltbereit. So sind die Pois eben, Pauerfrauen lassen ihre Schrumpel noch mehr schrumpeln. Ja genau, deftig wollen sie es nur zu Festtagen. Und mir als Kampfweib kann egal sein, ob Adoinisse mich mögen.

Er flüstert: »Hallo, du.«

»Heute nicht«, sage ich.

Er sagt: »Bitte, bitte, bitte.«

»Nein«, sage ich.

Wie Zola es mir geraten hat, stelle ich ihn mir ohne Frisur vor. Da steht mein Adoinis mit Glatze und sieht ganz verloren aus. Ohne sein Haupthaar ist er nicht wiederzuerkennen. Ich denke mir noch seinen Dreitagebart weg, und bei seinem kränklichen Anblick wird mir ganz übel, er sieht furchtbar aus. Seine Schönheit verpufft in meinem Herzmuskel. Wie ich mich doch getäuscht habe, einen Moment bin ich ganz geschockt. Er hat mich reingelegt, sein Gesicht mit Haaren verhüllt, damit ich sein wahres Ich nicht sehen kann. Mir graut es, wenn ich daran denke, wie ich diesen hässlichen Poi kostenlos getröstet habe. Irgendwann hätte ich dann feststellen müssen, dass er mich unter falschen Voraussetzungen angelockt hat, dass er kein natürlich hübscher Poi ist.

Das Bild des sterbenden Adoinis speichere ich mir ab, damit ich mich für alle Zeit daran erinnern kann.

Ich ziehe mir die Decke über den Kopf, damit er wirklich versteht, dass es hier nichts zu holen gibt, dass ich dick und fest eingemurmelt bin und mein Bett für ihn zur Lava wird. Einige Sekunden bewege ich mich kein Stück, lausche, ob er stehen bleibt oder weiterzieht. Hoppel weiter, »Adoinis«, ein ganzer Palast selbstloser Lieblinge wartet darauf, dich zu bedienen, dir einen angenehmen Aufenthalt zu bereiten. Du musst nicht solche belästigen, die ihre Seele heute mal baumeln lassen möchten.

Als ich sicher bin, dass er abgezogen ist, schnappe ich über der Decke nach Luft und habe Lust, gleich noch eine Runde zu döseln.

Meine Augen hören nicht auf zu rollen, meine Gedanken rasen in einem Wirbelsturm durch meinen Kopf. Kala ist unbesiegbar, seitdem ihr Mann Thorsten gestorben ist.

Wenn wir über die Olle vom Gesundheitsamt meckern oder über Muskelkater in den Oberschenkeln quengeln, setzt Kala ihren Blick auf, ihren »Thorsten ist gestorben«-Blick, dabei sammelt sich etwas Tränenflüssigkeit in ihren Augen, aber läuft nie raus. Da bin ich am Anfang auch drauf reingefallen, habe den Kopf gesenkt, die Schultern hängen gelassen und sie schuldig angesehen.

Ein Motorradunfall.

Schlimm.

Vor zehn Jahren.

Ja, ich erinnere mich.

Thorstens Kopf hat einen Salto durch die Luft geschlagen. Dann: Klatsch.

Unschön für den Kopf.

Sie lenkt vom Thema ab. Immer lenkt sie vom Thema ab, stellt sich hin wie ein Engelchen, das seinen Thorsten vermisst. Nie, nie, nie sollen wir selber über ihn sprechen, so wie Zola es getan hat. Nur Kala darf das Thema mit ihrem »Thorsten ist gestorben«-Blick eröffnen, Bilder von ihm in unserem Flur aufhängen. Thorsten mit den Beatles, Thorsten mit irgendeinem sehr kleinen Politiker, Thorsten mit Thomas Anders. Auf jedem Bild steht er an derselben Stelle und hält die Hand des anderen mit beiden Händen fest, schaut mit einem breiten Lächeln in die Kamera.

Wie lange die Bilder dort hängen sollen, hat Noa sie mal gefragt, es sind ja schon zehn Jahre mit dem Salto und dem Kopf, na ja. Kala hat Noa angesehen wie ein Alien und hat jeden Buchstaben einzeln betont aus ihrem Mund geschoben: DAS IST PALASTGESCHICHTE.

Entspannen, ich entspanne mich, bin ganz ruhig, höre nur auf meine Atmung, ein und aus. Ist doch nicht so schwer. Wie noch mal? Ein und aus. Wiederholen nicht vergessen. Ein und aus.

Lackschuh

Donka könnte wenigstens mal rüberschauen, anstatt die Tische zum fünften Mal feucht abzuwischen. Wie er dasaß, das musste sie doch merken: zusammengesackt und tieftraurig. Er ließ die Schultern noch etwas hängen, drehte sich leicht in ihre Richtung und beobachtete, wie sie mit ihrem Wischlappen durch das Café zu *La Bionda* sprang und sich wenig für den gebrochenen Mann vor ihrem Fenster zu interessieren schien. Da konnte er mal sehen, auf wen er sich im Fall der Fälle verlassen konnte.

Donka hatte nicht gefragt, warum Mikta mit einer blutigen Hand auf dem Boden gesessen hatte. Niemand hatte gefragt. Stattdessen schauten sie ihn seitdem mit diesem Blick an: *Aha.* Ihm war klar, wie das ausgesehen haben musste. Eine Frau sitzt blutig in einem Raum, in dem sie allein mit einem Mann gewesen ist. Sie hätte so etwas sagen können wie: Leute, Leute, es ist nicht so, wie es aussieht, das war ich selbst. Das wäre sogar ihre Pflicht als Mutter gewesen, sollte Ibli ihren Vater für einen Brutalo halten?

Hätte er sich selbst erklärt, so etwas gesagt wie: Mikta hat sich das Glas selbst in die Hand gerammt, wir müssen die Wunden desinfizieren. Dann wären die Blicke noch bohrender geworden. Jaja, genau, das war sie selbst gewesen. Stirnrunzeln.

Er malte ein Dreieck an die Stelle der Scheibe, wo sie von seinem Atem beschlagen war, zog einen Strich durch die Mitte und verlieh dem Dreieck mit dem Fingernagel noch wallendes Haar. Ein neuer Freund aus Mundgeruch.

Er sah durch das Fenster zu der Tür, die verschlossen war, hinter der Donka schon alle Spuren beseitigt hatte. Sein Raum war abgeschlossen, und er besaß den Schlüssel nicht. Ihm wäre alles als Beschäftigung recht gewesen: eine Zigarette drehen, einen Kugelschreiber zerkauen, bis sich die Tinte in seinen Mund ergießen würde; oder den Gehweg fegen.

Donka stellte den Affen drinnen auf die Fensterbank und begann die Theke zu abzuwischen. Seine Ohren schienen Lackschuh enger am Kopf anzuliegen als sonst, das Schwänzchen wippend. Er sah in die kleinen Augen und suchte darin einen Lichtpunkt, in dem geschrieben stand: Alles wird gut. Doch die Augen wurden immer tiefer, je länger er hineinschaute. Er wünschte sich, dass der Affe ein gutes Leben gelebt, jeden Moment voll und ganz ausgekostet hatte. Er hatte ein ewiges Leben im Café Keese verdient.

Lackschuh könnte so tun, als würde er von der Fensterbank kippen, und nur so lange reglos liegen bleiben, bis ihn jemand ansprechen würde. Und wenn es die Polizei wäre, auch okay. Da könnte er sich direkt stellen, genug Gründe, ihn wegzusperren, gab es. Das fing schon bei seinem Namen an: Lackschuh, die Exrotlichtgröße, die Zuhälterlegende, der Pate von Grindelsta.

Er könnte vor den Polizisten alles noch mal aufrollen, seine ganze Lebensgeschichte lang und breit ausführen, er wollte sowieso mal seine Autobiographie veröffentlichen, das Problem war bloß, dass er sie dafür auch schreiben müsste.

Er dachte an Beatle, der ein paarmal im Gefängnis gewesen war und seitdem von nichts anderem mehr gesprochen hatte. Wie hart es im Knast zuging, dass er sich täglich prügeln musste, weil immer irgendjemandem langweilig war. Wie er die Beamten geschmiert hatte, und natürlich das Krafttraining, die Tattoos. Für Lackschuh hatte es wie ein ausgedachtes Männerlager geklungen, ein Lager, in dem Männer den ganzen Tag ungestört Männersachen machen durften. Keine Frauen, keine Kinder, keine Haustiere. So etwas könnte er sich auch für sich vorstellen.

Hast du mal?, hatte Lackschuh ihn im Boxkeller gefragt.

Hab ich was?, hatte Beatle zurückgefragt.

Die Seife, hatte Lackschuh gesagt.

Die Seife?

Als Beatle zum Aufwärtshaken ausgeholt hatte, war Lackschuh hinter seinen Handschuhen in Deckung gegangen, anstatt zu antworten.

»Du bist so feige«, schrieb Mikta.

Und eine Minute später: »Ruf mich an, bitte.«

Sie rief an.

Er ließ ihren Anruf ausklingeln.

Eine Gruppe Jungs winkte ihm zu und kicherte, sie steckten die Köpfe zusammen und riefen im Chor: »Lackschuh, altes Haus!« Er lachte in sich hinein und nickte ihnen zu. Als sie weiterschlurften, schaute er ihren edelweißen Schuhen hinterher.

Er dachte an die Frau mit dem breiten Kinn, die wahrscheinlich schon wieder abgereist war. In einem Hotel wie dem Excalibur würde sie keinen Urlaub machen, höchstens zwei Tage bleiben, weil sich ihre Pläne geändert hatten und sie kurzfristig einen Schlafplatz brauchte. Er stellte sich ihr Gesicht auf einem Kissen in dem Hotelbett vor, wie ihr Mund etwas offen stand, wie sie schnarchte, aber nicht donnernd, sondern eher vibrierend. Zu ihr passte der Name Vale. Der Ursprung wäre Valeria, aber so wollte sie natürlich nicht genannt werden, alle kannten sie als Vale. Das ist die Vale, guck, die Vale kommt, keine Sorge, die Vale kommt im Excalibur unter. Er formte den Namen in seinem Mund: V-a-l-e.

Wenn sie sich verloren fühlte, nicht wusste, wohin mit sich, könnte sie auch einfach so im Excalibur gelandet sein. Ohne Pläne, ohne Perspektive, weggerannt vor ihren Verpflichtungen, saß sie immer noch in einem der Zimmer und starrte die Wand an. Sie wartete darauf, dass etwas passieren würde, irgendetwas. Damit sie sich ihren Wanderrucksack schnappen und dann weiterziehen könnte. Die Vale, da war er sich sicher, steckte in ihrem rastlosen Leben fest.

Lackschuh begann die Fusseln von seinem Pullover zu lesen und sie auf einem Haufen neben sich auf der Fensterbank zu sammeln. Donka hatte ihm keinen Kaffee mit Milch rausgebracht, keinen Keks. Er könnte gegenüber beim Kebab nach einer Tasse Kaffee fragen, beim nächsten Mal bezahlen. Dann hätte er wenigstens etwas in der Hand, während er herumsaß.

Er beobachtete, wie die Inhaberin einen Salatkopf mit einem großen Messer schnitt, wie ihre Schwester einen

Fleischspieß in die Vorrichtung spannte. Es war noch zu früh, um nach einem Kaffee zu fragen.

»Dieser ganze Müll«, sagte Donka und tupfte sich mit einem Küchentuch das Gesicht ab. Sie trat eine Dose platt, die vor dem Eingang lag, und kickte sie gegen das Bein eines vorbeilaufenden Hundes, der von einem Mädchen mit Schirmmütze geführt wurde. Der Hund blieb stehen, legte die Ohren ganz flach an den Kopf und begann zu zittern. Schließlich erbrach er sich auf den Gehweg.

»Oje, das tut mir leid«, sagte Donka und rieb über den Rücken des Kindes. Der Hund übergab sich gleich noch mal.

»Ich war nur so sauer über den Müll hier, aber dafür könnt ihr ja nichts.«

»Komm«, sagte das Mädchen, das auch angefangen hatte zu zittern, und zog an der Leine.

»Willst du einen Kakao, dich erst mal beruhigen, oje, das wollte ich wirklich nicht.«

»Iwill nachhaus«, nuschelte das Mädchen und zog den Hund hinter sich her.

»Meld dich, wenn du was brauchst, meine Güte.«

Donka stand in ihrem mit Schweißflecken betupften Oberteil auf dem Weg. Mit zwei Fingern klopfte sie gegen ihren Brustkorb und atmete schwer.

»Du?«, fragte er.

»Ich.«

»Das mit Mikta war ein Unfall.«

»Aha«, antwortete sie und setzte sich neben ihn, »Unfälle, aber bitte nicht in meinem Laden.«

Donkas Blick hing an dem Kotzhaufen auf dem Boden

fest. Wenn er sie so von der Seite ansah, kam sie ihm sehr weit entfernt vor, wahrscheinlich saß er zu nah dran, sodass sein Gehirn ihren Kopf weiter nach hinten setzte. Erst kniff er das linke Auge, dann das rechte zu, dann wieder das linke, sodass ihr Kopf hin- und hersprang. Der Haufen dampfte währenddessen. Es war ein sehr säuerlicher Geruch von Hundefutter, der in seinen Kopf stieg.

Lackschuh suchte in seinem Handy nach Zatis Nummer und tippte eine SMS ein:

»moin was geh …«

Nein.

»lieber zat …«

Nein.

»Ich bins …«

Nee.

Er sendete schließlich ein »Hi« ab und direkt hinterher: »Beste Grüße Lackschuh«, und dann: »weißt du, Lackschuh?«. Nachdem er die Nachricht noch zweimal gelesen hatte, steckte er das Handy wieder in die Tasche und faltete die Hände in seinem Schoß zusammen, die schwitzten.

Drüben beim Kebab wurde die Matte vor der Tür ausgeschüttelt, die Frau schaute zu ihnen, lächelte und winkte. Lackschuh lächelte, Donka pfiff.

»Ich lieb die, so nett und fleißig«, sagte Donka.

»Ja.«

»Die haben ihren Laden im Griff. Starke Frauen!«

Er würde Donka manchmal anrufen, einfach nur, um ihre Stimme zu hören, einfach nur, um sie reden zu lassen. Dazu dann mal ein oh, joa, hm, keine Ahnung, und das würde ihm schon reichen. Das ginge dann vielleicht zehn Minuten, einmal im Monat. Vielleicht würde er sich die Termine sogar eintragen, als festen Punkt im Monat, so wie man seine Mutter regelmäßig anrief. Seine Mutter konnte er nicht mehr anrufen, aber es war eine lustige Vorstellung, dass irgendwo unter der Erde ein Telefon klingeln würde.

»Ist sonst alles gut bei dir?«, fragte er Donka.

»Joa, muss, ne. Ich mach mir halt Gedanken um das Kind von eben.«

»Du sagst es, muss ja weitergehen alles.«

»Ist doch eigentlich nicht normal, dass ein Hund so viel kotzt. Vielleicht ist der krank.«

»Jeden Morgen aufstehen, das ist das Wichtigste.«

»Na ja, diese Zuchthunde sterben ja eh schnell.«

»Im Selbstmitleid wollen wir ja nu auch nicht versinken.«

»Ich schon«, sagte Donka und strich sich über die Beine.

Er lachte laut, obwohl ihm gar nicht danach war.

»Was ist das denn da mit dir und Mikta?«, fragte Donka.

»Wild«, sagte er, »aber wir können auch nicht anders irgendwie.«

»Ist doch anstrengend.«

»Sie erwartet so viel, und ich weiß nicht mal genau, was. Ich komm einfach nicht drauf.«

»Das wird schon.«

»Ich muss erst mal runterkommen jetzt.«

»Klar, müssen wir alle.«

»Ibli ist ja auch noch da.«

»Ja, stimmt.«

Neben ihnen kam quietschend ein dünnes Rad zum Stehen. Der Fahrer schwang sein Bein über den hohen Sattel, lehnte es an die Hauswand und zog ein dickes Schloss durch die Speichen, das er vorher um den Hals getragen hatte. Lackschuh wusste, wie teuer solche Radlerhosen waren, vor allem sahen sie aus, als wären sie erst gestern gekauft worden. Der Fahrer zog seinen Rucksack auf den Bauch und holte eine rote Mappe hervor. Mit seinem Helm unter dem Arm klingelte er an der Haustür neben ihnen und trat einen Schritt zurück, hielt die Mappe wie eine Urkunde vor der Brust.

»Ja?«

»Ja, hallo.«

Er schaute kurz zu Lackschuh, bevor er in die Gegensprechanlage flüsterte: »Schnotter hier.«

»Okay, kommen Sie hoch, dritter Stock links«, sagte die Frauenstimme, als hätte sie viel mit Büroarbeit zu tun.

»Hat er gerade Schnodder gesagt?«, fragte Donka ihn leise.

»Ja.«

Er stieß ihr ein wenig in die Seite und zog die Mundwinkel nach unten. Sie hielt sich die rechte Hand vor den Mund und atmete Luft zwischen den Fingern aus.

Der Radfahrer schaute noch mal zu ihnen rüber, ließ seinen Helm fast fallen und verschwand schnell im Hauseingang.

»Manche Namen sind eine Strafe«, sagte Donka.

»Ich kannte mal eine, die hieß Stender.«

»Mit Vornamen?«

Sie lachten, Donkas Zähne glänzten in der Morgensonne. Er würde oft an sie denken. Donka ist keine, die vergessen wird.

»Wie heißt du noch mal?«, fragte er. »Mit Nachnamen?«

»Geborene Schliwa.«

»Hast du nicht Aimens Namen angenommen damals?«

»Nee, der war nicht schön, aber nicht so schlimm wie Schnodder.«

»Schnodder. Da stell ich mir gleich vor, seine Speichen sind Schnodderfäden.«

»Du bist echt eklig.«

Donka schüttelte sich.

»Schön, dass wir uns kennen«, sagte Lackschuh nach ein paar Sekunden.

Seine Haut fühlte sich empfindlich an, jedes Mal wenn der Wind über sein Gesicht ging, war es, als wäre die Luft härter geworden. Es fühlte sich nach Abschied an.

Donka schwieg, er sah, dass sie in Gedanken woanders war. Er hatte ihr noch nie so etwas gesagt, und vielleicht war es ganz gut, dass es mal raus war, wie Luft, die im Bauch darauf wartete, herausgelassen zu werden. Sie war schon immer für ihn da gewesen, quasi seit er in Grindelsta aufgetaucht war, standen sie in Kontakt. Sie hatte immer im Café Keese gestanden, erst noch mit ihrem Vater als Inhaber, dann nur noch sie allein. Alle im Milieu kannten sie, alle mochten sie, holten sich bei ihr die besten Beckenbodenübungen ab. Im Café Keese hatten schon die Beatles gespielt, so erzählte Donka gern.

Lackschuh stand auf und ging zu dem Fahrrad, hielt es am Lenker fest, damit es nicht umfiel, und strich mit der Hand über den weißen Mittelteil. An dem Rahmen war kein Markenname zu finden, nur eine Stelle, die mit schwarzem Band überklebt war. Er könnte versuchen, das Band mit dem Fingernagel an der Seite zu lösen, um zumindest die

Anfangsbuchstaben lesen zu können, das würde ja schon reichen.

Die beiden Enden des Lenkers und der Sattel waren mit glattem hellbraunem Leder überzogen, dass sie fast so golden aussahen wie die Felgen. Er beugte sich nach vorne und drückte den Vorderreifen mit der Hand zusammen. Steinhart. So ein Schloss kostete mehr als manches Rad. Es war seltsam, dass Schnodder das Rad nicht irgendwo festgeschlossen hatte. Andererseits würde man vermutlich bei dem Versuch, das dicke Schloss zu knacken, das Rad beschädigen.

Schnodder kam aus dem Hauseingang gesprungen, seinen Helm schon aufgesetzt, und Lackschuh konnte nicht anders, als seinen Blick auf die Oberschenkel, zwei feste Pakete, zu richten. Er hielt das Fahrrad noch am Rahmen fest. Schnodder öffnete leicht seinen Mund und holte Luft, atmete dann aber doch wieder aus und presste seine Lippen aufeinander.

»Hast du keine Angst, dass das geklaut wird?«, fragte Lackschuh.

»Doch«, sagte Schnodder, »ehrlich gesagt schon.«

»Hätte ich auch«, sagte Lackschuh und lehnte das Rad zurück an die Wand.

Ibli

Tiefgekühlte Erbsis nasche ich am liebsten, während ich im Topf rühre. Ich schiebe mit einem Löffel die Ravioli in Tomatensoße auf dem Topfboden hin und her. Die

Tomatensoße wehrt sich, indem sie blubbert und versucht, auf mein schönes Flatterhemd zu springen. Ich kippe eine Tasse Wasser darüber, so viel, dass die Soße zu Wasser wird. Mit Daumen und Zeigefinger greife ich nach einer grünen Perle aus der Tüte und werfe sie mir in den Mund. Hin und her schieben, bis auch die graue Füllung der Ravioli warm wird.

Meine nackten Füße sind kalt und schwitzig zugleich, ich könnte über den Boden durch die Küche schlittern, aber möchte auch nicht, dass meine Ravioli anbrennen. Ich habe schon so viel von den Erbseln genascht, dass mein Magen fast gefüllt ist. Würde ich jetzt platzen, würde ich den ganzen grünen Brei an die Wände und auf den Boden spritzen. Flatsch. Die nächste Frage wäre natürlich, wer das aufwischen soll. Ich will niemandem zumuten, einen grünen Ibli-Brei von der Wand zu kratzen.

Flavia geht mit einem weißen Wäschekorb an mir vorbei, und ich schaue ganz konzentriert in meinen Topf, als würde ich dort ein spannendes Schachspiel verfolgen. Nicht hochschauen, so tun, als würde ich sie nicht bemerken, weil ich so vertieft in mein Tomatenwasser bin.

»Riecht gut«, ruft sie.

Mir bleibt nichts anderes übrig, als meine halben Augenbrauen hochzuheben. In ihrem Korb entdecke ich in der einen Unterhose einen großen weißen Fleck. Ob sie gerade ihren Eisprung hat? Ich frage lieber nicht, sondern nicke und ziehe den Topf von der heißen Stelle. Das *Riecht gut* klang ehrlich, kein *Es riecht gut, aber ich meine, es stinkt.* Dass sie es nur so dahingesagt hat, kann ich nicht ausschließen, aber sage ich etwas dahin, wenn ich eigentlich sauer bin?

»Kannst auch was«, sage ich, als Lebe-in-Frieden-Angebot, obwohl ich überhaupt nicht genug für zwei Personen gekocht habe. Bitte, bitte, sag nein, erkenne die Höflichkeit, aber lehne freundlich ab.

Leider nickt sie, und ich nicke auch, wir nicken zusammen im Takt von einem Lied, das laufen könnte. All die einsamen Damen, all die einsamen Damen, erhebet eure Hände HOCH!

»Ich stopf nur kurz die Wäsche rein.«

Sie geht in den Nebenraum, und ich starre zurück in meinen Topf. Das wird nichts, es ist zu wenig, es ist zu flüssig. Gern würde ich einfach zurück in mein Zimmer sprinten, alles an Ort und Stelle lassen, nie mehr zurückkommen, vielleicht finde ich irgendwo noch alte Brotstangen in meinem Zimmer, unter meinem Bett, im Mülleimer. Manchmal will ich die Dinge loswerden, bevor sie leer sind und bereit zu gehen.

Aber ich teile die Ravioli in Tomatenwasser brav in zwei kleine Portionen auf zwei tiefe Teller auf. Verloren schwimmen sie darin umher. Es tut mir doch leid, leide ich, ich hab mir das auch anders vorgestellt.

Ich würde so gern meinen Teller mit in mein Zimmer nehmen und den Fernseher einschalten. Mehrere Minuten lang würde ich mir raussuchen, was ich mir während des Essens anschauen möchte. So lange rühre ich meine Ravioli nicht an, erst muss ich die passende Fernsehstimmung für mich gefunden haben und nehme dafür sogar lauwarme Ravioli in Kauf. Am liebsten will ich irgendwas mit Detektiven sehen, die Ehemännern im Auftrag ihrer Frauen nachstellen. Der Dieter ist so komisch in letzter Zeit. Ich kann mir das nicht erklären. Da muss eine andere Frau dahinterstecken. Gespannt würde ich mir ein Ravioli nach dem anderen reinschieben, und schon in Minute drei wäre der Teller sauber geschleckt, aber die Sendung würde ich trotzdem bis zum Schluss schauen. Ich würde doch wissen wollen, ob Dieter wirklich so komisch geworden ist, weil er eine andere hat. Meistens wendet sich das Blatt aber, und der Dieter ist heimlich spielsüchtig oder hat Darmkrebs von zu viel Wurst, wovon er Regina nichts erzählen konnte. Ach, Dieter, sagt Regina dann, wieso hast du mir denn nicht vertraut?

»Supi!«, sagt Flavia, als sie die Teller auf dem Tisch stehen sieht.

Wir setzen uns gemeinsam an den Tisch, ich nehme die Gabel verkehrt herum in die rechte Hand und klopfe damit dreimal auf den Tisch.

»Piep, piep, piep«, sage ich, und Flavia beendet mit: »Auf das schönste Glied.«

Ich schaue sie mit offenem Mund an und drücke ein Haha raus.

Solche Witze kenne ich eher von Zola, aber vielleicht gibt es hier mehrere Zolinchen im Palast, die mir bisher verborgen geblieben sind.

Ich lächel Flavia mit meinem Tomatenmund an, sie lächelt mit ihrem zurück, und auf einmal will ich nicht mehr, dass sie geht, sondern dass wir jeden Tag an diesem Tisch sitzen und sich unsere Teller von selbst auffüllen. Obwohl ich lieber alleine esse, obwohl ich lieber in meinem Zimmer esse, obwohl ich Flavia überhaupt nicht gut kenne, obwohl ich dachte, sie mag mich überhaupt nicht.

Vielleicht hat sie Lust, mich in meinem Zimmer kennenzulernen, wir könnten zusammen eine Sendung sehen oder schlummern. Irgendwo habe ich auch noch ein Kartenspiel rumliegen. Mag sie Spiele? Wir könnten uns auch manchmal in ihrem Zimmer treffen, damit ich weiß, wie es bei ihr riecht, wie ihre kleine Sophia so drauf ist.

»Meinst du, Zola arbeitet jetzt woanders?«, fragt sie.

Ich schaufel mir drei Ravioli auf einmal in den Mund und nuschel: »Weiß nicht.«

Sie schaut an meiner linken Gesichtshälfte vorbei, schwebt in Gedanken davon, sie stellt sich wohl gerade keine pulsierende Freundschaft zwischen uns vor.

»Würdest du gern woanders arbeiten?«, frage ich.

»Hm, ich war schon in drei anderen Läden, da brauchte ich immer noch eine Extrawohnung für Sophia. Ist schon gut hier, aber so komm ich fast nicht mehr raus. Arbeit, Sophia, Arbeit, Sophia und immer so weiter.«

»Nervt Kala dich denn nicht?«, frage ich.

»Doch, klar, aber es ist nu mal ihr Haus, also ihre Regeln.«

Unsere Teller sind längst leer, es waren höchstens drei Happen, und ich würde gern wissen, ob Flavia noch Hunger hat. Ich könnte ihr anbieten, noch eine Portion zu kochen, oder zwei oder drei.

»Wieso arbeitest du nicht bei deiner Mutti?«, fragt sie.

Ich ziehe mit der Gabel Bahnen durch die Reste des Tomatenwassers und antworte: »Weil ich schlecht im Peitschen bin.«

Auf dem Weg nach oben, zurück in mein duftendes Zimmer, stoße ich immer wieder Ravioli auf. Ich habe zu schnell gegessen, die Miniportion innerhalb von Sekunden runtergewürgt. Beim Essen sollte ich nicht reden, das geht nie gut aus. Ich muss meinen Bauch halten, der blubbernde Geräusche von sich gibt. Hab ich jetzt auch noch Sodbrennen, oder was?

Den Fahrstuhl will ich so nicht betreten, weil ich mich von dem Pipigeruch sofort übergeben müsste. Ich schreibe Noa.

Mir ist schlecht

fuck wieso

keine ahnung

wegen zola vielleicht?

Nee

Ich glaub schon!!

Die nerven mich alle, wollen auf mir rumhacken, bis ich wirklich zusammenbreche. Kala wartet doch nur darauf, dass ich durchdrehe, damit sie mich auch rauswerfen kann, mein Zimmer an eine brave Mieterin vergeben kann. Eine zuverlässige, so würde sie behaupten, aber ich sage, sie will eine, die nicht muckt, die sich in Kalas zuckersüßer Art suhlen kann.

Es pfeift von hinten, und wenn ich schon wie ein Hundel gerufen werde, dann will ich mich wenigstens umdrehen und auf allen vieren zähnefletschend auf die Pfeife losgehen.

Doch ich muss sehen, dass Adoinis hinter mir im Flur steht und die Töne aus seinen gespitzten Lippen in meine Richtung schickt. Das lässt meinen Magen kurz ruhig werden, und ich merke, wie mein Mundwinkel sich hochzieht.

Adoinis versucht es immer wieder, und ich fühle mich davon auch noch gewertschätzt wie ein Hundel, das ein Leckerli bekommt. Geh runter, Mister Mundwinkel, heute wird nicht wegen eines Pois gekichert, wir sind wütend, auf Krawall gebürstet, da fangen wir gar nicht erst an, putzelig zu lächeln. Mein anderer Mundwinkel ist auch gegen mich, zieht sich hoch.

Ich stampfe auf den Boden, als Adoinis neben mir zum Stehen kommt und mich mit seinen wundervollen Augen anschmachtet. Er darf hinter mir hertrotten, bis in mein Zimmer.

Doch sobald wir zusammen in meinem Zimmer stehen, streift er sein Ich vor mir ab und hängt es wie eine Übergangsjacke an den Haken. Darunter entblößt sich mir ein Teufelchen.

Er fragt: »Darf ich? Darf ich heute bitte?«

Ich sehe, dass er einen riesigen Rucksack mit Gequängel auf dem Rücken trägt, dass er über Wochen alles für mich aufgehoben hat. Da habe ich ihm einen Schmatzer auf den Mund angeboten, und er knuspert mir gleich das ganze Gesicht weg.

Ich schlurfe zum Bett, er ist vorn stehen geblieben, verlagert das Gewicht von einem Bein auf das andere.

Nein, nein, mein Heulchen, jetzt bin ich dran. Heute habe ich selbst Ballast, heute leere ich deinen Rucksack nicht.

»Wuäh«, sage ich.

Er fragt: »Wie bitte?«

»Wäääääh«, sage ich.

Er sagt: »Halt mich fest.«

Schön vage bleiben und schwer atmen als Antwort.

Er sagt: »Oh.«

»Oh«, ächze ich und lasse mich ins Bett fallen.

Adoinis will es wissen, er steht da und schluchzt, während ich weiter in mich reinwimmere.

Er macht Eh-eh.

Wäh-wäh mache ich.

Er macht Äääääh und lässt die Schultern auf und ab hüpfen, hält sich die Hände vors Gesicht und sammelt darin seine Tränen. Ich rüste auf, lasse meine Unterlippe zittern, ach was, mein ganzer Unterkiefer muss daran glauben und auf Hochleistung vibrieren. Mein Kopf macht mit, schau her, ich bin so traurig, dass ich mich schüttle. Davon werde ich später sicher Muskelkater haben. Adoinis sinkt mit einem stummen Schrei auf seine Knie, weiter Schulterhopsen. Okay, okay, das war gut, ich sehe deinen Schmerz, das hast du wirklich mit Brawur bewiesen, aber es ist offensichtlich, dass du gerade nur Fernsehsendungen imitierst, dass du nie selbst erprobt hast, wie ein Adoinis zusammenbricht. Mein Adoinis würde jedenfalls noch zehn Kilometer durch die Wälder galoppieren und dann umfallen vor Erschöpfung, vielleicht an Ort und Stelle verenden, während sein Schniedel als Friedensfahne gehisst wird. Ich bitte dich, mein Adoinis würde doch nicht wimmernd zusammenbrechen wie eine betrogene Hausfrau.

Ich schüttel meinen ganzen Körper, strampel mit den Beinen, und jetzt pass auf, mein Kleiner; ich stimme ein Lied an, in dem ich all mein Leid verarbeite und ausdrücke. Dabei singe ich so hoch, dass ich für dich kaum zu verstehen bin:

fuhl mi-egähn
*eiwill fackink kill*juh*
fuhl mi-egähn
*eiwill fackink kill*juh*
fuhl mi-egähn
*end eiwill fackink kill*juh*

Ich singe so hoch, so laut, so furchtbar, dass er sich mit seinen nassen Händen die Ohren zuhält. In meiner Lunge ist noch Volumen, ich steigere mich, schüttel mich, untermale meinen Gesang mit all meinen Gefühlen, doch Adoinis ist noch nicht fertig, ich verstumme, als er aufsteht, zur Wand neben meinem Bad geht und seinen Kopf gegen die Wand knallen lässt. Das Geräusch ist jämmerlich, und ich bin mir sicher, dass er sich auch einen lauteren Knall vorgestellt hat, vielleicht sogar ein ekliges Knacken dazu, bei dem wir nicht gewusst hätten, ob die Wand oder sein Kopf bei dem Aufprall geknackt hat. Das tat sicher weh, das muss ich Adoinis schon lassen, er ist zu allem bereit, die Idee ist gut, denn da war es kurz: Ich wollte dem kleinen Schmuseköpfchen ganz dringend einen Trostkuss geben. Er schaut mich mit diesem Jungchenblick an, ganz unschuldig und demütig, kurz bevor der süßen Mami die Hand ausrutscht. Fast hing schon mein Bein aus dem Bett, damit ich zum Trost eilen kann, aber lieber sammle ich all meine Kraft für mein letztes Manöver:

Ich schaue gebannt auf meine gespreizten Finger, forme meine rechte Hand zu einer Abrissbirne und lasse sie vor mir hin- und herbaumeln. Er sieht mir tief in die Augen, siegessicher wartet er auf seine Umarmung, und ich lasse ihn gern für einige Sekunden in dem Glauben, er bekäme eine.

Ich setze mich auf, lasse meine Beine runterhängen, schaue ihm tiefer in die Augen und krächze, so erbärmlich ich kann: »Hilfe!« Dazu strecke ich besonders kraftlos meinen Arm nach ihm aus, zeige mit dem Finger auf ihn, meinen Erlöser. Und er steht neben seiner Wand, starrt mich an und starrt und starrt und fängt an zu lachen. Auch ich kann mich nicht halten und sinke grunzend zusammen, platziere mich für ihn wie eine erlegte Beute. Gewonnen.

»Ich habe ein Angebot«, sage ich.

Er sagt: »Alles.«

»Wenn du dreitausend im Monat zahlst, komm ich mit dir.«

Er sagt: »Alles.«

Lackschuh

Er lief einfach zu Fuß los, Richtung Brook. Seine Beine taten weh, sein Hals war trocken. Er hatte die Frühlingssonne unterschätzt, die versuchte, sich über seinen Scheitel unter seine Kopfhaut zu brennen.

Wäre Ibli dabei, hätten sie auch Wasser, womit er seinen Scheitel und seine Kehle befeuchten könnte. Aus der Seitentasche von ihrem purpurnen Rucksack, auf dem sich Geister aus Wunderlampen schlängelten, würde er die Flasche ziehen und durch den Mund atmen, wenn er sie aufschrauben würde. Meistens kam ein muffiger Geruch aus der alten Plastikflasche.

Er lief schon mindestens dreißig Minuten, die Straße war ihm mit dem Taxi wie eine normal lange Straße vorgekommen. Zu Fuß fühlte sich jede Minute bloß wie ein Meter Weg an. Es war mitten am Tag. Hier gab es nicht einmal etwas zu gucken, denn auf dem Gehweg kam ihm kaum jemand entgegen. Es war keine Strecke, die er für einen gemütlichen Spaziergang wählen würde, zu laut, zu kahl. Selbst die wenigen Sträucher am Rand wirkten fehl am Platz, einfach eingepflanzt, ohne dass sie je wieder von jemandem angesehen oder angefasst wurden. Daneben leere Dosen, Burgerpapier und eine Verpackung für Katzenstreu.

Als er an einer Tankstelle vorbeiging, blieb er stehen und überlegte, nach dem Kloschlüssel zu fragen, um etwas Wasser aus dem Hahn zu trinken. Doch er wurde gleich von einem Sportwagenfahrer angehupt, der gerade von der Straße in die Auffahrt abbiegen wollte. Er ging zur Seite und riss seinen rechten Arm hoch.

»Ja, was denn?«, rief er.

Der Autofahrer zuckte mit der Schulter, bewegte seinen Mund, als würde er etwas sagen, und fuhr weiter zu der Zapfsäule vier.

Nach weiteren zehn Minuten mit trockener Kehle bog er in die Pinkertstraße ein. Er mochte die dünnen Türme, die zwischen den weißen Hallen mit schmalen Fensterreihen in den Himmel ragten. Auf den Dächern der Hallen stand in Buchstaben, so groß wie er selbst, geschrieben: *Recycling, Spedition und Terminal.* Es roch nach Staub, Leder und nach heiß gelaufenen Elektrogeräten. Er traf niemanden auf der Straße, er spürte aber die Anwesenheit der Menschen, die nicht weit von ihm entfernt klopften, schepperten und nach jemandem riefen.

Er ging gleich ans Telefon, das in seiner Bauchtasche klingelte, und versuchte sich gleichzeitig daran zu erinnern, in welche Straße er als Nächstes einbiegen musste.

»Ja, hallo?«

Er war überrascht, dass Lore ihn anrief.

»Ich brauche zweihundert Euro«, sagte sie.

»Was? Warum?«

»Vertrau mir einfach, okay?«

»Lori, was …«

»Ich hab geklaut«, sagte sie, und er hatte ihre gekräuselten Lippen vor Augen, »und sie haben mich dummen Esel erwischt.«

»Oh«, sagte er und presste ein »Ist doch nicht so schlimm« hinterher.

»Doch, ich muss Strafe zahlen und weiß nicht, wie.«

»Scheiße.«

»Und hab Hausverbot.«

»Scheiße, was ist mit dem Geld vom Amt?«

»Was, ja was soll damit sein? Das hat ja nicht mal für Apfelkuchen gereicht. Hicks.«

Sie bekam Schluckauf.

»Du hast Apfelkuchen geklaut?«

»Ja. Hicks. Mit Butterstreuseln.«

Seine Nasenflügel hoben ab, unter seinen Augen zog es.

»Ich hatte so Lust auf Kuchen«, flüsterte sie.

»Ja«, sagte er heiser.

Sie schwiegen. Er hörte, wie Lore mit angehaltener Luft hickste, und blieb stehen. Irgendwo weiter hinten piepte ein LKW.

»Okay, ich regel das, ja? Ich komm vorbei. Bald. Und dann regel ich das«, sagte er.

»Die haben mich vor allen Leuten abgeführt, eine alte Frau. Wegen Kuchen«, sagte sie.

»Ich würd da am liebsten hinfahren und … die windelweich schlagen.«

»Wann bezahlst du die ganzen Rechnungen hier? Bald stehen sie hier vor der Tür.«

Sie schniefte und blieb tapfer, seine Lore schniefte die Heulerei zurück in ihren Kopf.

»Ich bezahl alles, ich finde eine Lösung.«

»Okay.«

»Ich kümmere mich.«

»Wie schön. Hicks.«

»Ich bin gerade unterwegs, ich ruf dich bald noch mal an, und dann klären wir das alles. Mach dir keine Sorgen.«

»Okay.«

»Das wird alles.«

»Okay, ruf mich an, wenn du kommst.«

»Mach ich, Kuss, bis bald, ja?«

»Okay.«

Er nahm einen tiefen Atemzug durch die Nase und ließ alles mit schlabbernden Lippen wieder raus. Sein Hals war jetzt staubtrocken. Von der Sonne konnte er nicht erwarten, dass sie seinen Scheitel mal in Ruhe ließ. Er wechselte die Straßenseite, wo er zumindest halb im Schatten ging.

An Brook gefiel ihm, dass hier kaum jemand wohnte. Er lief nicht an Wohnungen vorbei, in denen gerade ein Ei aufgeschlagen oder das Kind eingecremt wurde. Keine hübschen Gardinen, keine Figuren im Fenster, kein einziges Blümchen auf den Bänken. Trotzdem war er nicht allein wie im Wald, auf einem Hügel oder auf einem Feldweg.

Wenn er jetzt einen Schlaganfall hätte, würden die Leute ihn heute Abend auf ihrem Heimweg finden, vielleicht würde vorher auch ein LKW-Fahrer zufällig aus seinem Fenster schauen und ihn auf dem Gehweg liegen sehen. Er würde anhalten, vielleicht erst das Fenster herunterkurbeln und rufen. Lackschuh würde natürlich nicht reagieren. Wenn der Krankenwagen käme, würden drei Leute aus dem Fahrzeug springen, ihn laut ansprechen und in seine Wange kneifen. Drum herum würden sie sich versammeln, sich am Kopf kratzen und sich fragen, wer da auf ihrem Gehweg lag, wer da auf ihrem Gehweg gestorben war.

Erst weiter hinten sah er ein paar Wohnblöcke wie Bausteine liegen und meinte, dass er eine Person auf einem der Balkone neben der weißen Satellitenschüssel erkennen konnte.

Als er vor dem Excalibur stand, plätscherte in seinen Ohren schon das Wasser aus dem Wasserhahn, unter den er gleich seinen Kopf halten würde. Die Sträucher wucherten weiter auf den Parkplatz, auf dem bloß zwei Autos standen. Ein alter schwarzer Honda und ein etwas jüngerer roter Ford, beide hatten keine Nummernschilder.

Lackschuh ging vorbei an den weißen Säulen wie ein alter Römer hinein in einen Teil der Drehtür, in der die Fenster der Zwischenteile voller Fingerabdrücke waren. Es quietschte, als er schob. Das war also der erste Eindruck, den Gäste hier bekamen, eine quietschende Tür und fettige Glasscheiben.

Drinnen sah alles dunkel aus, weil sich Lackschuhs Augen noch nicht an den Lichtwechsel gewöhnt hatten. Er presste mehrmals seine Augen zusammen, wobei es in seiner rechten Schläfe zwickte. Nach und nach konnte er die Teile des Raums erkennen. Die Wände und der Boden waren mit schwarzem Plüschteppich, die Decke und das obere Drittel der Wand mit silberner Tapete überzogen. Er starrte mehrere Sekunden auf den einen der vier großen runden Lautsprecher, die von der Decke hingen. Links an der plüschigen Rezeption stand statt einer Person ein goldenes Glöckchen, daneben auf dem Boden lebensgroße Leoparden aus Porzellan. Sogar ein Babyleopard saß daneben.

Er klingelte mit dem Glöckchen und nahm die Karaffe mit Wasser, die auf einem kleinen Tisch neben der Rezeption stand. Er goss sich ein Glas ein und stürzte es sich sofort runter. Dabei bemerkte er, wie mehrere Krümel an seiner Zunge kratzten, vielleicht Staubkörner, eine Spinne. Noch ein Glas. Und noch eins. Die Karaffe war leer, und das war auch gut so.

Aus Richtung der Treppe hörte er es knarzen, jede Treppenstufe musste ein Geräusch hinterlassen. Knarz, knarz, altes Holz, das nicht mehr wollte. Er ging lieber einen Schritt zurück, hockte sich hin und wusste, als er in die dunklen Augen des Leoparden sah, dass er ein Kater war, keine Katze.

»Ach was«, sagte Zati, der selbst im Schlafanzug wie ein griechischer Gott daherkam.

»Ich dachte, ich schau mal vorbei«, sagte er, »geile Einrichtung.«

Zati zeigte ihm ein wolkenweißes Lächeln. Er ließ seine Schlappen an der Treppe stehen, kam barfuß über den Teppich getänzelt und nahm Lackschuh fest in den Arm, drückte seinen Kopf kurz heftig gegen seinen und klopfte auf seinen Rücken. Er duftete nach frisch aufgetragenem Parfüm. Fruchtig und intensiv, solange er so nah an ihm dran stand.

»Sorry, sorry, ich hab voll vergessen, dir zu antworten.«

»Ich war eh gerade in der Gegend unterwegs.«

»Komm, ich mache uns einen Drink, und dann gehen wir auf die Terrasse.«

Zati ging hinter den Empfangstresen und bückte sich, um etwas aus dem Kühlschrank zu holen.

»Whiskey Cola?«, ächzte er unter der Theke.

»Ja, sicher«, sagte Lackschuh und rückte seine Bauchtasche zurecht.

An der Whiskeyflasche fehlte das Etikett, nur ein paar weiße Reste klebten noch auf dem Flaschenbauch.

»Der Lackschuh«, trällerte Zati.

»Ist doch ein geiler Name«, sagte er.

Der Dunst des Whiskeys stieg ihm in die Nase und brannte dort hoffentlich ein paar Nasenhaare weg. Er folgte Zatis Schlafanzugrücken, vorbei an den orangen Ledersesseln, die aussahen, als hätten sie ein Meeting, und der plüschigen Treppe zu einer Glastür, an der sich Abdrücke von ganzen Händen abzeichneten.

»Hier muss mal wieder was gemacht werden«, sagte Zati entschuldigend und presste die Tür auf, »meine Freundin wollte das eigentlich machen, aber die war jetzt lange krankgeschrieben.«

»Die Tür vorn könnte sie auch gleich ölen.«

»Ja, ja, aber irgendwie auch cool, was die so von sich gibt. Manchmal klingt es wie ein Schrei.«

Weiter hinten im Garten schaute eine Frau in Lederhose

auf, die in der Sonne saß und ihr Handy eine Armlänge von sich weghielt.

Zati hob sein Glas und prostete ihr zu. Sie lächelte und zog sich die Decke enger um die Schultern.

»Das ist Frau Bast, sie kommt immer her, wenn sie sich mit ihrem Sohn gestritten hat. Zigarette?«

Lackschuh nahm eine aus der Verpackung, die Zati ihm hinhielt, steckte sie in seinen Mund und ließ sie mit der Zunge auf und ab wippen. Wenigstens konnte er so den Whiskey erst mal abstellen.

Kein *Warum-kommst-du-einfach-her?,* kein *Wieso-hast-du-kein-Auto?.* Einfach nur auf der Terrasse sein, als würden sie dort schon immer stehen. Die Energie zwischen ihnen war einfach da, so wie Lackschuh es nur früher erlebt hatte, dieser Schlafanzug, Zatis dichte Wimpern, die ein bisschen nass aussahen, mit ihm fühlte er sich wohl. Selbst die Frau in Lederhose kam ihm vertraut vor.

Er spürte ein Husten seinen Hals hochkriechen und drückte es mit einem Schluck Whiskey Cola wieder zurück, versuchte, sein Gesicht nicht in Falten zu legen.

»Ihr bräuchtet ein Schild, vorn an der Straße«, sagte Lackschuh.

»Wir hatten mal eins, aber das haben irgendwelche Teenies geklaut.«

»Im Kinderzimmer steht das gut.«

»Meine Freundin hat gesagt, die hat ja so einen Teenie, dass die das sagen, wenn sie den Schwanz rausziehen zum Schluss.«

»Was?«

»Die sagen dann, wenn die rausziehen beim Bumseln, Excalibur. Wegen dem Schwert, verstehst du?«

Lackschuh lachte.

»Davon träumen die doch.«

»Du glaubst nicht, wann die heute das erste Mal haben. Unserer mit dreizehn.«

Er hatte Iblis Leggings vor Augen, ihre bunte Regenjacke, den kleinen Zahnbürstenkopf, auf den sie einen Vibrationsmotor geklebt hatte, damit er wie ein kleines Auto über den Boden fuhr.

»Oha«, sagte er und schnippte seine Zigarette weg. Zati bückte sich, um sie aufzuheben und in den Aschenbecher zu drücken.

»Ich zeig dir mal den Rest«, sagte er.

Vor der Treppe zögerte er, als er Zatis nackten Fersen hinterhersah, und ließ Schuhe und Socken dann auch neben der Treppe stehen. Seine beiden kleinen Zehen verschwanden im schwarzen Teppich. An der Wand entdeckte er mehrere kleine gemalte Bilder mit in Tücher gewickelten Frauen, die sich auf dem Boden wanden, robbten, mit ernstem Blick ins Leere starrten.

»Also, es gibt zwei Stockwerke, leider keinen Aufzug. Deswegen sind wir hier nicht rentnerfreundlich.«

»Zum Glück«, sagte er.

»Ja, bis ich dann selbst nicht mehr hochkomme.«

Zati lachte.

»Wo ist eigentlich die Anlage? Für die Boxen unten«, fragte Lackschuh.

»Ach, unten in ’nem Extrazimmer, da können wir später noch mal hin.«

»Cool.«

Im Flur vom ersten Stock war es warm, fast tropische Temperaturen. Hier hingen neben den gemalten Frauen auch Bilder von Männern, die auf riesigen Molchen saßen und mit einem Speer in der Luft stocherten.

»Jedes Zimmer sieht anders aus, immer eine andere Farbe, das fanden wir witzig.«

Zati zog einen Schlüssel aus seiner Hose und schloss auf der rechten Seite die dritte Tür auf.

»Richtig geil«, sagte Lackschuh und ging einen Schritt ins Zimmer, spürte, wie Zatis Hand ihn an der Schulter weiter in den Raum schob.

»Oder?«

»Ja, das Blau zusammen mit dem Gelb und braunem Leder passt richtig gut. Ist die original?«

Er ging zu der Ledercouch und ließ sich fallen.

»Original siebziger Jahre«, sagte Zati, »muss auch mal wieder eingefettet werden.«

Lackschuh strich über das glatte Leder und sah links neben sich aus dem Fenster, wo ihn neben den schweren Vorhängen eine weiße Wand von draußen blendete.

»Die Aussicht war auch mal schöner«, sagte Zati.

Ibli

Bild gesendet: Ibli wird getragen.

@ibli3000 hä?

@Vronii Ochnö jetzt wird schon wieder eine
gerettet

Spiegelei-Emoji

puh

ja

Ist doch schön für sie

hahaha

ja ich will auch

Cardi wurde doch auch vor zwei jahren
oder so gerettet und war dann weg

Cardiii!

@Flavia und was ist jetzt mit ihr?

Sie ist tot.

LÜGE

haha

wahrscheinlich glücklich
verheiratet

bis bald!

Ich mache mich richtig schwer, hänge als totes Kaninchen und sehe kopfüber die pinken Wände an mir vorbeiziehen, lese die Nachrichten der Kinngesichter, die mich mustern oder anlächeln. Meine Oberlippe wird vom Boden angezogen und entblößt meine obere Zahnreihe. Dass ich jetzt auf dem Weg in ein besseres Leben bin, will ich ihnen zurufen. Ich zittere am ganzen Körper, Adoinis hält mich gut fest, damit ich einfach rumhängen kann, trägt nicht nur mich, sondern auch die Tasche mit meinen Habesieseligkeiten.

Er sagt: »Ab jetzt musst du nicht mehr leiden.«

»Endlich«, sage ich.

Er sagt: »Du schönes Ding.«

»Du bist mein Held«, sage ich.

Wir steigen in den Fahrstuhl, mein Gesicht baumelt vor dem Arm eines Pois. Wir nicken uns zu, der Arm und ich. Einfach zuzubeißen wäre unhöflich. Deswegen freundlich nicken. Der Arm ist in der gleichen schwingenden Situation wie ich.

Ich wünsche mir etwas Musik hier drin, das würde die Warterei angenehmer machen. Gut wäre ein Lied, das ich kenne, das alle kennen, wozu wir summen, den Takt mit der Hacke stampfen, den ekligen Geruch einfach wegschunkeln könnten.

Ich bin ganz ehrlich, wenn ich sage, dass Musik mir immer erst richtig gut gefällt, wenn ich sie kenne, und noch mehr, wenn noch eine weitere Person sie kennt.

»Respekt«, sagt der Poi zum Adoinis und stößt zweimal mit der Faust gegen seine Schulter, als wir aussteigen.

Diese Treppe hatte ich ganz vergessen. Ich zähle mit, der pinke Abstieg dauert vier Stufen. Von dem weißen Springbrunnen, durch den kein Wasser springt, wusste ich nichts, der muss neu sein. Ein, zwei, drei, vier Jahre bin ich hier im Vorraum schon nicht mehr gewesen. Was wundere ich mich da, dass meine Haut so fahl ist?

Keine Ahnung, seit wann sich weiße Steinfrauen vor der Treppe räckeln. Es ist gut, dass da keine Hautfrauen liegen müssen, die sich den Tod holen würden bei dem Luftzug auf dem Boden.

Er flüstert: »Bist du bereit?«

»Erlöse mich, mein Zuckervater«, sage ich.

Adoinis macht es offiziell. Natürlich mache ich mit, einmal will ich doch die Liebe durchspielen, die vollkommmene und unendliche Liebe für dreitausend Euro im Monat. Wer weiß, wann ich noch mal die Gelegenheit dafür bekomme.

Mit einem leichten Wippen schreitet er zu der Schiebetür. In meinem Kopf pusten alte Pois mit wildem weißen Haar feierlich in die Trompeten, sie streichen mit ihren gespannten Pferdehaaren über Geigen, legen richtig los mit ihren Lollis auf den Trommeln und Becken. Die Gäste springen auf, werfen sich vor das Königspaar, schreien und weinen, weil wir so ein tolles Duo abgeben, Messer und Scheide. Die Leute vor den Fernsehern tupfen sich in Schlangenlinien das Gesicht wund. Schniefen im Takt. Wie traumhaft, ein Märchen, die Scheide ist so schön, so rein, so unschuldig.

Er fragt: »Warum weinst du denn?«

»Für uns beide«, sage ich und kann im Hängen nicht tupfen.

Durch die Scheibe sehe ich vor der Tür leider keine Pferde in Uniform warten, sondern unsere Wächterin mit Schiebermütze, die sie so weit ins Gesicht gezogen hat, dass ich nur die Spitze ihrer kleinen Nase von der Seite erkennen kann. In ihrer Hand hält sie Prospekte vom Palast in einem Fächer.

Wir sind nah genug an der Schiebetür, dass sie uns wahrnehmen, dass sie sich uns öffnen sollte, aber nichts passiert. Der Poi schreitet feierlich einen Schritt zurück und wieder nach vorn, damit unser Moment nicht zerstört wird, doch die Schiebetür presst beleidigt ihre Türen zusammen.

Er sagt: »Ich muss dich kurz absetzen.«

»Nein«, sage ich piepsend.

Also versucht Adoinis sein Bestes, mit der Faust, die mich hält, an der Scheibe zu klopfen, indem er sich dagegenfallen lässt. Die Wächterin dreht ihre Nase langsam in unsere Richtung, schaut uns lange an, bevor sie einen Knopf vorne drückt. Mir steigt Gemüsebrühengeruch von seiner Achsel in meine Nase, ich lasse meinen Mund aufklappen, damit wir diesen unangenehmen Teil der Zeremonie ignorieren können. Damit ich später, wenn ich an den schönsten Tag meines Lebens zurückdenke, nicht bloß Gemüsebrühe rieche.

Wir sind draußen, werden vom Wind angeschrien, angegriffen von dem grellen Herbst. Meine Augen tränen, und für einige Sekunden verschwimmt der Kopf der Wächterin wieder.

»Klauen Sie da gerade eine Frau?«, fragt sie und zeigt uns die schwarzen Klumpen, die anstelle ihrer Zähne im Mund sitzen.

»Sie ist mein Babe«, sagt er.

»Aha.«

»Gib ihr Wegzoll«, säusel ich hängend.

»Ich habe die Perlenohrringe meiner toten Mutter dabei. Wollen Sie die?«

»Geht klar«, sagt sie, zieht Plastikhandschuhe aus ihrer Jackentasche und lässt wie ein Tierarzt einen Finger nach dem anderen reinrutschen.

»In der Hosentasche«, ächzt er.

Ich bemerke, wie schnell sein Herz klopft, da muss einiges an Blut durch seinen Körper rasen. Hatte seine Mami die Ohrringe beim Sterben an? Und wenn ja, können die Ohrlöcher dann noch verkrusten? Ich kann mir nicht vorstellen, dass die Verkrustung sofort in der Sekunde des Todes eingestellt wird. Ich will ihn fragen, warum sie ihr die Ohrringe nicht einfach gelassen haben. Dann würde sie noch unter der Erde bis in alle Ewigkeit hübsch aussehen.

»Du hast großes Glück«, sagt sie und meint sicher nicht mich, sondern mein Gesicht, meine Haut und meine dünnen Beinchen, vielleicht meint sie auch die tote Mutti.

Ich kann sie riechen, während sie ihre Plastikhand in seiner Hosentasche versinken lässt. Sie riecht wie zu kurz getrocknete Wäsche, die nur einen Tag in einem geschlossenen Raum gehangen hat, diesen Geruch kenne ich sehr gut.

Der Moment ist günstig, um nach einem der Prospekte zu greifen, die aus ihrer Jackentasche ragen.

»Hey«, sagt sie, aber unternimmt auch nichts dagegen.

Sein Herz rast zwar nicht mehr, aber es klopft donnernd gegen seine Brust und damit auch gegen mich. Ich presse meine Hand auf seinen Brustkorb und will sein Herz zurück an seinen Platz drücken. Es wird warm zwischen unserer Haut. Ich mache Schschsch, er seufzt, und ich weiß, dass ich hin und wieder fragen muss, nach der Muttar, dass er nie Ruhe geben wird, dass er für immer seufzen wird, sobald ihn etwas an sie erinnert. So wie die Perlenohrringe. Eine klitzekleine Mutti sitzt auf einem seiner Lungenflügel und klopft in unpassenden Momenten gegen das Skelett. Pikst in die Organe, schlägt einen Salto durch den Brustraum. Ich weiß das. Da ich jetzt sein Schätzchen bin, werde ich hier und da mal nach seiner toten Muttar fragen.

Die Wächterin verabschiedet uns mit: »Gute Reise.«

Wir schweigen uns an. Haben wir uns in unserem größten Glück nichts mehr zu sagen? Immer wieder formuliere ich etwas für mich, möchte aber, dass er anfängt zu reden. Dann will ich sagen: Hm? Und dass ich abgeschweift bin, mich in komplizierten Gedanken verfangen habe, völlig verträumt durch den Tag getragen wurde. Ob er auch über uns nachdenkt, seine Muttar, eine andere? Ich halte es kaum aus und zwinge mich, auch an etwas zu denken, das nur mich betrifft, das mir ganz allein gehört: Wie Zola meine weißen Haare ausgerissen hat, während sie mir den Kopf gekrault hat. Zackig, sodass ich es kaum bemerkt habe. Nur ein kurzes Ziepen, dann hat sie mir das farblose Haar in die Hand gedrückt und mich weitergekrault. So gut, dass ich meistens sabbern musste.

Er fragt: »Was denkst du?«

»Nichts«, sage ich.

Er sagt: »Du wirst immer schwerer.«

»Halt durch«, sage ich.

Mein Kopf muss knallrot sein. Das ganze Blut in meinem Kopf lässt mich hei werden, das helle Licht hilft auch nicht dagegen. Ich will nicht aufgeben, ich bin das Mädchen, das getragen wird. Das Mädchen läuft nicht selbst. Natürlich macht mein Kreislauf das nicht lange mit. Wenn ich noch länger hier hänge, werde ich nie wieder laufen können, viel zu schwindelig wäre mir. Adoinis müsste mich für immer tragen. Das haben wir uns jetzt so eingebrockt.

Die Blicke bleiben an uns kleben, an dem Wolf, der seine Beute trägt. Bald sind es viele Augen, wir kommen in eine Masse, werden eingeschleust zwischen den Leuten, die auch auf dem Gehweg sein wollen, um nicht von den brummenden Autos überfahren zu werden. Erst versuche ich, die Leute zu zählen, die meinen baumelnden Kopf aus Platzmangel streifen oder rammen, doch da komme ich gar nicht mehr hinterher. Also zähle ich die Autos, wenn ich ihre Motoren an uns vorbeiknattern höre. Eins, zwei, drei, vier, fünf, sechs, sieben, acht, neun, zehn, ich stelle den Daumen auf, eins, zwei, drei, vier, fünf, sechs, sieben, acht, neun, zehn, ich stelle den Zeigefinger auf.

Wir drehen uns, und plötzlich sitze ich auf einem Beifahrersitz, ein sportliches Auto, sieh an, sieh an. Es riecht nach neuem Leder, so, so. Meine Beinchen zittern, meine Arme hängen verknotet, haben noch nicht verstanden, dass wir jetzt sitzen müssen. Ich merke, wie mein Blut von meinem

Kopf nach unten sickert, und bin ganz müde geworden von so viel frischer Luft.

Adoinis schaltet das Radio ein, eine Frau redet von Hits und Jahrzehnten und Kingoff, Quienoff, dann Bässe.

Wir fahren los, und ich klemme natürlich sofort meine Arme hinter meinen Kopf und lege meine Füßchen oben ab. Ich kann froh sein, er lächelt mich, seinen neuen Lolli, immer wieder von der Seite an, und bereut nichts.

Er sagt: »Meine Frau freut sich auch auf dich.«

»Ja, ich freue mich auf mich«, sage ich.

Er sagt: »Nein, meine Ehefrau.«

»Deine Ehefrau«, sage ich und höre eigentlich gar nicht mehr hin, will diese Information löschen, sofort in den Papierkorb verschieben. Nein, von einer Ehefrau war nie die Rede, das hat er nicht dazugesagt, als er mich zu seinem Schätzchen gemacht hat, mit Schreiten und Tragen und Weinen, mit allem Drum und Dran.

Ich schaue aus der Scheibe, die mir jetzt wie ein Gitter vorkommt, lass mich raus aus diesem Sportwagen, ich mach doch gar keinen Sport und mag auch nicht damit anfangen, vor allem nicht in einem Wagen.

Nun dreht er auch noch die Musik auf, während ich zu einer Ehefrau nach Hause fahre, ich halte mir die Ohren zu. Diese aufdringlichen Bässe.

Wahrscheinlich warten neben der Frau auch noch sieben Kinder mit Zipfelmützchen auf mich. Nein, bitte keine grässlichen Zipfelmützchen, die mich an eine Sekte erinnern. Ob ich jetzt schon nach einer Vorauszahlung fragen kann, einem Vorschuss?

Ich will doch mal in so eine Wohnung rein, in der Pois wie er leben, will mich da ans Fenster setzen und rausgucken, einen fruchtigen Tee trinken. Ich sage ganz ehrlich, dabei stören mich die Ehefrau und die sieben Kinder mit Zipfel sehr.

Adoinis legt seine rechte Hand auf meinen Oberschenkel, der mir manchmal vorkommt wie ein Schickenwing. Er drückt zu, in mein zartes Fleisch, vermittelt mir: Ha, ich hab dich.

Obwohl wir mit dem Sportwagen nur zwei Straßen weiter gefahren sind, haben wir eine halbe Stunde gebraucht, denn auch die anderen wollten an diesem Nachmittag zwei Straßen weiter mit ihrem Sportwagen fahren. Seit wann in Grindelsta alle Autos sportlich sein müssen, weiß ich nicht. Ich will es auch gar nicht wissen.

Wir verschwinden in einem schwarzen Loch, fahren mit dem Auto unter die Erde, wo die anderen Autos einsam vor sich hin glänzen, und Adoinis trägt mich wieder, er will schon gewährleisten, mich über seine Türschwelle zu tragen. So gehört sich das. Während er mich in den Fahrstuhl schleppt, hänge ich mit aufgerissenen Augen rum und versuche, nicht an einem Herzstillstand zu verenden. Ausatmen, einatmen, das ist so kompliziert, wie soll ich mir das merken? Was hab ich bloß getan?

Was, wenn die Ehefrau eine große Warze im Gesicht hat, die vor Freude platzt, sobald sie mich sieht. Sie freut sich auf mich, aber das heißt nicht, dass ich mich auf sie freue.

Es klappert aus seiner Lunge, als Adoinis mich die Treppe hochträgt. Vielleicht erstickt er gleich, und ich muss niemals eine Ehefrau treffen.

Die Tür geht auf, ich mache schnell die Augen zu. Tjark, ruft sie, ach, mein Tjark. Tjark? Mir wird übel, das reimt sich auf Quark, und ich sag mal so, Zufall kann das nicht sein.

Ich werde hingestellt, mache aus Gewohnheit einen Knicks, aber lasse die Augen zu, weil ich mich zu sehr vor der Warze fürchte.

Sie sagt: »Ich bin …«

Den Namen lösche ich gleich wieder, mit solchen Informationen muss ich nicht mein Hirn zumüllen. Warze tut es auch, sie heißt jetzt Warze.

Es riecht nach frisch gewaschenen Haaren, Vanillespülung, ich lasse die Augen weiter zu. Sie sagt noch mehr, von wegen das Kind schläft gerade, bring sie doch schon mal ins Schlafzimmer.

Sie sagt: »Wie heißt sie?«

Er sagt: »Ibli.«

Jetzt liege ich, kann endlich die Augen öffnen, sehe nichts. Der Raum ist dunkel, wahrscheinlich das Schlafzimmer, ich rieche Bettwäsche. Adoinis, der Tjark heißt, entscheidet, dass ich der große Löffel bin. Ich winde mich, kann nicht sagen, wohin mit meinem Körper. Weiß er denn nicht, dass er kein Löffel ist? Er ist ein Messer, ein stumpfes vielleicht, ich verletze mich nicht, aber ich habe keine Vorstellung, wie ich als großer Löffel dieses stumpfe Messer umschlingen soll. Vor ihm liegt noch jemand, wahrscheinlich die Warze, die Gabel.

Sie sagt: »Wie schön, dass du da bist.«

Er sagt: »Wir freuen uns so.«

Es ist so dunkel, dass ich nicht mal die Decke erkennen kann, ich sehe überhaupt nichts. Um uns herum könnten auch noch zehn andere Warzen stehen und mit Ästen meine ewige Verdammnis herbeiwedeln, ich würde es nicht mitbekommen.

Während sie neben mir schlummernd ineinanderhängen, liege ich mit brennenden Augen da. Im Palast war ich sicher, hier liege ich zusammen mit der Warze und Tjark, die ich kaum kenne, die auch ein mordendes Ehepaar sein, die mich heute Nacht auch häuten könnten.

Ich löse mich von ihnen, tapse in den Flur, halte Ausschau nach einem Portmonee, doch ich finde nur den Hausschlüssel und minikleine Schuhe.

Es zieht mich weiter zur Küche, und ich wundere mich, dass hier überall Pflanzen hängen. Geht doch in den Wald, wenn ihr was Grünes sehen wollt.

In der Küche bodentiefe Fenster, alles schick, alles aufgeräumt, und diese verdummten Pflanzen. Eine, die von der Decke hängt, streift mich an der Schulter, ich haue dem verantwortlichen Blatt eine runter. Bleib bloß weg mit deinen Tentakeln.

Unbedingt, ganz dringend will ich einen Tee trinken, ich will einen von diesen Tees trinken, die sich in einem Regal vor mir stapeln. Matschatee will ich nicht, so etwas trinken wir nicht. Jedenfalls riecht es nach Fisch, und einen fischigen Tee will ich sicher nicht in dieser fremden Wohnung trinken. Ich will was Fruchtiges, das meiner Stimmung entspricht, einen Früchtetee, und ich suche und finde nichts. Im Wasserkocher brodelt es schon, und das Ehepaar darf davon nicht aufwachen, vielleicht sind sie ja ohnmächtig, das wäre schon okay für mich, damit könnte ich leben.

Ich schließe die Äuglein und greife nach irgendeinem Beutel, Roibusch, auch gut, meine Hand hat entschieden, und ich nehme es, wie es kommt. Die stinklangweilige weiße Tasse umschließe ich mit meinen Fingern, puste über die Oberfläche, sodass kleine Wellen entstehen, auf denen ich einen Ausritt machen möchte. Wenn ich hier so am Fenster stehe, das vielleicht bis zum Erdkern reicht, das weiß ich ja nicht, will ich, dass jemand auf der Straße zu mir hochschaut und sich denkt, sieh an, da steht sie am Fenster in ihrer Wohnung und trinkt einen Tee.

Lackschuh

»Kommt was aus den Boxen?«, hörte er Zati rufen.

»Noch nicht.«

Er rutschte nach vorn, schlug die Beine übereinander und stützte sich mit dem Ellenbogen auf seinem Oberschenkel ab, doch der Sessel war eine Schüssel. Er ruschte mit dem Hintern zurück an die tiefste Stelle, seine Füße hoben vom Boden ab, und sein Rücken sank in das Polster der Lehne, tat weh, weil er nachts in der weichen Matratze festgesteckt hatte. Er legte seinen Kopf nach hinten und folgte den Mustern der Tapete an der Decke, die ihn an einen bewölkten Himmel erinnerten.

Aus den runden Boxen klackte der Takt, wurde erst lauter, dann leiser, dann wieder etwas lauter. Ein kurzer heller Ton, danach zwei schnelle tiefe. Zati streckte seinen Kopf aus dem Musikzimmer neben der Treppe und sah ihn fragend an. Lackschuh drehte mit Daumen und Zeigefinger gegeneinandergedrückt in der Luft nach rechts.

Ein langes tiefes Ausatmen begleitete den Takt, im Hintergrund steigerte sich ein Ton bedrohlich.

Zati kam aus dem Zimmer, stellte sich zwischen zwei Boxen, die von der Decke hingen, und verschränkte die Arme.

Die Melodie begann, Lackschuh erkannte Barry Whites Stimme, die durch seinen Kopf über seine Brust in seinen Fuß wummerte und ihn über seinen kleinen Zeh wieder verließ. Er hätte die Stimme gern festgehalten, zurück in seinen Körper gedrückt, doch da durchfuhr ihn schon das nächste Brummen. *Baby, baby.* Lores junges Gesicht schob sich in sein Blickfeld, anstelle der Augenbrauen eine dünne gebogene Linie. Die angeklebten Wimpern drückten ihre Augenlider nach unten, ließen sie schläfrig aussehen. Das erste Jahr ihrer Beziehung. Sie sah ihn von unten an, während er sie beim Tanzen fast tragen musste. Diese ganzen Fragen in ihren Augen: *Wo geht's hin? Was kommt jetzt? Wie ist der Plan?* Er presste die Augen zusammen, versuchte, Lore sanft wegzuschieben, doch sie hielt dagegen, machte sich noch schwerer, er hatte das Gefühl, bald hinzufallen. *Mm-hmm, my baby.* Lore ließ sich völlig hängen, Lackschuh musste sie tragen, er stolperte mit ihr zu einem Stuhl an der Seite. Die Haare ihrer Perücke streiften seine Wange, als er sich setzte und sie auf seinen Schoß zog. *Never, never, oh baby.*

Er schob Lore aus seinen Gedanken, versuchte, sich auf die Musik zu konzentrieren, wie sie aus den Boxen drang.

Er sah, wie Zati lächelte und seine Schultern in klitzekleinen Bewegungen kreisen ließ. Die runden Boxen strahlten die Musik in alle Richtungen, dehnten den Raum aus, ließen seine Wände ganz dünn werden. Zwei Boxen hätten wahrscheinlich für die Größe des Raums gereicht, mit vier Boxen hatte die ganze Straße, vielleicht sogar das ganze Viertel, etwas von Barrys Liebesklängen. Bisher hatte er nur drei Gäste des Hotels gesehen, mit ihm waren es vier. Bald würde jemand die Treppe herunterkommen und sich beschweren, sicher Frau Bast, die ausgesehen hatte, als würde sie sich morgens erst in ihre Decke wickeln, um eine halbe Stunde aus dem Fenster zu starren. Dabei wollte sie sicher nicht gestört werden.

Die Musik wurde leiser gedreht.

»Die haben echt Wums«, sagte Zati, »hab sie lange nicht mehr angeschmissen.«

Er setzte sich auf einen der anderen Sessel, zog den linken Fuß an der Ferse nach oben, wobei seine Hose etwas nach oben rutschte und dunkle Beinhaare hervorkrochen. Es knackte während der Bewegung, vielleicht in seinem Becken.

Lackschuh nippte an seinem Kaffee und überlegte, wie er sich nützlich machen könnte. Eine helfende Hand werden, ein Geschäftspartner. Er sah die Drehtür an, die Eingang wie Ausgang war. Wenn er sich verabschieden müsste, würde er in die Drehtür einsteigen, aber sich dagegen wehren, auf der anderen Seite ausgespuckt zu werden. Er könnte dort drinbleiben, sich immer im Kreis drehen, warten, bis ein Gast kommen würde, und ihn ins Innere befördern. Es würde niemanden stören, es wäre sogar praktisch, weil dann niemand mehr selbst schieben müsste. Die Scheiben putzen, die Scharniere ölen, das könnte er auch erledigen.

»Wir sollten immer ein bisschen Musik laufen lassen, ist doch cool, wenn Gäste kommen«, sagte Lackschuh.

»Meine Freundin bekommt so schnell Kopfschmerzen, deswegen lasse ich es meistens aus.«

Lackschuh stellte sich Zatis haarige Beine vor, das schlanke Becken, wie es sich vor und zurück bewegte. Die schönen Finger versanken in der Matratze, während er sich abstützte, sich zu seiner Freundin beugte und ihre Stirn küsste.

Lackschuh nahm den letzten Schluck Kaffee, ein bisschen Kaffeesatz war in seinem Mund. So fuhr er mit der Zunge die obere und untere Zahnreihe ab, sammelte alles ein, was sich dort abgelegt hatte.

»Wie viele Gäste habt ihr eigentlich so?«, fragte er hastiger, als ihm lieb war. Eigentlich hatte er warten wollen, bis Zati damit anfing, sich vielleicht beschweren würde, wie sich die Zeiten verändert hatten. Es war ja offensichtlich.

»Es geht, nicht so viele«, sagte Zati, sah zur Drehtür, kratzte an seinem Bein, pulte zwischen den Haaren und zog schließlich eins heraus. Er drehte es in seinen Fingern, und Lackschuh hätte es gern mit ihm gezwirbelt.

»Ihr braucht gute Werbung«, sagte er und wollte Zatis Blick einfangen, seinen Kopf am Kinn hochschieben, auf seinen Rücken klopfen, doch Zati durchforstete weiter seine Beinhaare und schien mit dem Kopf woanders oder wollte, dass es aussah, als würde er an etwas anderes denken.

Die Treppe knarzte, ein Mann mit blondem Schnurrbart setzte Fuß für Fuß auf die Treppenstufen, vielleicht Rheuma, obwohl er nicht steinalt aussah, eher wie zu viel geraucht und zu wenig Wasser getrunken. Kopfnicken, Gebrumme unter dem Schnauzbart. Bisher waren Zatis Gäste keine, die neue Leute anziehen würden, keine, die nach Hause fuhren und von dem Excalibur in Brook erzählen würden, sie sahen alle aus, als würden sie niemanden kennen und als würden sie auch nicht nach Hause fahren.

»Kuddel! Willst du 'nen Kaffee?«, fragte Zati.

»Nee, nee, lass mal, ich muss los.«

Er zog sich seine Jacke über, während er im Takt der Musik wippend an ihnen vorbeiging. Zati klatschte in die Hände, lachte und zeigte seine schönen Zähne.

»Bis später!«

Bevor Zati irgendwie auf die Idee kommen könnte, ihn zu verabschieden, stand Lackschuh lieber auf und sah sich das Musikzimmer genauer an, aus dem es surrte. An der linken Wand waren bis unter die Decke Platten und Kassetten gelagert, wie in einem Geschäft waren einige mit dem Cover nach vorn aufgestellt. Ihm wurde warm, und es gab kein Fenster, durch das er lüften könnte. Also zog er sich sein Hemd aus und stand im T-Shirt vor der Wand aus Knöpfen und Reglern, drehte die Lautstärke auf null. Genug vom säuselnden Barry, er hatte Lust auf Disco. Bobby von Boney M. schmachtete ihn vom Cover in einer blauen Paillettenjacke mit hochgezogenen Augenbrauen an. Er glaubte ihn über das Bild riechen zu können, ein Schweißgeruch, gemischt mit dem holzigen Aftershave, das er schon neben ihm im Flugzeug ausgeströmt hatte. Sie hatten sich den ganzen Flug über unterhalten, über die deutsche Musikindustrie und Bobbys Auftritte. Schade, dass es davon keine Fotos gab.

Er fuhr mit dem Zeigefinger über die Staubschicht auf der Plattenhülle, malte ein Herz darauf, weil ihm so schnell nichts anderes einfiel, und pustete den Staub von seinem Finger in den Raum hinein.

Die Platte selbst war ein bisschen wellig und zerkratzt, aber er wollte es trotzdem versuchen und ließ die Nadel in die Rille sinken, drehte die Lautstärke und den Bass auf.

Wenn zwanzig Leute zu Gast wären, eingesprüht, geföhnt, eingesalbt, frisiert, in teure Schuhe und Lederjacken aus Amerika gesteckt, würden sie einen kleinen Empfang machen, Champagner ausschenken, Boney M. laufen lassen. So könnten sie Geschäfte machen, nach jedem Abend würde sich etwas ergeben. Einen Wurststand eröffnen? Er wäre dabei. Einen Irish Pub mit Zimmervermietung auf Vordermann bringen? Er wäre dabei. Einen Stripclub eröffnen? Na klar.

Women would desire. Da musste er sich nicht bewerben, keinen Lebenslauf schreiben, keine Krawatte binden, musste nicht in einem Fahrstuhl in den vierten Stock fahren und sich in ein schwarz-weißes Büro mit Raufaserteppich setzen, um Fragen von einem Mann mit Igelhaarschnitt zu beantworten. *Fahren Sie sicher Auto? Können Sie unter Druck arbeiten? Was sind Ihre Stärken? Warum hatten Sie so lange keine Festanstellung? Warum wollen Sie bei Taxi Mücke arbeiten? Erzählen Sie von sich! Haben Sie eine Familie? Warum antworten Sie nicht?*

Da könnte er mit seinesgleichen verhandeln, nicht lang rumreden oder Anträge schreiben, sondern einfach sein Ding durchziehen, ohne Krawatte.

Er hörte die Drehtür drüben quietschen.

Sie bräuchten eine Rezeptionistin, und da dachte er gleich an eine wie Donka, die die Gäste empfangen würde, mit der man gerne sprach, die aber auch keine Arschgesichter reinlassen würde. Doch eine Donka das zweite Mal zu finden, war unmöglich, und sie selbst würde nie das Café Keese verlassen, sie würde dort noch tot, mumifiziert hinter der Theke stehen.

Er stellte sich in den Türrahmen des Musikzimmers, wollte sehen, ob ein neuer Gast kam, einer, mit dem er mehr als drei Wörter sprechen könnte, aber stattdessen kam Vale durch die Tür gequietscht. Wieder der Wanderrucksack, nur dieses Mal kaum gefüllt. Sie setzte ihn neben den Porzellanleoparden ab und klopfte sich ihre Hose am Schlag ab. Er müsste nur einen Schritt zurück machen, dann würde sie ihn nicht entdecken. Wer weiß, wie lange sie dableiben würde, dann würden sie sich nicht noch einmal begegnen. Doch er blieb im Türrahmen stehen, konnte sich kaum bewegen, zog den Bauch ein. *Full of ecstasy and fire.*

Sie bewegte ihre Lippen und zog die Stirn kraus, aber er konnte sie nicht verstehen. Als Zati ihm ein Zeichen gab, die Musik leiser zu stellen, drehte sie sich in seine Richtung. Erst war ihr Gesichtsausdruck noch fragend, doch er sah, wie es bei ihr durchsickerte, dann legte sich ihre Stirn in Falten. So starrten sie sich an, bis Lackschuh sich vom Türrahmen losreißen konnte, um die Lautstärke leiser zu drehen, hielt den Regler noch einige Sekunden zwischen seinen Fingern fest. Sie hatte ihn schon gesehen, es wäre jetzt seltsam, die Tür einfach abzuschließen und für immer im Musikzimmer zu wohnen, nie wieder einen Sonnenstrahl zu sehen. Er griff nach seinem Hemd, das auf einem Hocker in der Ecke lag, und ließ jeden Knopf besonders langsam durch die Schlitze gleiten, dann pustete er die restliche Luft aus seiner Lunge und versuchte wie selbstverständlich in den anderen Raum zu gehen. Weil er jetzt aber auf seinen Gang achtete, wusste er plötzlich nicht mehr, wie er einen Fuß vor den anderen setzen sollte.

»Drüben sind noch Eier in der Pfanne«, hörte er Zati zu Vale sagen, die auf der Armlehne seines Sessels saß und eine Hand auf seiner Schulter abgelegt hatte. Ein Handrücken voller Adern, in denen es Lackschuh fast pochen hörte. Ihr Daumen strich in unregelmäßigen Abständen über Zatis Hemdstoff.

»Da bist du ja«, sagte Lackschuh und zog seinen rechten Mundwinkel hoch.

»Ach, hi«, sagte Vale.

»Das ist Lackschuh«, sagte Zati.

Vale blinzelte nicht, befeuchtete ihre Lippen und antwortete: »Ich weiß«, sie machte eine kurze Pause, »wo ist denn Ihre Kleine?«

»Bei ihrer Mutter«, sagte er, »in Grindelsta.«

»Warum sind Sie da nicht?«

»Jetzt frag ihn doch nicht so aus«, sagte Zati und griff nach ihrer Hand auf seiner Schulter und küsste ihr den Handrücken.

»Ich kann das ab«, sagte er und versuchte, seinen rechten Mundwinkel oben zu halten.

»Schicken Sie ihnen denn Geld? Sie wissen, wie es um alleinerziehende Mütter steht?«

»Ha, na ja, Britta ist echt scheiße neugierig«, lachte Zati und zuckte die Schultern. Lackschuhs Mundwinkel begann zu zittern, würde nicht mehr lang mitmachen, Richtung

Kinn sinken und sich endlich ausruhen. Britta, für ihn blieb sie Vale, das passte besser.

»Die brauchen nichts von mir«, sagte er.

Vale nickte, sagte: »Aha«, stand auf und strich über Zatis Haar. Im Vorbeigehen sah sie Lackschuh nicht an, zog ihr Handy aus der Hosentasche und verschwand im Flur, wieder hatte er den Impuls, ihr zu folgen.

Aber um nicht dumm rumzustehen, bewegte er sein Becken zur Musik, prüfte Zatis Gesicht, das ihn wie immer anlächelte. Kleine Fältchen um die Augen, da war kein Fünkchen Verurteilung in seinem Gesicht, nur pure Freude. Er hätte auch gern eine Leichtigkeit, wie Zati sie ausstrahlte. Nichts wäre ihm lieber, als so leicht durch den Tag zu schweben wie der schöne Zati.

»Tja, so ist sie«, sagte Zati.

»Sie ist älter als du, oder?«

»Äh ja, sie ist sechsundsechzig«, sagte Zati.

»Und du dann?«

Zati fuhr sich durch die Haare.

»Fünfundvierzig.«

»Oha«, sagte er, »ich wollte jetzt das mit den Pferden sagen.«

»Welche Pferde?«

»Die alten Pferde, aber vergiss es, lass uns nicht von alten Pferden reden.«

»Ja, lass uns nicht über alte Pferde mit Diabetes reden.«

»Kacke, echt? Diabetes?«, sagte Lackschuh.

Die Musik wellte und setzte kurz aus.

»Ja.«

»Lass uns lieber darüber reden, wie ihr mehr Gäste bekommt«, sagte Lackschuh nach einer Pause.

Ibli würde es im Excalibur gefallen, sie könnte durch die Stockwerke laufen, sich die ganzen Bilder und Figuren ansehen. Sie hätte mehr Platz als in dem kleinen Zimmer bei Mikta im Palast, wo es kein Fenster gab. Vielleicht könnte sie sogar ein eigenes Zimmer im Excalibur bekommen. Für Zati sicher kein Problem.

Er ging den Flur im zweiten Stock entlang, wo er an Frau Bast vorbeiging, die bereits ihre Sonnenbrille aufgesetzt hatte. Sie hielt eine Decke in der Hand und war offenbar auf dem Weg in den Hinterhof. Kurzes Nicken, ein genuscheltes Hi seinerseits. Das musste besser werden.

Vielleicht würde es auch reichen, wenn Ibli die Wochenenden im Hotel verbringen könnte. Zu ihrer Schule war es ein bisschen weit mit dem Bus.

Er fand hinten links den kleinen Hauswirtschaftsraum, von dem Zati gesprochen hatte. Kein Fenster, es war feucht und warm, roch nach Waschmittel. Die Maschine zeigte einundzwanzig Minuten an. Er ging zu einem Regal, in dem Dinge wie Schwämme, Lappen, Scheuermilch und Kaffeefilter gelagert waren. Im unteren Teil fand er eine Ölflasche, auf deren Deckel sich Öl und Fusseln verklebt hatten.

Er würde sich gern wie ein Stück Papier in drei Teile reißen und zwei von ihnen losschicken, einen Teil zu Ibli, einen zu Lore. So könnte er an drei Orten gleichzeitig sein, würde sich auch nicht eingesperrt fühlen, sondern frei. Als ganzer Lackschuh hatte er nie mit einer Person vierundzwanzig Stunden verbringen können, ein Teil wollte immer los, woandershin, während ein anderer dableiben wollte. Mit seinem Zerreißen wäre dieses Problem aus der Welt geschafft.

»Wie lange bleiben Sie?«

Vale stand hinter ihm, einen Wäschekorb in ihre Hüfte gestemmt. Der Pony klebte ihr strähnig an der Stirn.

»Ich helfe euch ein bisschen«, sagte er und zwinkerte.

»Brauchen wir nicht. Kümmern Sie sich lieber mal um Ihre Familie.«

»Ich glaube schon, dass ihr das braucht.«

Sie lachte ihn das erste Mal an. Einer ihrer Vorderzähne stand etwas weiter vor als die anderen, er fragte sich, ob sie sich neben Zati manchmal hässlich vorkam.

»Das Geld wird knapp, oder?«, fragte er.

Als sie den Wäschekorb abstellte, konnte er ihre Brüste im Dunkeln sitzend unter dem Oberteil erahnen. Kleine Brüste, die an den Brustkorb geklebt waren.

»Willst du hier einen deiner Puffs eröffnen, oder was?«, fragte sie und lachte weiter.

»Willst du dann für mich arbeiten?«, fragte er.

Sie hörte endlich auf zu lachen, ließ den Wäschekorb auf den Boden fallen und verließ den Raum.

Der Türrahmen strahlte seine Kälte durch den Stoff in seinen Oberarm, als Vale durch eine der Türen im Flur verschwand und er sich die Zimmernummer merkte.

Ibli

Ich schaue mir den Prospekt vom Palast an, den Kala vor einigen Monaten neu geschrieben hat. Heiß und international, so wird unser Palast für Pois beworben. Dreihundertfünfundsechzig Tage vierundzwanzig Stunden geöffnet, gönn dir eine prickelnde Auszeit. Wir kümmern uns um dich und lassen keinen deiner Wünsche offen. Wir sind richtig heiß, top gepflegt und mit einer Figur, die dir schon beim Anblick Lust auf mehr macht.

Wenn ich ein Poi wäre, würde mich das ansprechen. Das muss ich Kala schon lassen, sie weiß, was Pois wollen, aber mir wäre lieber, wenn sie reingeschrieben hätte, dass auch gern die Pois top gepflegt und mit einer Figur, die mir schon beim Anblick Lust auf mehr macht, vorbeikommen dürfen.

Auf der Rückseite finde ich die Anwerbung für solche, die bei uns Zimmer mieten wollen. *Top-1-Zimmer-Appartements* steht da, hohe Frequenz an Laufkunden. Mir gefällt nicht, dass mein Zimmer als Beispiel abgebildet ist, es ist mein privates Zimmer und sollte auf keinem Werbeprospekt stehen. Mir fehlt mein Sauger und der Geruch, den mein Zimmer verströmt, das kann kein Bild der Welt ersetzen.

Bild gesendet: Ein pinkelnder Poi im Fahrstuhl

Ich versteh das einfach nicht...

@Kyrax boa widerlich

mega ekelhaft

Wir brauchen mal kameras im fahrstuhl...

ja und dann werden die als Strafe von uns allen angeschissen!!

hahahahahahahahaha

hahah

lol lol lol

ih

Ja oder Strafe zahlen

100000000000000000000

@noa oder hausarrest

Eher Palastverbot

Find ich gut!!

ich auch

PALASTVERBOT

noa hat den Namen der Gruppe in PALASTVERBOT geändert.

Aus dem Schlafzimmer höre ich einen Schrei, der nach Wachwerden klingt, nach Krümeln in den Augen. So lange ich mein Geld nicht habe, gehe ich nirgendwohin, diese Wohnung, die Fenster, der Tee, all das steht mir genauso zu wie dem Ehepaar.

Ich platziere meine Füße auf den Stuhl gegenüber und blättere in einer Zeitschrift, die auf dem Tisch herumliegt. Viele Buchstaben, wenig Bilder, ich lasse die Zeitschrift auf den Boden fallen und nehme die daneben. In dieser sind nur Bilder von dünnen Frauen, die ihre Arme und Beine so verrenken, dass ich denke, sie müssten sich dabei etwas gebrochen haben. Und die Frisuren! Strenge Seitenscheitel und mit Gel zurückgekämmte Haare. Der Pferdeschwanz muss wahrscheinlich so fest sitzen, damit ihre Gesichter nicht auf die Idee kommen, sich zu verziehen. Wenn jetzt Krieg wäre, würde ich diese Frauen als Soldatinnen losschicken, sie sehen aus, als hätten sie wallendes Haar auf den Zähnen, als könnten sie jemanden abschießen, ohne mit dem Auge zu zucken.

Es stampft im Flur, und kurz denke ich, die Olle vom Gesundheitsamt hat mich gefunden, ist in die Wohnung eingebrochen und fragt, ob ich Opfer von Menschenhandel bin. Stattdessen taucht ein kleiner Kopf in der Tür auf, kein Bebi mehr, älter als Kuffi, aber immer noch O-Beine. Es stampft, streckt die Arme aus und wankt auf mich zu. Doch die Warze hält ihn gottchenseidank auf, indem sie ihn von hinten schnappt.

Sie sagt: »Das ist …! Ich glaub, sie mag dich.«

Das Kind sitzt mit entspannten Gesichtsmuskeln auf der einen Seite der Warzenhüfte. Ich zwinge mich zu einem zustimmenden Laut.

Sie sagt: »Tjark holt Brötchen.«

Tjarkquark, ich lasse meine Füße von dem Stuhl fallen und stehe auf, stelle mich ans Fenster und schaue raus. Die Warze beginnt hinter mir zu klappern, das Kind seufzt und erzählt eine Geschichte in seiner Sprache. Es klingt wie: »nasagupalana puh«.

Ich könnte auch der Papi sein, hier am Fenster stehen und warten, bis meine Warze den Frühstückstisch gedeckt hat, mich räuspern, zwischendurch auf meine Armbanduhr schauen. Wer ist Tjark? Wir kennen keinen Tjark. Tjark ist ausgesperrt.

Als Papi würde ich die Kleinkindsprache natürlich verstehen, wie eine Schlange, deren Säuseln nur ich entschlüsseln kann. Es erzählt: Zwei Kleinkinder treffen sich im Spiegel, sagt das eine: Die Mami hat mich fallen gelassen, sagt das andere: Meine mich auch.

Ich, der Papi, klopfe mir auf den Oberschenkel und mache harharhar.

Sie sagt: »Schenkst du uns mal den Kaffee ein?«

Der Kaffee ist eine dunkle Suppe in drei gleich großen weißen Tassen, die ich mit heißem Wasser aufgieße, damit der Kaffee uns nicht umhaut.

Meine kleine Familie. Ich schaue sie ganz verträumt an, das Kleinkind liebe ich besonders, es ist mein eigen Fleisch und Blut. Da kommt es hoch, ich fühle mich geborgen zwischen den Kaffeetassen und dem Geklimper. Unsere eigene Küche, die wir mit unserem Geld gekauft haben, dieser Morgen, den wir zusammen verbringen. Wir verbringen jeden Morgen zusammen, das ist das Prinzip unserer Familie. Wenn nichts mehr läuft, eines ist glasklar: Wir frühstücken zusammen.

Es nervt mich, dass Tjark die Brötchen holt. Als Familienoberhaupt ist es Tradition, dass ich die Brötchen hole und die Warze den Kaffee kocht.

Er ruft: »Ich bin wieder daha.«

Ich merke mir ganz genau, wie er *daha* ausspricht, in welcher Lautstärke. Seine Stimme klingt höher als vorher, es ist fast wie ein Vogelgesang. Dass er wieder daha ist, wissen wir ja, weil wir den Schlüssel im Haustürschloss gehört haben, aber Tjark trällert es trotzdem durch die Wohnung.

Eine große Brötchentüte wird durch die Tür gehalten, das Kleinkind hält sich an meinem Bein fest, ich verschütte fast den Kaffee auf seinen Kopf. Ich habe hundert Grad heißes Wasser in die Tassen gegossen. Stelle mich lieber nicht auf die Probe, mein Kloß.

Wie viel wiegen Kleinkinder wohl? Vielleicht fünfzehn Kilo? Das ist ein Viertel von mir, von Tjark vielleicht ein Fünftel. Es kommt mir sehr schwer an meinem Fuß vor, aber ich lasse mich davon nicht irritieren, schleppe mich mit den Kaffeetassen an den Tisch und nehme das Kleinkind auf den Arm. Ach, schau an, sagt die Warze. Ich wippe das Kleinkind, so wie ich Kuffi gewippt habe. Ach, sagt jetzt auch Tjark.

Er verteilt die Brötchen auf den Tellern, unterschiedliche Sorten, kein Brötchen doppelt sich. Ich setze mich an den Tisch, vor das Rosinenbrötchen. Rosinen, so stell ich mir vor, sind getrocknete Warzen, die niemand mehr braucht. Deshalb können sie genascht werden.

Er sagt: »Eigentlich hatten wir das Weltmeisterbrötchen für dich eingeplant.«

»Schade«, sage ich und beiße in das Rosinenbrötchen, halte dem Kleinkind auch ein Stück hin, es isst mir aus der Hand.

Sie sagt: »Du machst das toll.«

»Danke«, sage ich.

Es gibt den Papar, die Mamar, das Kind, doch wie nennen wir den dritten Elternteil? Tatar? Bin ich Tatar? Eine Familie aus vier Teilen ist bestimmt auch gesünder, so bleibt niemand über. Wenn zwei sich absondern, um einen Kuchenboden anzurühren, bleibt niemand allein zurück. Die beiden anderen können in der Zwischenzeit zusammen Twister spielen.

»Wie viel nimmst du pro Monat?«, frage ich die Warze, die gerade ein großes Stück von ihrem Körnerbrötchen abbeißt und dabei auf ihren Teller krümelt.

Ich nehme einen Schluck Kaffee und schaue Tjark und die Warze abwechselnd an, das Kleinkind auf meinem Schoß bewegt seine kleinen Beine wie ein Käfer, der auf dem Rücken liegt.

Als die Warze ihr Stück Brötchen endlich runtergeschluckt hat, sagt sie: »Ich werde nicht bezahlt.«

»Oh«, sage ich.

Er sagt zu ihr: »Du bekommst doch Haushaltsgeld, Süße.«

»Oh«, sage ich wieder.

Sie sagt: »Ja, Tjark, aber das ist nicht das Gleiche. Ich werde nicht bezahlt wie siiie.«

Das *siiie* hallt in meinem Kopf nach.

»Oh«, sage ich und merke, wie sich dunkle Wolken an der Decke in unserer schönen Küche bilden. Wenn es gleich anfängt zu donnern, verziehe ich mich mit dem Kleinkind lieber unter den Tisch und benutze seine fleischigen Beine als Stressball. Da unten sind sicher die ganzen Krümel, die uns im Laufe des Morgens aus dem Mund gerieselt sind.

Er sagt: »Wir haben ja auch kein du weißt schon was mehr.«

Sie sagt: »Ja und?«

Er sagt: »Deswegen bezahle ich siiie ja.«

Wahrscheinlich heiße ich nicht Ibli, sondern *siiie.*

Sie fragt: »Und warum hast du mir nicht angeboten, mich für Duweißtschonwas zu bezahlen? Vielleicht hätte ich dann ja Freude daran.«

»Oh«, sage ich.

Er sagt: »Geh bitte ins Schlafzimmer.«

Die schweren Vorhänge muss ich mit einem kräftigen Ruck zur Seite ziehen. Warum sie tagsüber kein Licht reinlassen, ist mir unklar, denn von hier aus habe ich einen fabelhaften Blick auf die gegenüberliegenden Wohnungen. Sie alle stehen vor ihren bodentiefen Fenstern und schauen in mein bodentiefes Fenster, ich winke, sage Hallöle, jetzt geht's ab hier, volle Pulle. Seid ihr gut drauf? Der absolute Wahnsinn, und das sieht gut aus, Freunde. Wer hat noch nicht, wer will noch mal. Na, dann ab durch die Mitte, Brigitte, macht euch bereit für die nächste Runde, da will ich eure Hände sehen. Wuuuhuu.

Ein Stockwerk weiter unten sehe ich einen Mann einen Korb voller Wäsche über dem Ständer auskippen und ein Teil nach dem anderen aufhängen. Dem winke ich auch, aber er schaut gar nicht hoch, ist so versunken in seine kleinteilige Arbeit.

Als ich mich umdrehe, ist mir klar, wieso die Vorhänge immer zugezogen sind, das würde ich auch empfehlen bei diesem Chaos. Eine Haufenlandschaft, mit Spielsachen, mit Taschentüchern, mit Höschen, mit Zeitschriften. Ich halte mir die Hände vors Gesicht. Was sollen denn die Leute denken, wenn sie mich in diesem Chaos stehen sehen? Die hat ihr Leben nicht im Griff, ist ein Messi, faul, hässlich, am Rande der Gesellschaft. Ich fange lieber schnell an, die kleinen Haufen mit meinem Fuß zu einem großen zusammenzuschieben, sprinte zum Bett, nehme die Decke und renne zum Fenster, um sie auszuschütteln. Die Kissen gleich hinterher, fast fällt es runter auf die Straße, so feste schüttel ich die Schüppchen aus.

Erst überlege ich, ob ich den Haufen unter das Bett schieben sollte, damit die Leute von gegenüber das Leid in meiner Wohnung nicht länger ansehen müssen, doch unter dem Bett stapeln sich die Bücher. Meine Güte, Bücher unter dem Bett sind so sinnvoll wie eine Bettdecke in der Dusche. Wir könnten die Bücher doch verschenken, wenn ihr sie schon gelesen habt. Warum behalten wir gelesene Bücher? Und wenn ihr sie nicht gelesen habt, wieso habt ihr sie dann gekauft?

Ich renne verzweifelt um den großen Haufen, weiß nicht, wohin mit dem ganzen Zeug, während ich es aus der Küche immer lauter schreien höre. *Fick dich, fick dich, fick dich. Fick du dich doch. Ja, ich fick mich auch. Genau, und ich fick mich dann.*

Ich könnte mich auf den Haufen legen und selbst zum Haufen werden, andererseits gibt es keinen Grund für mich, im Schlafzimmer zu warten. Die denken zwar, dass sie mich wie einen Teenager rausschicken können, aber ich kann mich genauso frei in der Wohnung bewegen wie sie.

Wenn ich erst mal das Schlafzimmer aufgeräumt, mein erstes Gehalt bekommen habe, kann ich mir einen Morgenmantel kaufen, einen seidenen, in dem ich mich dann im Bett räckele. Vorher ziehe ich natürlich die Vorhänge weit auf, damit mich alle wie in einem Schaufenster für das gute Leben betrachten können. Ich winke wie eine Königin in ihrem Mercedes, als würde ich Eiskugeln in der Luft formen.

Da waren große Beutel im Flur, ich erinnere mich ganz genau, wie ich gestern einen großen Vorrat an Beuteln im Flur gesehen habe. In der Küche schreien sie eh so laut, dass sie nichts mehr außer sich selbst hören. Ich schleiche in den Flur, breite meine Arme aus und stolziere mit den Beuteln ins Schlafzimmer. Dabei pfeife ich ein Lied zu dem Scheppern aus der Küche.

Fliegt, ihr Büchlein, breitet eure Buchseiten aus und fliegt in neue Abenteuer. Ich winke ihnen hinterher und hoffe, dass sie bei niemandem eine Platzwunde verursachen. Eher soll ein Jemand heute einen freien Tag haben, vielleicht ein Jemand, der sonst nie freie Tage hat und sich vorgenommen hat, heute durch die Straßen zu schlurfen, in einer bequemen Hose und mit Sonnenbrille gegen das Licht. Wenn ein Jemand dann unter meinem Fenster vorbeischlurft, fällt ihm eines der Büchlein auf das Haupthaar, und ein Jemand ruft Aua, doch wenn er das Büchlein entdeckt, das da auf ihm gelandet ist, sieht er es als ein gutes Zeichen. Meinetwegen von den Göttinnen, wenn ein Jemand denn gläubig ist. Meinetwegen von den Geistern, wenn ein Jemand denn spirituell ist.

Lackschuh

»Ach, du«, sagte Donka.

Sie atmete mehrere Seufzer in das Telefon, sodass es in Lackschuhs Ohr donnerte. Wahrscheinlich hatte sie den Hörer zwischen Wange und Schulter geklemmt, während sie den restlichen Lack von ihrem Nagel abkratzte. Im Hintergrund hörte er Italo-Disco von der Mix-CD, die er ihr vor ein paar Jahren geschenkt hatte.

»Wollte mal fragen, wie es läuft«, sagte er. Es klang, als wäre ihm einfach langweilig, als würde er herumsitzen und an die Wand starren, als würde er einfach alle in seiner Liste abtelefonieren.

»Rate mal, wer hier vorhin zwei Packungen von meinem englischen Weingummi verdrückt hat«, sagte sie und lachte.

»Kommt Ibli nach der Schule zu dir?«

Er hockte sich auf den Boden.

»Ja, wenn Mikta arbeitet, kommt sie immer nach der Schule, kriegt Fischstäbchen und so weiter. Wir machen Hausaufgaben und so, ja, und sie ist da auch echt fleißig. Aber was die da alles für einen Quatsch lernen.«

Er sagte nichts, da steckten Wörter in seinem Hals fest, als würde Luft fehlen, um sie aus dem Mund zu transportieren. Die Antworten *Sie kann auch nachmittags ins Excalibur kommen* und *Du brauchst das nicht machen, ich hole sie morgen ab* und *Ich brat ihr auch Fischstäbchen* lagen unbeweglich auf seiner Zunge. Er sah sich eine Wurst Remoulade auf die Fischstäbchen drücken, ein Gürkchen, eine Scheibe Tomate danebenlegen. Vielleicht Kartoffelpüree dazu. Kinder mochten doch Kartoffelpüree, wenn es frisch gemacht war.

Er erinnerte sich, wie er als Junge hinter Schwester Madel in der Heimküche gestanden hatte, während sie die Kartoffeln gestampft hatte. Eine Spende des lieben Bauern Teegen, so hatte sie gesagt.

»Wer reitet so spät durch Nacht und Wind? Es ist der Vater mit seinem Kind oder so«, trug Donka vor.

»Klingt doch gut.«

Er tauchte den pinken Lappen in den Putzeimer, der neben ihm stand. Das heiße Wasser brannte etwas an seiner Hand, weshalb er sein Handy auf laut stellte und neben sich legte, um den Lappen mit beiden Händen auswringen zu können.

»Holt Mikta sie dann immer ab, oder was?«, fragte er.

»Ich hör dich irgendwie schlecht.«

Er hielt seinen Kopf näher an das Handy und wiederholte die Frage, obwohl er das Thema lieber beendet und ein lockeres Gespräch mit Donka über Italo-Disco oder so geführt hätte.

»Ja, genau, die kommt dann immer vom Palast hierher und holt sie. Du, die ist jetzt auch nicht mehr so anstrengend. Vielleicht war das mal gut mit dem Abstand zwischen euch, auch wegen dem Kind. Aber jetzt erzähl mal, wie ist's denn bei dir? Da im Hotel oder so bist du doch?«

Mit dem Lappen befreite er den Leoparden von seiner Staubschicht, wischte über seinen Kopf, über die Schnauze, über die dunklen Augen. Der Leopard glänzte richtig, die Farben auf dem Porzellan traten kräftig hervor.

»Läuft prima.«

»Wo ist das noch mal?«, fragte sie.

»In Brook, Pinkertstraße.«

»Ach was, dahinten ganz.«

»Du oder ihr könnt gern mal vorbeikommen, wenn hier wieder alles schön gemacht ist.«

Er wischte über den Nierentisch zwischen den Sesseln, trug Bahn für Bahn den Staub ab. Das Glas musste er später noch mit Glasreiniger polieren. Eigentlich wäre das jeden Tag nötig, schwarze Möbel und vor allem das schwarze Glas waren richtige Staubfänger.

»Geht's dir gut da in der Pampa?«, fragte Donka.

Er setzte ab und warf den Lappen Richtung Eimer, doch er traf nicht, der Lappen landete am Rand und rutschte die Außenseite des Eimers entlang auf den Boden.

»Ja, wieso?«

»Nur so. Ist irgendwie komisch, wenn du nicht hier rumhängst. Du gehörst ja quasi zum Mobilar, oder wie sagt man?«

Sie lachte.

Wenn er es sich aussuchen könnte, wäre er gern ein interessantes Foto an der Wand, eingerahmt in einen Holzrahmen. Ein Urlaubsfoto aus Namibia, ein Mann, der neben einem zahmen Tiger hockt und seine Hand auf den Rücken des Tieres legt. So ein Foto gab es auch von ihm, aber die Sachen im ersten Stock von Lores Haus trieften, so nass waren sie.

»Ich vermisse euch«, sagte er aus Versehen laut, aber da war es schon raus, und deswegen schob er noch ein Lachen hinterher, das nervöser klang, als er wollte. Kacke.

»Ach, wir dich auch«, sagte sie, »vermisst du den Papa?«

Er hörte im Hintergrund ein leises *Joa* und wollte aufspringen, brüllen und losfahren, er wollte in irgendein Auto vor der Tür steigen und über die Straße rasen, mit hundertfünfzig Stundenkilometern durch die Stadt und schreien, kein Problem. Er wollte das *o* in ihrem *Joa* in der Luft abfangen, doch stattdessen ließ er sich auf einen der Sessel sinken.

Donka fragte: »Willst du sie mal haben?«

»Das machen wir die Tage, ich ruf noch mal an, aber ich muss jetzt hier weitermachen. Sag ihr, dass ich arbeiten muss, aber noch mal anrufe die nächsten Tage. Mach's gut, ja?«

Keine Zeit für eine Antwort, Lackschuh hatte den roten Hörer schon gedrückt. Anruf beendet. Sein Handy zeigte siebzehn Uhr dreizehn an. Er starrte auf den Lappen. Es musste weitergehen, vorangehen. Der erste Schritt war getan, er hatte ein eigenes Zimmer mit einer Ledercouch und ein großes Bett, das ihn jede Nacht verschlang, und konnte sich am Essen bedienen.

Er drehte seine Finger vor sich, deren Kuppen durch das Putzwasser schrumpelig geworden waren.

Ein heißes Bad, das wäre es jetzt, in der großen Eckbadewanne im ersten Stock von Lores und seinem Haus, eine Maßanfertigung. Wenn die Dichtung und die Wände nicht verschimmelt wären, wenn dort oben noch Wasser aus der Leitung käme, würde er eine ganze Packung Lavendelbadesalz im Wasser auflösen, sich eine Haube aufsetzen und mit dem großen Zeh antesten, ob die Temperatur passte. Wenn das Wasser viel zu heiß wäre, wie meistens, würde er kaltes Wasser hinterherschicken und mit seinem Arm als Löffel umrühren. Vielleicht hätte Lore sogar ihre Rosenblätter gekauft, die er oben drüberstreuen könnte. Er stellte sich vor, wie er erst mit einem Bein, dann mit dem anderen in die Wanne steigen, sich langsam ins Wasser gleiten lassen würde, wie die Wärme ihn umschließen, sein Kreislauf herunterfahren würde. Lore könnte dazukommen, sich die schwarzen Haare mit einer Klammer am Hinterkopf befestigen und ihren alten Körper die Wannenwand herunterrutschen lassen. Wie ein altes Ehepaar, das zusammen ein Lavendelbad mit Rosenblättern in ihrer großen Eckbadewanne nahm.

Hinter der Rezeption schaute Lackschuh sich die Reihe Spirituosen an, natürlich eingestaubt, in vielen Flaschen schwappte nur noch eine Pfütze, oder sie waren ganz leer. Von draußen hörte er ein Motorrad knattern und vermutete einen neuen Gast.

Zwei Bierkästen standen auf dem Boden, die Zati erst vor einigen Tagen besorgt hatte. Bier war nicht das, was Lackschuh vorschwebte. Sie konnten den Leuten kein Bier aus der Flasche anbieten, sie waren keine Tankstelle. Er nahm sich einen herumliegenden Kellnerblock und notierte:

Pampero Rum
Smirnoff
Johnnie Walker Black Label
Korn

Die Drehtür quietschte nicht mehr, sondern glitt geräuschlos über den Boden, spuckte einen Mann um die fünfzig in einer sehr, sehr engen hochgeschnittenen Jeans aus. Er zog den Reißverschluss seiner Lederjacke herunter, und ein Oberteil mit weißen Schwalben trat hervor. Ein sehr, sehr eng anliegendes Oberteil, das seine muskulöse Brust betonte. Lackschuh wusste, dass solche Muskeln nicht zustande kamen, ohne dass der Typ sich Anabolika spritzte.

Als hätte jemand einen Knopf gedrückt, spannte sich Lackschuhs Brust an, sein Bizeps zog nach, er machte einen geraden Rücken und versuchte, so auszusehen, als würde er immer genau an dieser Stelle stehen.

»Reserviert?«, fragte er und schaute ihm dabei mitten in die Augen, hielt der Spannung stand. Er stützte sich auf der Theke ab, sodass er seinen Trizeps aktivieren konnte. Zwar war da nicht mehr viel, um Eindruck zu machen, aber in seinem Alter musste er nicht mit einem Fünfzigjährigen mithalten. Wichtig war ihm, Präsenz zu vermitteln.

»Ach nee, Lackschuh.«

Er ging einen Schritt auf ihn zu, und Lackschuh versuchte, in seinem Gesicht etwas Bekanntes zu erkennen. Hinter der braun gebrannten Haut, den Falten und dem Vollbart erkannte er den gealterten Boxer.

»Der Boxer«, sagte Lackschuh.

»So sieht man sich wieder«, sagte er, zog seine Lederjacke aus und legte sie über seinen Arm, wenn diese Muskelpakete mit Händen am Ende überhaupt noch als Arme durchgingen.

»Aber ist ja nicht mehr wie früher, ich mach jetzt nur noch Bodybuilding. Man wird ja auch älter«, sagte er und lächelte, »Armin heiße ich jetzt wieder.« Seine beiden Schneidezähne waren durch silberne Kronen ersetzt.

»Lang nicht gesehen. Ich war ja ein bisschen beleidigt, als du rüber zur Honig-Bande bist.«

»Ja, na ja, ihr habt sie ja auch nicht überboten, nä? Und ihr wart ja auch schon am Schwächeln, hier mit Werner. Das wollte ich mir nicht bis zum Schluss angucken.«

»Jo«, sagte Lackschuh und blätterte in dem Kalender, der vor ihm lag. Er sah nach, ob Reservierungen für den Tag eingetragen waren, aber in dem Feld stand bloß *Mathe-Arbeit Maxi*, vermutlich Vales Sohn.

»Was machst du eigentlich hier?«, fragte der Boxer.

»Ich bin Geschäftspartner«, sagte er.

»Ach nee, das hat Zati ja gar nicht erzählt. Der hat ja bei uns damals ganz jung angefangen mit dem Poussieren. Das weißt du, oder?«

»Klar«, sagte er und war plötzlich ganz müde.

Der Boxer klatschte in die Hände, lehnte sich über die Theke und hauchte: »Und, sag mal, habt ihr hier auch ein paar Mädchen?«

Lackschuh musste genau abwägen, durfte nicht vorschnell antworten. Es stand immer noch der Boxer vor ihm, der jetzt der Bodybuilder, aber ihm körperlich weit überlegen war. Er war nicht umsonst zuständig fürs Grobe gewesen.

»Offiziell«, sagte er, »sind wir ein Hotel, das Excalibur ist eine Zimmervermietung. Das ist klar, okay?«

Der Boxer kam noch näher ran, sodass sich ihre Nasen fast berührten.

»Jaja, is klar.«

Lackschuh schrieb in den Kalender *Boxer* und öffnete die Schublade vor ihm, in der die Zimmerschlüssel lagen. Nummer 21, weit weg von seinem eigenen Zimmer.

»Es ist alles schon in der Planung«, sagte er, »ich will uns nur den Bürokram ersparen.«

Der Boxer nahm den Zimmerschlüssel an und sagte: »Da gibt's ja mittlerweile Auflagen, da blickt kein Mensch mehr durch.«

So nah sah Lackschuh den Schweiß auf der Stirn und an den Schläfen des Boxers liegen. Die Körpermasse, das Testosteron arbeiteten weiter, selbst wenn der Boxer einfach nur stand und atmete. Vermutlich schwitzte er ununterbrochen und produzierte diesen heftigen Männergeruch, der sich vertraut in Lackschuhs Nase schlängelte.

»Es fehlt aber noch Geld für zum Beispiel eine Saunalandschaft, und Mädchen bräuchten wir auch«, sagte er und sah dem Boxer tief in die Augen, beschwor ihn wie eine Schlange, »ich hab da an was Besonderes gedacht.« Er bewegte seine Zehen in den Schuhen unter den Socken und bemerkte, dass er auch schwitzte. Seinen Körper nahm er nur noch am Rande wahr, seine Sinne waren so geschärft, so fokussiert, als würde ein Rettungssanitäter ein Unfallopfer wiederbeleben wollen.

Der Boxer klopfte mit seiner riesigen Faust auf die Theke. Bam, bam. Lackschuhs Organe hopsten hoch.

»Ich hab meiner Dame versprochen, na ja, dass ich, keine Mädchen mehr, du weißt schon«, druckste der Boxer auf einmal herum und kratzte sich am Kinn, »aber ich kann euch Geld leihen, hab da was rumliegen. Das darf meine Dame aber wirklich auf keinen Fall mitbekommen.«

Lackschuhs Magen zog sich zusammen, er seufzte. Diese verdammten Frauen wie Vale lauerten überall im Gebüsch, beobachteten ihn, das Rotwild, bereit zum Abschuss, aber er ließ sich das nicht mehr gefallen.

»So 100 000 wären schon drin. Aber dann will ich auch 'ne Gewinnbeteiligung. Vierzig Prozent. Und 'ne Hypothek.«

Lackschuh nickte, mit 100 000 konnte er arbeiten. Früher hatten sie 100 000 in ein paar Tagen gemacht, aber das war vorbei.

Nicht gleich zustimmen, sondern erst mal das Angebot einholen und dann zappeln lassen. Er dachte an Lores Haus, das er als Hypothek anbieten könnte.

»Ich überleg's mir«, sagte er trocken, »willst du einen Drink?«

Der Boxer hob ablehnend die Hand und zeigte dann auf seinen Bizeps: »Ich mach gerade Keto.«

Sie standen auf dem Parkplatz, und Lackschuh strich über die Harley, während der Boxer seine Tasche aus dem Innenraum holte. Schlicht in Schwarz und Silber, gerade frisch poliert, die Oberfläche glänzte in der Sonne. So einen Sportster hatte Mikta auch bis vor einigen Jahren, aus Amerika importiert, er hatte sie zu Harley-Treffen begleitet. Selber gefahren war er aber selten, hatte seine Arme lieber um Miktas Bauch geschlungen, sich manchmal auch jeweils an einer Brust festgehalten.

»Willst du mal fahren?«, fragte der Boxer. »Ist echt geil.«

Lackschuh drückte seinen Finger in das Leder auf dem Sitz, schwang sein Bein drüber und rutschte mit dem Hintern hin und her, um die richtige Position zu finden.

»Bin lang nicht mehr gefahren, da lande ich bestimmt im Graben.«

Dafür kassierte er einen Fausthieb gegen seine Schulter. Der Boxer sagte: »Stell dich nicht so an.«

Er wurde vom Sitz geschoben, ihm wurde ein Helm in die Hand gedrückt, er wurde wieder auf das Motorrad gezogen. Er saß hinter dem massiven Körper, an dem er keine Chance hatte vorbeizuschauen. Es ruckelte, die Harley wurde angeschmissen, es knatterte.

Lackschuh sah nur noch die Tasche einsam auf dem Parkplatz liegen, während er versuchte, sich an dem menschlichen Baum festzuhalten, und zu seiner Mutter im Himmel betete. Sie fuhren die Pinkertstraße entlang, sie knatterten im Slalom um die Autos. Seine Wange klebte an der Innenseite des Helms, der genau so roch, wie er es sich vorgestellt hatte: nach sehr altem Leder und Rauch. Der Körper war so hart, dass es fast wehtat, sich an ihm festzuhalten, außerdem fand er kaum Halt. Da waren keine weichen Brüste, die er umschließen konnte.

»Wo fahren wir hin?«, schrie er gegen das Innere des Helms.

»Was?«, schrie der Boxer zurück.

Sie bremsten an einer roten Ampel.

»Wo wir hinfahren!«

»Kleine Spritztour«, antwortete er.

Neben ihnen hielt eine ältere Frau mit blondem Haar im Cabriolet, die sich zu ihnen drehte und pfiff. Ihr Pony stand vom Kopf Richtung Himmel ab, ansonsten sah sie aber aus wie frisch vom Friseur. Aus ihren Boxen kam Heavy Metal mit Frauenstimme, er kannte das Lied nicht, und er mochte das Lied auch nicht. Der Boxer hupte und zeigte ihr den Mittelfinger, unter seinem Helm kam ein dreckiges Lachen hervor. Die Hupe hörte sich an, als wäre sie eigentlich für einen LKW. Als die Ampel grün wurde, fuhr das Heavy-Metal-Cabriolet los, und unter Lackschuhs Helm sammelte sich plötzlich kalter Schweiß.

Ibli

Wir könnten hier als Dreieck hausen, für eine Verbindung zu dritt ist genug Platz. Ich würde Zola und Noa gleich anrufen, sagen, schleudert eure Sachen in eine Reisetasche, ich hab uns eine Wohnung gekauft, ach was, ich hab das ganze Haus gekauft, im besten Viertel, mit hohen Decken und einem großen Boxspringbett. Sie wären überrascht, dass ich anrufe, weil ich nie anrufe, weil ich lieber eine kleine Nachricht schreibe, auf die geantwortet werden kann, wenn die Zeit dafür gekommen ist. Aber wenn ich ihnen einen Fernseher verspreche, der über die ganze Wand geht, auf dem Zola ihren Eiskunstlauf gucken könnte, bräuchte ich gar nicht weiterzureden. Dann würde ich nur noch einen Luftzug hören und klackende Schuhe, die über den Asphalt galoppieren. Dingdong, innerhalb von zehn Minuten würden meine Liebsten Zola und Noa vor der Tür stehen.

In der Wohnung gibt es noch keinen Fernseher, ich habe schon gesucht, in allen Ecken nachgesehen. Erst bin ich noch vom Guten im Menschen ausgegangen, war überzeugt, dass es irgendwo eine geheime Leinwand geben musste, eine, die ich aus einem Schlitz in der Decke ziehen kann. Oder dass ich einen Kinosaal auf dem Dachboden finden würde. Doch irgendwann musste ich feststellen: Sie haben keinen Fernseher.

Jedenfalls wäre meine erste Amtshandlung, einen Fernseher im Internet zu bestellen. Ich würde *größter Fernseher, wo gibt* suchen und auf Sofortkauf drücken.

Ich sehne mich so nach dem Geruch von rotem Weingummi und Zolas Dutt, in den ich meinen Finger stecken will, während wir zusammen die drahtigen Mädels auf dem Eis ansehen.

Wenn wir die Pois in so einer Wohnung empfangen, könnten wir die Preise verdreifachen, ach was, wir könnten sie vervierfachen. Und von den gegenüberliegenden Wohnungen könnten die Pois durch die tiefen Fenster Appetit auf unsere Pöbacken bekommen. Schlange stehen würden sie, sich die Mäuler nass schlabbern, während sie auf uns warten.

Die ganzen Pflanzen und Minischuhe würden wir natürlich entsorgen. Vielleicht wollen die Warze und Tjark sie ja mitnehmen, wenn wir sie vor die Tür setzen. So, sage ich dann, jetzt ist Schluss, ich habe bessere Pläne für die Wohnung. Sie würden weinen und mich auf den Knien anflehen. Nein, bitte nicht, unsere schöne Küche, der feine Boden, wir haben doch ein Kind. Das Kleinkind würde an seinem Mittelfinger nuckeln und mich mit großen Augen angucken, wenn ich hinter ihnen die Tür schließen würde. Tschüs, meine Sabberfreundin.

Es klopft an der Badezimmertür, sechs flinke Faustschläge gegen das Holz, und ich erschrecke mich so, dass das Badewasser Miniwellen schlägt. *Ibli. Ibli. Das Kind muss gewaschen werden.* Es wird immer leiser, bald höre ich gar nichts mehr, weil ich meinen Kopf unter Wasser gleiten lasse und versuche, keine quietschenden Geräusche mit der Pohaut auf dem Wannengrund zu machen. Ich schwebe in der Eckbadewanne, sehe wahrscheinlich aus wie eine Meerleichenfrau mit zwei schwarzen Flecken anstelle der Augen. Die Wanne ist groß genug, dass sogar alle meine Zehen unter Wasser sind.

Ich stelle mir vor, wie ich nach einem großen Streit mit der Liebe meines Lebens ein Wannenbad nehme. Die Liebe meines Lebens hat einige Minuten zuvor eine Vase mit einem großen frischen Blumenstrauß darin gegen die Wand geworfen, von deren Scherben sich eine kleine in meinen Arm gebohrt hat. Da habe ich mir nicht anders zu helfen gewusst, als ein Bad zu nehmen und zu beobachten, wie die Blutstropfen aus meinem Arm ins Badewasser fließen. Während die Liebe meines Lebens sich ein Bier aufmacht und starr vor dem Fernseher sitzt, tauche ich meinen Kopf unter Wasser und denke daran, wie es wäre, nie mehr aufzutauchen, wie die Liebe meines Lebens irgendwann mit Hose in die Wanne springen würde, um meinen leblosen Körper aus dem milchigen Wasser zu ziehen.

Es wird heftiger gegen die Tür geklopft, vielleicht wirft sich die Warze mit ihrem ganzen Dasein dagegen. Ich drehe mich in der Wanne auf die Seite, sodass mein Ohr wie eine Seerose aus dem Wasser ragt. *MACH AUF. ICH MUSS AUF KLO. IBLI.* Ich drehe mich wieder auf den Rücken, gähne, will eigentlich neues warmes Wasser einfließen lassen, weil mir schon etwas kalt wird, doch die Warze soll ihre Knochen auch nicht an der Tür zertrümmern.

»Ich komme gleich«, rufe ich.
Sie ruft: »Waaas?«
»Ich komme gleich«, rufe ich.

Es wäre so schön, wenn Zola jetzt am Waschbecken stehen und sich mit der Pinzette die Borsten unter ihrem Kinn zupfen würde. Dabei niest sie, wie immer dreimal hintereinander. Gesundheit. Gesundheit. Jetzt ist aber mal gut, würde Noa sagen und sich die Fußnägel auf dem Teppich schneiden. Springt ein Nagel mal durch die Luft, würde Noa ihn abfangen und in die Reihe mit den anderen auf einem Stück Klopapier legen.

Bevor die Warze durch das Bad wirbelt, will ich ein Foto von mir machen, wie ich süß in der Eckbadewanne sitze. Als ich mich aber auf dem beschlagenen Bildschirm sehe, glupscht mich da eine nasse Ratte mit verlaufener Schminke an. Ich tunke zwei Finger ins Badewasser und wische mir um die Augen, damit Zola und Noa nicht denken, dass ich einen grausamen Tod gestorben bin. Das erste Foto ist nichts, das zweite finde ich schon besser, weiß aber, dass ich im echten Leben niemals so einen freundlichen Gesichtsausdruck hätte. Für das dritte Foto wende ich einen Trick an: Ich schließe die Augen, damit ich nicht so oder wie gucken muss, lasse alles hängen. Wenn ich die Augen zu habe, bin ich, wie sagt man, autintisch.

Ich sehe, dass in der Gruppe viele neue Nachrichten geschrieben wurden, aber lese nur die letzten paar.

@Dora12 Du kannst ja gehen wenns dir hier nicht gefällt.

Wohin soll ich bitte?

Tjaa da kannst du mal sehen wie gut du es
hast

Nicht streiten!!!!!

Musst du imer provozieren?

Boa

Schnief-Emoji

Dora12 hat die Gruppe verlassen.

Es donnert an der Tür, und ich sehe ein, dass mein Spiel nicht ewig weitergehen kann. Für einen Urinstrahl im Flur bin ich heute außerdem nicht in Stimmung.

Meine Beine sind ganz schwach, die Muskeln lassen sich völlig hängen, als ich sie über den Badewannenrand schwinge. In dem Bademantel von der Warze und einem Turban auf dem Kopf schließe ich die Tür auf, verbeuge mich zur Entschuldigung. Das Kleinkind hat natürlich sofort seine Würstchen namens Finger in meinem Turban.

Sie sagt: »Na endlich.«

Der Wochenanfang tut gut, ich fühle mich frisch, weil ich mich in der Nacht von Sonntag auf Montag gehäutet, ein neues Ich geboren habe. Heute Morgen standen wir drei an der Tür und haben dem Tjark mit gespitzten Lippen hinterhergeknutscht. *Hab einen stressfreien Tag, lass dich nicht ärgern, heute Abend gibt's Ritzotto*, haben wir gezirpt, während er die Treppen hinuntergetänzelt ist und nach unseren Küssen geschnappt hat. Das wäre meine Gelegenheit gewesen, die Warze auszusperren. Bei dem Kleinkind bin ich mir noch nicht so sicher, ob ich das rein menschlich über mich bringen kann. Erst will ich in Schnudelpuhsprache erklären, warum Mamar und Papar kein Zuhause mehr haben.

Jetzt hängt das Kleinkind jedenfalls schon wieder an mir, und wir beobachten, wie die Warze auf dem Klo sitzt und die Beine übergeschlagen hat. Es plätschert, und sie schaut sich ganz genau ihre Nagelhaut an, als würde sie darin die Nachrichten suchen.

Vorhin hat sie doch gesagt, das Kleinkind muss gewaschen werden, also was soll's, ich lasse Bademantel und Turban fallen und steige mit dem Kleinkind zurück in die lauwarme Wanne, lasse heißes Wasser nachlaufen.

Sie sagt: »Danke, dass du mitdenkst.«

»Na logsen«, sage ich und stelle mir vor, wie der Warzenkopf vom Hals rollt und ich stattdessen Noas Kopf draufsetze.

Da steigen Blubberblasen zwischen den O-Beinen hoch, und das Kleinkind guckt mich mit offenem Mund an, als hätte es einen totalen Knallerwitz gerissen, aber das kann ich besser. Warte nur ab, bis es hier einen Rohrbruch unter Wasser gibt, du Fischstäbchen. Ich presse und lasse es auch zwischen meinen Beinen blubbern. Wohl etwas zu blubberig, denn das Kleinkind beginnt zu heulen, und ich bin mir ziemlich sicher, dass es gerade das erste Mal in seinem Leben Neid fühlen darf. Ich will ihm sagen, dass Tränen im Badewasser zu Delfinen werden, entscheide mich dann aber doch dagegen und nehme lieber die Seife, um es ordentlich einzuseifen. Wir haben ja auch nicht ewig Zeit. Es dauert nicht mehr lang, bis ich zu einem einzigen Schrumpel werde.

Sie fragt: »Fühlst du deinen Körper überhaupt noch?«

»Was?«, frage ich.

Sie fragt: »Na ja, ob du Körper und Seele abgespalten hast?«

»Nein, und du?«, will ich wissen.

Sie sagt: »Na ja, aber ist das nicht so bei euch?«

»Bei uns?«, frage ich.

Sie sagt: »Na ja, dass ihr Körper und Seele abspaltet irgendwann. Also, ihr, du weißt schon, iiihr.«

Da sitzt du auf dem Klo, na klar, und fragst mich, ob ich meinen Bodi noch spüre. Ich überlege gar nicht erst, was ich dir antworten kann, sondern ich nicke nur. Dieses Nicken kann alles bedeuten. Ja, ich habe Körper und Seele abgespalten, genau, ich hab keine Ahnung, was du von mir willst, natürlich habe ich dir nicht zugehört. Du nickst auch, ziehst deine Augenbrauen zusammen, als hättest du eine Blasenentzündung.

Sie sagt: »Jedenfalls müssen wir Frauen zusammenhalten.«

»Wir«, antworte ich.

Sie sagt: »Darf ich? Meine Füße?«

Wieder nicke ich, auch wenn mir die ganzen fremden Hautschuppen in meinem Badewasser gar nicht passen. Lieber will ich endlich Zola und Noa das Bild von mir in der Eckbadewanne schicken. Dazu schreiben, guckt mal, hier liegen wir bald zusammen.

Sie setzt sich auf den Wannenrand, das Wasser schwappt, ihre Füße verschwinden im Badewasser, und so können wir bleiben, bis Tjark von seinem Schreibtisch aufsteht, in seinen Sportwagen steigt und zu uns kommt. Würde es ihn freuen, dass wir in der Zwischenzeit zusammengehalten haben?

Unter Wasser stößt ein Zeh mit der Spitze gegen mein Bein. Ich rücke ein bisschen zur Seite, weil ich denke, es ist ein Versehen, aber der Zeh folgt meinem Bein. Ich wehre mich nicht mehr, fühle mich eigentlich ganz wohl mit der winzigen Berührung, und die Warze lässt sich natürlich nichts anmerken, hat die Augen geschlossen und genießt ihr Fußbad. Ich lehne mich auch zurück, halte das Kleinkind an den Händen, das auf meinem Bauch liegt, und tu so, als wüsste ich nichts von dem Zeh.

Bild gesendet: Ibli in der Badewanne

vermisse dich

sehr

ich will dich sehen

Das Bild geht auch an Noa, und weil ich gerade Lust habe, Fotos von mir zu verschicken, sende ich mein süßes Gesicht auch in die Gruppe. Ohne Text, einfach geheimnisvoll in einer fremden Badewanne. Sie genießt das Leben im Badewasser. Am liebsten würde ich natürlich alle aus dem Palast in die Wohnung holen, aber ich muss mich für meine Liebsten entscheiden, das geht nicht anders.

Was wird dann aus Flavia und Sophia, aus Kuffi und Vroni? Kuffi sabbert wahrscheinlich gerade fröhlich vor sich hin, während Vroni sich die Haare flicht. Ich sehne mich sogar nach dem Sabber. Es darf nicht irgendein Sabber sein, sondern nur Speichel aus Kuffis klebrigem Mündchen.

@ibli3000 HALLO

endlich!! wir haben uns schon Sorgen gemacht

Dir gehts also gut bei ihm!

Flammen-Emoji

Ja!

Noa schreibt mir privat.

Mir gehts schlecht

Bitte schcik nir keine supertollen Fotos von dir in der Badewanne

Oh

Sorriii

Ne im ernst

kann ich irgendwie helfen?

Du bist ja nicht da ...

Abends sitze ich in Reizwäsche auf dem Bett, schaue aus dem Fenster und stelle mir Noas Haut auf meiner vor. Wir reiben uns aneinander, wollen in den anderen hinein, irgendwie zu einer Masse werden. Wer schlüpft hier in wen? Oder ist es auch möglich, dass wir zeitgleich ineinanderflutschen? Dass Noa nicht hier ist, spüre ich an jeder Stelle meiner Haut. Sie schreit geradezu danach, droht mir, sich von selbst von mir zu lösen und allein zurück in den Palast zu gehen.

Nur mein Fon leuchtet mich an, sonst ist es dunkel, die schweren Gardinen lungern an den Fenstern rum. Warum müsst ihr nur so träge sein, während ich hier schufte, will ich sie fragen, aber wahrscheinlich schlafen sie schon so fest wie die anderen Gardinen in den anderen Wohnungen.

Es schnupft aus der Dunkelheit des Zimmers: »Ich kann nicht mehr.«

Ich sehe, dass die Warze im Schatten vom Kleiderschrank lauert, ich sehe ihre Umrisse und wie ihre Finger in ihrem Mund verschwinden. Da steht die knabbernde Warze, und ich spiele: Ich höre dich nicht. Die Bietbox in meinem Kopf ist so laut, ich verstehe keinen deiner Klagelaute.

Sie sagt: »Du strahlst Leid aus. So negative Energie.«

Ich höre Tjark aus der Dusche ein Lied singen, das Plätschern und seine Stimme wechseln sich ab.

Sie sagt: »Dein Weg endet nicht bei uns.«

»Aber eurer endet bei euch«, sage ich wie eine, die Büchlein wälzt.

Lackschuh

Er ging durch eine lange Straße, die in den Horizont mündete, vorbei an Pools, die sich anstelle von Häusern aneinanderreihten. Die Bürgersteige waren Liegeflächen für solche, die in der Sonne baden wollten.

Auch wenn Lackschuh durch den Mund atmen musste, weil es so stark nach Chlor roch, schätzte er, dass sich um die Hygiene in dieser Straße gekümmert worden war. So konnte er sich mit keinem fiesen Pilz infizieren, solange er seine Schwimmschuhe anbehielt. Nur Fahrräder und Fußgänger kamen ihm entgegen, alle hatten ihren Kopf zur Seite gedreht und schauten sich die Sonnenbader auf den Liegesteigen an.

Er entdeckte eine Qualle, bei der er einen Hitzschlag befürchtete. Ein Sonnenschirm fehlte, ein Erfrischungsgetränk, eine Strandmuschel, um die empfindliche Quallenhaut zu schützen. Lackschuh näherte sich, aber ganz langsam, damit sie sich nicht erschrecken würde. In der Sonne konnte er in eine richtige Trance fallen, total dämlich werden, nicht mehr wissen, wo Luft und wo Erde war.

»Sollen wir helfen?«, fragte ein Mann mit Helm, der von seinem Fahrrad abstieg.

Lackschuh hockte sich hin, um sich die Qualle genauer anzusehen. Sie zuckte nicht mal, als sein Schatten auf sie fiel. Woran könnte er erkennen, dass sie nicht bereits bewusstlos war? Mit dem kleinen Finger drückte er vorsichtig in ihre Haut, die sich knusprig anfühlte, und nickte dem Mann mit Helm zu.

Sie nahmen jeweils ein Ende des Handtuchs, auf dem die Qualle lag, und trugen sie zum Poolrand. Dabei mussten sie aufpassen, dass sie auf keine andere liegende Qualle oder Frau traten.

»Auf drei«, sagte Lackschuh.

Sie ließen das Handtuch mit der Qualle darauf hin- und herschwingen.

»Eins.«

»Zwei.«

»Drei.«

Die Qualle drehte sich in der Luft auf den Rücken, und als sie mit einem Klatschen ins Wasser drang, fragte sich Lackschuh, ob sich Quallen in Chlor eigentlich auflösten. Ihm rutschte der Magen in den Fuß, als die Qualle sich nicht wie erhofft ausbreitete und ein paar Bahnen schwamm, sondern auf dem Rücken ein paar Meter runtersackte und dort hin und her geschwappt wurde. Also sprang er hinterher, tauchte unter und trug die Qualle an die Oberfläche. Sein nasses Hemd klebte wie eine zweite Haut an ihm.

»Ist sie tot?«, fragte der Mann.

»Ich weiß es nicht«, antwortete er.

Sie fühlte sich nicht tot an, auch wenn er nicht wusste, wie sich eine lebendige Qualle anfühlte. Irgendwas an dem Glibber in seiner Hand ließ ihn hoffen, dass sie noch lebte.

Ein kleines Stück löste sich von der Seite, und er versuchte noch, das Stück mit einem Finger zu greifen, aber da schwamm es schon weg und wurde von den Haaren einer Frau im Wasser aufgehalten.

Die Qualle zerfiel lebendig in Klumpen, und er konnte nichts dagegen tun. Nach und nach lösten sie sich voneinander und trieben davon, bis er nur noch einen kleinen Haufen in seinen Händen hielt. Durch den Glibber konnte er kleine Fische an seinen Füßen vorbeischwimmen sehen, da ein Seepferdchen, das von einem Jungen mit Schwimmbrille verfolgt wurde.

Er war sich unsicher, wohin mit dem letzten Klumpen der Qualle, und auch der Mann mit Helm stand ratlos am Beckenrand und starrte ins Wasser, sagte:

»Wir haben alles versucht.«

»Ja.«

»Na gut.«

»Ja.«

Er schloss den Helm unterm Kinn zu und stieg auf sein Fahrrad, salutierte.

»Na dann«, sagte er, »tschüs und pass auf die Delfine auf.«

-.-

Lackschuh lag in seinem Zimmer, sein Mund schmeckte nach Schlaf, und er war durstig, brachte es aber nicht über sich, die paar Meter weiter ins Bad zu gehen, um einen Schluck zu trinken. Sein Körper war so schwer, so schwach. Der Wasserhahn tropfte sowieso vor sich hin. Wenn das ganze Bad volltropfen würde, dann würde auch irgendwann im Zimmer der Pegel steigen. Das Wasser würde bis zur Oberfläche der Matratze laufen, die einen Teil der Flüssigkeit einsaugen würde. Doch es wäre unersättlich, würde höher steigen, bis er nur noch seinen Mund öffnen müsste, um etwas zu trinken.

So lange ein bisschen schlafen, nur noch ein kleines bisschen auf dem Bauch liegen, schmatzen. Trinken könnte er auch später noch, der Durst war aushaltbar, er würde nicht vertrocknen.

Er lag erst ein halbes Stündchen im Bett, da würde niemand klopfen. Erst in ein paar Stunden würde Zati auffallen, dass Lackschuh nicht wiedergekommen war. Dann würde er vielleicht leise an die Tür klopfen, mal vorsichtig nachfragen. Hey, hallo, alles klar? Bist du ins Klo gefallen? Lachen. Vielleicht würde jemand irgendwann, nach Tagen, die er in den Weiten der Matratze verbracht hatte, die Tür eintreten, ihn dort liegen sehen, wie er den Schlaf der letzten drei Jahrzehnte nachholte, wie seine vertrocknete Zunge aus seinem Mund ragen würde. Nur noch eine Minute, würde er brabbeln, bitte, ich will nur noch eine Minute, dann gehe ich zur Schule.

Da, ein dumpfes Geräusch. Es könnte sein, dass es geklopft hatte oder dass ein Vogel gegen die Scheibe geflogen war. Ich stehe gleich auf, dachte er, dann renovieren wir mit den hunderttausend vom Boxer. Habt ihr schon gehört, dass wir investieren?

Seine Lider flatterten, er wollte sich wach halten, noch die Sauna planen, in die die Mädchen mit den Gästen gehen, sie umgarnen, ihnen Getränke verkaufen und sie schließlich mit aufs Zimmer nehmen könnten, wenn alle Poren geöffnet waren.

Er hatte Zati fast so weit, der genau hier auf dem Boden sitzen könnte. Er würde seine Beine umschlingen, die er angewinkelt aufgestellt hatte, Lackschuhs Ausführungen zuhören. Diese zarten Knie, auf die er vom Bett aus einen guten Blick hätte.

Lackschuh ergab sich, entspannte seine Augen und ließ sich in den schläfrigen Sog ziehen.

Bis gleich.

Ich bin Lackschuh, so müsste seine Autobiographie heißen. Es wäre ein Auftauchen, ein *Ich weiß, ihr dachtet, ich bin tot, aber ich bin wieder da und strahle heller als je zuvor.* Viele Leute würden im Sessel sitzend von seinem Buch erfahren und sagen: »Ach was, den gibt's noch.« Natürlich bräuchte er ein gutes Coverfoto und müsste mal wieder zum Friseur, vielleicht gab es sogar noch Friseurin Petra, die ihm jahrelang die Haare gemacht hatte. Punkt zehn Uhr wurde geföhnt, jeden Tag, zehn Jahre lang. Lore wollte in dem Laden gesiezt werden, fand es nicht angemessen, dass eine Friseurin sie duzte, während sie ihren Pony geschnitten bekam. Deswegen mochte Petra sie auch nicht, die anderen mochten Lore auch nicht, überall trafen sie genervte Blicke, doch Lore blätterte nur eine Zeitschrift nach der anderen durch und kreiste mit rotem Stift Schmuck ein, den sie später kaufen wollte. Lackschuh wusste, dass sie es liebte, wegen ihrer Hochnäsigkeit gehasst zu werden. Seitdem sie sich diese nicht mehr leisten konnte, war sie die meiste Zeit nur noch ein alter Körper. Die junge hochnäsige Lore saß irgendwo in ihr drin auf einem Barhocker und trank Prosecco mit ihrem weißen Hündchen auf dem Schoß.

Für das Buchcover stellte er sich ein Foto in Schwarz-Weiß vor, nachdenklicher Blick, aber doch sympathisch, mit erhobenem Kopf, irgendwie weise, man würde sagen: ruhiger geworden. Natürlich sah er nicht mehr so frisch aus, aber das erwartete auch niemand von Männern wie ihm. In jeder Falte lag eine Geschichte, die weißen Haare verbargen die Sorgen, und die Tränensäcke trugen Erinnerungen in sich. Eine Erinnerung an Werner zum Beispiel, bevor er am Jägerstand mit Abschleppseil gebaumelt hatte und Lackschuh ihn abhängen musste, lag tief im Tränensack, hatte es sich dort gemütlich gemacht. Die Erinnerung, wie er den steifen Körper auf den Rücksitz des Mercedes 500 SL gelegt und mit ihm dreiundfünfzig Minuten zurück in die Stadt gefahren war, wie Werner während der Fahrt fast in den Fußraum gerollt wäre.

Leute würden sein Foto sehen und denken, der hat gelebt, ist Risiken eingegangen, sein Buch will ich unbedingt lesen.

Auf den ersten Seiten wären nur alte Fotos, um in die Stimmung der goldenen Zeiten zu kommen: Er vor den Türen seines ehemaligen Laufhauses »Galerie für zeitgenössische Frauenzimmer«, in seinen Armen die Lockige mit der Lederjacke und die Blonde mit einem Tattoo auf dem rechten Oberarm. War es ein Skorpion gewesen?

Lackschuh drehte sich auf die Seite, er kam sich benebelt vor, dieses ständige Schlummern. Wenn er in der Lage wäre, Signale an seinen Oberkörper zu senden, könnte er sich einfach mal aufsetzen. Aber da kamen keine Signale, oder die Signale drehten eine Runde durch seinen Körper und bekamen nur Nein, Nein und Nein zu hören, sodass sie in sein Hirn zurückkehren mussten.

-.-

Die Schwimmbrille des Jungen war etwas zu klein für Lackschuhs Kopf, aber er quetschte sich trotzdem irgendwie dazwischen und ließ sich unter Wasser sinken. Das Mundstück des Schnorchels war etwas angekaut, deswegen ließ er ihn einfach neben seinem Kopf treiben.

Auf dem Poolgrund stapelten sich Fahrräder, Autoreifen und Tonblumentöpfe aufeinander, drum herum schlängelten sich Fische, Quallen, und plötzlich tauchte ein kleiner Heimfreund von ihm aus einem Autoreifen hervor. Otto? Nein. Walter? Er wusste es nicht mehr. Da verschwand Otto oder Walter oder wer auch immer schon in einem Schwarm aus silbernen Fischen, zuletzt sah er nur noch den kleinen paddelnden Fußsohlen hinterher.

Lackschuh ließ alles locker, seine Arme und Beine trieben voneinander weg, sodass er wie ein Seestern an der Oberfläche trieb. Von oben hatte er einen guten Blick auf das Geschehen im Becken, das Licht fiel günstig, er konnte jedes kleine Staubkorn im Wasser erkennen und dachte, hier atmete er es nicht ein, hier konnte das Staubkorn seine Nase streifen und würde nicht einen Atemzug später in seiner Lunge herumwirbeln. Das Wasser lief ihm zwar in die Ohren, aber er wusste, dass es dort nur hallo sagen wollte und, sobald es an der Zeit war, wieder rausfließen würde.

Als kleiner Zeh hatte er beim Baden am Anfang Sorge gehabt, dass er wie ein Luftballon vollaufen und irgendwann platzen würde, aber zum Glück war er jetzt erwachsen, alt, verstand, dass er nicht platzen würde, dass höchstens sein Magen platzen könnte, wenn er es darauf anlegte.

Weil das Becken es mindestens auf einen Kilometer

Länge brachte, konnte er sich poolaufwärts treiben lassen, streifte mal hier ein Bein, mal da eine Qualle. Es waren viele Quallen, und er konnte nicht aufhören, darüber nachzudenken, woran er erkannte, ob Quallen lebten. Sie hatten keine richtigen Beine, die sich bewegten, kein Herz, das er durch den Glibber schlagen sehen könnte. Vielleicht glitt er durch einen Pool voller Leichen.

Es wurden immer mehr, sie drückten ihre Körper aneinander, und Lackschuh hatte Mühe, sich durch die Quallenmassen zu schaufeln, sie waren in seinem Gesicht, er wurde von unten hochgepresst und von oben runtergepresst. Kein Entkommen, egal wie er sich wand und gegen die Masse stemmte, er war eingeklemmt und wusste, dass er die Situation akzeptieren musste. Keine Quallenansammlung blieb für immer, es waren viele, aber es würden auch wieder weniger werden. Ruhe bewahren, die Situation so nehmen, wie sie war.

Er wurde angestupst, gegen die Stirn, erst einmal, dann dreimal hintereinander, aber er konnte nichts sehen, weil die Quallen sein Gesicht besetzten. Erst nach ein paar Sekunden wichen sie endlich zur Seite, und er merkte, dass er mittlerweile kurz über dem Poolgrund schwamm. Er sah nach links, sah nach rechts, um herauszufinden, wovon er angestupst worden war.

Als er sich auf den Rücken drehte, wurde er von der Sonne über der Wasseroberfläche geblendet und hielt sich die Hand vor die Schwimmbrille, den Schnorchel musste er irgendwo verloren haben. Vielleicht war er zu dem Jungen zurückgeschwommen oder hatte sich an einem Fahrradlenker verheddert.

Ein dunkler Schatten schob sich über ihn, und erst dachte er an einen Hai, aber als seine Augen wieder richtig funktionierten, sah er, dass ein Delfin über ihm schwebte. Ein Wurm ragte aus seinem Bauch. Ein Wurm?

Der Delfin sank ab, der Wurm näherte sich, sah ganz und gar nicht mehr nach Wurm aus und stupste Lackschuh mit dem Schnabel gegen den Kopf. Doch aus dem Stupsen wurde ein bestimmendes Drücken, er wurde bis auf den Poolgrund geschoben und fixiert.

–.–

Mittlerweile dämmerte es draußen. Die weiße Wand vor seinem Fenster strahlte trotzdem weiter in das Hotelzimmer, warf Licht auf die schöne Ledercouch, auf der er kaum gesessen hatte. Dass Zati sich überhaupt keine Sorgen gemacht, nicht das Bedürfnis gehabt hatte, nach ihm zu sehen. Er hätte die Treppe hinuntergestürzt sein können, Kreislaufkollaps. Nach einer Stunde, mindestens nach zwei hätte es Zati doch auffallen müssen. Vielleicht machte er auch gerade mit Vale rum, könnte ja sein, würde er ja auch.

Er sammelte etwas Speichel in seinem Mund und schluckte ihn runter, doch das machte ihn nur noch durstiger. Es half alles nichts, er durfte nicht länger darüber nachdenken, wie er hochkommen sollte, sondern musste sich einfach aufsetzen. So wie beim Atmen, darüber dachte er auch nicht nach. Los jetzt.

Er musste trinken und essen, den Boxer anrufen, alles in die Wege leiten. Würde er zu lange warten, würden sie ihn wie einen räudigen Hund vor die Tür setzen. Er wollte nicht rausgeschmissen werden wie ein räudiger Hund. Sich wieder an den Automaten setzen oder sich wieder in den Sessel fallen lassen und in die Pantoffeln schlüpfen oder in Miktas Bett krabbeln, wo er schon so lange nicht mehr gelegen hatte.

Mit einem Ruck brachte er seinen Oberkörper nach oben. Es dauerte einen Moment, bis der Dunst aus seinem Kopf gezogen war und er dachte, okay, jetzt bin ich wach. Trotzdem musste er gegen den Drang ankämpfen, sich einfach wieder nach hinten fallen zu lassen. Ansonsten wäre er für immer gefangen in einem Kreislauf aus Hinsetzen und Fallenlassen.

Mit dem kleinen Finger befreite er seine Augen von dem Schlaf, den er zu einer Kugel rollte und neben das Bett schnipste.

Als Ibli noch klein war, hatte er ihr erklärt, dass Schlaf der Abfall vom Träumen sei, so wie die Abgase beim Autofahren. Ibli hatte genickt und von da an ihren Schlaf immer mit ernstem Gesichtsausdruck in den Mülleimer rieseln lassen. So als würde sie etwas sehr Wichtiges, etwas sehr Erwachsenes tun.

In seiner Schläfe pochte es.

Er hätte ihr alles erzählen können: dass Ameisen nachts Eier in ihren Augen ablegten oder dass ihre Augen Kekskrümel produzierten. Wenn er Ibli dabei beobachtet hatte, wie sie ihren Schlaf sachgerecht entsorgt hatte, hatte er sich wie ein Oberlügner gefühlt, wie ein kleiner Haufen Typ.

Im Bad ließ er Wasser in einen Plastikbecher laufen und leerte ihn, indem er dreimal schluckte. Dabei vermied er, sich im Spiegel anzusehen. Nur ein bisschen kaltes Wasser ins Gesicht, vielleicht eine Tablette gegen die Übelkeit, dann könnte er wieder raus aus dem Zimmer, den Flur entlang, vor Vales Zimmer und die Tür aufstoßen.

Ibli

Da stehe ich im Hausflur und vor mir die Kleinfamilie, ich stehe vor den drei rosigen Gesichtern, dazwischen kriecht die kalte Flurluft in die wohlig warme Wohnung hinein, aus der es immer duftet, nach Shampoo, nach dem Käffchen; sobald die Tür geöffnet wird, strömt ein Versprechen nach draußen: Hier ist es gemütlich, komm doch rein, fühl dich wie zu Hause, stell doch mal die Wäsche an und zwirbel dem Tjark sein Pohaar, gleich gibt's Hörnchen zum Frühstück.

Die Warze sagt: »Es war uns eine Freude. Du hast uns mit deiner Persönlichkeit sehr inspiriert. Wir nehmen so viel aus dieser Begegnung mit.«

Er sagt: »Hier, für dein Engagement.«

Sie sagt: »Gib es achtsam aus.«

Er zwinkert, sie lächelt, ich nehme die Scheine entgegen und zähle, komme auf vier mal tausend, wedel mir Luft zu und stelle fest: Die Scheine duften nach frischem Papier.

»Ich bleibe lieber«, sage ich.

Sie sagt: »Nein.«

Er sagt: »Könnte sie doch.«

Sie sagt: »Tjark.«

»Tjark«, sage ich und beschwöre das Kleinkind, sich mit mir zu verbünden. Du wirst Zola und Noa mögen, wir werden hier nicht nur zusammen wohnen, wir werden zusammen wohnend feiern. Den ganzen Tag mit Brei werfen, das magst du doch, das mögen wir auch: Sabbern und Brei, mein kleines Kindel.

Die Warze aber lässt den Türschlitz schon kleiner werden, dass ich nur noch ihr Gesicht sehe und Tjark in den Weiten der Wohnung verschwindet. Von dem Kleinkind sehe ich nur noch ein wurstiges Bein, das ich greifen möchte, abreißen, lasst mir doch wenigstens das Bein, auf dem ich herumdrücken möchte. Gegen den Stress.

Sie sagt: »Mach's gut, Ibli.«

Nur noch ein halbes Auge fixiert mich durch den Schlitz. Hätte ich doch einen klitzekleinen Pfeil, den ich ihr in die Iris jagen könnte. Schreien würde sie, während ich meinen Fuß in die Tür stelle, sie, zack, mit einem Leberhaken überwältige, auf den Boden werfe. O weh, sie wird gewalttätig, würden sie schreien, und Tjark würde die Breitseite meines Fußes zu spüren bekommen und eine Pfeife mit dem Bündel Scheinen in meiner Hand. Klatsch.

Doch die Tür fällt schon ins Schloss, und ich bleibe stehen, starre auf das Holz, bekomme jetzt die ganze Kälte des Flures zu spüren, habe niemandem einen Leberhaken gegeben.

Vollgekackter Scheißdrecklaberludensohn, würde ich gern kreischen, mich mitten auf die Straße stellen und eine Stinkbombe zündeln. Kein Problem, da könnte sich eine richtige Gäng bilden, nicht politisch oder so ein Quatschel, sondern gefährlich. Wir rufen vor unseren Stinkeangriffen: Vollgekackter Scheißdrecklaberludensohn, und vermüffeln die Luft. Das Leben lohnt sich nämlich nicht mehr, wenn es dauerhaft stinkt, und ich würde einfach den Fahrstuhlgeruch aus dem Palast in kleine Kapseln füllen. Dann könnt ihr mal riechen, meine hübschen Pois, was der Saft aus eurem Zipfel der Stadt angetan hat.

Mindestens zehn von diesen Kapseln würde ich natürlich in die Wohnung von Tjark und der Warze werfen. Wenn ich sie nicht haben kann, verdient ihr sie erst recht nicht. Kein Weichspüler mehr für Teeschlürfer. Wenn ihr aufwacht, wenn ihr frühstückt, wenn ihr badet, wenn ihr nach Hause kommt, wenn ihr kuschelt, wenn ihr auf euer Konto schaut, wenn ihr Wasser an eure Pflanzen gießt, kitzelt euch für immer der Pinkelgeruch in der Nase. Und es ist nicht so, dass ihr euch daran gewöhnen werdet, es wird euch immer wieder die Nasenhärchen wegbrennen, das verspreche ich.

Durchatmen, sonst prügel ich gleich wirklich los, und eine mit Prügelproblem wird auf der Straße sofort von einem der Sportwagen aufgespießt.

Ich beruhige mich jetzt, alles ist gut, du hast bloß kein Zuhause mehr, kaum Klamotten, vier mal tausend. Kein Grund durchzudrehen, für alles gibt es eine Lösung. Lass uns erst mal einen Tee trinken und ganz genau durchgehen, was du jetzt für Möglichkeiten hast. Du brauchst doch nicht gleich so unhöflich werden, reiß dich mal zusammen, anderen geht es viel schlechter als dir, höre ich Kala hinter meinem Augenball säuseln.

Ich wurde rausgeschmissen, weil die Warze sich »unwooohl« fühlt, da brauch sich niemand wundern, dass ich

Stinkbombenphantasien in meinem Hirn zusammenspinne. Doch wundern würden sie sich eh nicht. Was ist denn los? Hast du dich nicht im Griff? Du wirst immer so schnell wütend. Findest du das angemessen?

Seit ich Zola kenne, ist sie die Wütende von uns beiden, aber jetzt ist Zola nicht mehr da, und meine Spucke läuft mir rot glänzend aus dem Mund. Die viertausend spare ich für Zola und ihre Schwester, das ist mir jetzt schon klar.

Zügel dich, sei ein braves Mädel, das mögen die Pois doch, du wirst schon noch jemanden finden, in dessen hübscher Wohnung du dich einnisten kannst. Vielleicht ein Poi, der sich im Büro langsam totarbeitet und niemals nach Hause kommt, dessen Augen vertrocknen, verkrusten und aus den Höhlen rollen. Er kippt vom Stuhl, und ich höre schon das knackende Geräusch, wenn sein verfaulter Körper auf dem Raufaserteppich zerbröckelt.

Ich sehe schon das Gewitter über dem Grabstein vor mir, in Stein gemeißelt steht: Fleißiger Poi, und dann noch, wann er geboren und gestorben ist. Daten, die sich natürlich in mein Hirn brennen. Ich bin seine Witwe und in ein langes schwarzes Kleid gehüllt, meine glatte Porzellanhaut schaut halb unter dem großen, großen Hut hervor. Ja, danke, mir geht es sehr schlecht, seit mein Süßer im Büro verfault ist. Er hinterlässt zwei wundervolle Topfpflanzen. Natürlich trage ich für ein Jahr nur schwarze eng anliegende Kleidung, das gehört sich doch so. Ich tupfe um meine trockenen Augen, bis die Haut anfängt zu brennen. Trauerbekundungen könnt ihr mir gern überweisen, schreibt doch was Nettes in den Betreff. Knutsch, Kuss.

Durchatmen, ein niedliches Lächeln aufsetzen, weitermachen.

Ich gehe schnurstracks auf die Leute zu, stelle mich ihnen in den Weg, fuchtel mit den Armen vor ihren Augen herum und sage, schönen guten Tag, meine Liebe, mein Lieber, meine Lieben, mein Name ist, wie du willst, denk dir was aus. Erinnere ich dich vielleicht an jemanden? An Vivian? Einen wunderschönen guten Tag, ich bin Vivian und eine freundliche Natur mit Lust am Leben und der Freude, ich helfe allen, wirklich allen, denen geholfen werden soll, ich wache morgens auf und denke an die ganze Welt, und ich habe mich gefragt, meine Liebe, mein Lieber, meine Lieben, ob du an meinem heutigen Geburtstag ein Geschenk für mich hast. Wenn du willst, habe ich zu Hause auch eine kleine Tochter sitzen, die noch nie in ihrem Leben ein Geschenk bekommen hat, weil wir sooo arm dran sind. Wir beide, ich und meine Tochter, würden uns so sehr freuen, an diesem einen Tag etwas zurückzubekommen. Dafür habe ich dich ausgewählt. ALLES kann ein Geschenk sein. Was du am Körper trägst, auch gern deine Jacke oder Hose, ich freue mich über alles, was von Herzen kommt. Die Geste zählt, und ich sehe in deinen lieben Augen, dass wir dir nicht egal sind.

Wenn ich das sage, hole ich kaum Luft, ich lasse keine Sekunde unausgesprochen, damit sie nicht fliehen oder dazwischenreden können, und mache strahlende Augen und bedanke mich für das großzügige Geschenk, bevor ich überhaupt eines bekommen habe. Sie sollen von mir als Person überzeugt werden, dann von der Sache an sich.

Das funktioniert, ich sehe, dass sie sich schämen für mich

und für sich selbst, und deswegen bekomme ich eine Gabe nach der anderen. Ich sage, vielen lieben Dank, das ist so liebenswert, du rettest meinen Tag und den meiner kranken Tochter, wir beten heute Abend zu der Göttin der Geschenke für dich. Du hast die Welt heute ein bisschen besser gemacht, du kannst stolz auf dich sein, dich zurücklehnen, mal durchatmen. Mach dir doch heute Abend einen Wein auf, erzähl all deinen Freunden von deiner Tat. An diesem Tag hast du genug getan, kannst dich mit dem Gedanken an meine arme, aber jetzt glückliche Tochter trösten.

Ohne zu wissen, woher ich diese Energie nehme, beleuchte ich den Gehweg mit meiner Schau, verzaubere die Leute mit meiner Rede, sodass sie mir ihre Sachen geben. Ich habe zwei Jacken übereinander an, die mir eine Frau aus ihrer Einkaufstasche in die Hand gedrückt hat, damit ich endlich den Rand halte. Eine nigelnagelneue Schirmmütze habe ich am Rand gefunden, sie muss von einem der durch die Menge wippenden Köpfe geflogen sein. Im Schaufenster sehe ich, wie ich mit jeder neuen Klamotte massiver und breiter werde.

Ich könnte natürlich auch süß singen oder meine Hüfte kreisen lassen, doch ich will nicht warten, bis jemand mein Stimmchen lieblich genug findet, um mir Kleingeld zuzuwerfen, hier draußen will ich fordern wie eine Lebefrau. Ich brauche keinen Tjark, der mich verarscht bis zum Gehtnichmehr, keine Kala, die mich nervt. Da bin nur ich, zusammen mit meinem Spliss, ganz allein schlage ich mich durch das raue Leben einer einsamen Wölfin.

Der Trick ist, so zu tun, als wäre es selbstverständlich, ganz normal, sozusagen Alltag. Ich stolziere als seltene Katzenrasse über den Gehweg, bleibe vor dem Imbiss für die zweite Hand stehen und schaue, was es heute für Leckereien gibt. Die drei Pommes, die aus einem Klecks Ketschup ragen, werfe ich mir gleich in meinen Mund. Ein Stück Brot daneben sieht noch knusprig aus, ich beiße ab und freue mich über Knoblauch. Darunter liegen gestapelt ganz viele Tücher mit verschiedenen Flecken drauf, die Gerichte dort hinterlassen haben. Doch nach mehreren Schichten werden die Reste immer dunkler, immer weniger erkennbar. Ich ziehe die Hand lieber raus.

Neben mir bemerke ich einen Poi, der mit einer angebissenen Stulle herumsteht und mich beobachtet. Ich fauche, als er mit seiner blöden Stulle vor mir herumfuchtelt. Wer ihm die gemacht hat, will ich wissen. Da ragt sogar ein Salatblatt raus, ein dünnes Stück Gurke, eine richtige Stulle, wie ich sie von Vroni kenne.

Der Hunger kommt in Wellen. Wenn ich gerade denke, es geht noch ganz gut, reißt auf einmal gluckernd eine Lawine meinen Magen hinunter.

Es ist ein normaler Poi, weder groß noch klein, weder alt noch jung, weder süß noch eklig. Bloß seine knackige Stulle lässt sein Gesicht rosiger erscheinen, als es eigentlich ist. Was soll ich machen? Natürlich will ich, dass es knackt, wenn ich auf das Salatblatt beiße.

Er sagt: »Ist mit Avocado-Paprika-Aufstrich.«

Ich lecke über meine Lippen, um ihm zu zeigen, dass er nicht weiterzureden braucht, dass ich bereit bin für die Kreme aus Advocado und Paprika. Doch als ich danach schnappen will, zieht er weg und beißt selbst ein großes Stück ab. Sein Gesicht verliert für mich an Farbe, wird fahl und kränklich. Sein Kauen wird mich zur Mörderin machen.

Er sagt: »Du kannst es haben, wenn …«

»Wenn?«, frage ich.

Er sagt: »Wenn du würdest.«

»Wenn ich was würde?«, frage ich.

Er presst seine Augen zusammen, schaut auf den Boden und schüttelt sich.

Er sagt: »Du weißt schon.«

»Willst du in mich rein? Das kostet aber«, sage ich.

Er sagt: »Was, nein, was denkst du von mir, nein, nein, so einer bin ich nicht, wirklich. Nein. Bitte. O Gott. Nein.«

»Okay«, sage ich und muss mir meinen glucksenden Bauch halten.

Er sagt: »Halt mich bitte. Ganz fest.«

»Und dafür dann den ganzen Rest der Stulle?«, frage ich.

Er sagt: »Und könntest du vielleicht …«

»Könnte ich was?«, frage ich.

Er sagt: »Mir auch auf den Rücken klopfen?«

»Das kostet zweihundert«, sag ich.

Er sagt: »Ich habe nur Naturalien.«

»Das kostet zweihundert und die Stulle«, sage ich.

Er zögert, aber ich brauche diese Stulle sehr dringend und er das Klopfen. Ich kann sein hilfloses Gesicht nicht mehr ertragen.

Er sagt: »Okay.«

So bringe ich es hinter mich, wie ich es gelernt habe; mit der letzten Kraft, die ich zusammenkratzen kann, mache ich einen Schritt auf ihn zu und schließe meine Arme um ihn, greife mit meiner rechten Hand seinen Hinterkopf und drücke ihn gegen mein Schlüsselbein. Er zerfließt zwischen mir, ich fühle, wie seine Muskeln schlaff werden, wie ich sein Gewicht halten muss. Wir werden gerammt, ich muss ausbalancieren. Mit der linken Hand klopfe ich einmal fest auf seinen Rücken, der wie eine hohle Wand klingt. Dann klopfe ich zweimal fester und lasse ihn los.

Er sagt: »Du bist so dünn. Wie heißt du denn?«

Ich nehme ihm zackig die Stulle aus der Hand und beiße in das weiche Brot, von dem Kürbiskerne und Krümel abbröckeln und runterfallen. Ich bin so gierig, ich kann sie nicht mal retten. Er gibt mir die Scheine und murmelt, aber ich lasse ihn nicht zu Ende murmeln. Ohne Stulle ist er unsichtbar für mich. War hier jemand, stand da nicht eben noch jemand? Ich gehe weiter, gucke nach, ob neue Nachrichten in der Gruppe sind, doch dort ist es still.

»Willst du an der Stange vortanzen?«, fragt mich jemand von der Seite.

Die Sonne sagt Tschüssel für heute, und mein Magen gluckst zwar nicht mehr, aber ich weiß, dass ich höchstens dreißig Prozent seines Inhalts aufgefüllt habe. So werde ich nicht dicklich, nein, so werde ich wahrscheinlich ausmergeln, da ich schon keine Reserven habe. Die Reste in den Imbissen aus zweiter Hand werden dunkler, ich kann nicht mehr sehen, ob darin ein Hundehaufen oder ein leckerer Burger liegt.

Je dunkler es wird, desto häufiger werde ich angerempelt, übersehen, übergangen und ignoriert. Die stolze Katzenrasse krümmt sich zusammen und taumelt. Dann bin ich wenigstens so richtig dünn, wenn ich verhungere, da kann niemand mehr meckern. Sie ist zwar tot, aber sie ist zum Glück nicht dicklich gestorben, das wäre total unangenehm, viel tote Masse, die aus der Welt geschafft werden müsste.

@ibli3000 Was machst du soo

bade immer noch

und ihr

immernoch?

DIE ALTE davon abhalten eure Zimmer zubetreten.

haha die alte

Bild gesendet: Flavia, Noa, Lucia und Vroni hocken zwischen zwei Zimmertüren und salutieren.

Die macht mich echt fertig

MICH AUCH

Hört mal auf jetzt

Wasn? Ist doch wahr

Kala war halt immer für uns da

war sie?

Wir eher für sie

@ibli3000 Wo ist dein Schuckel?

Lackschuh

Endlich klopfte es, wurde ja auch mal Zeit, dass sich jemand um ihn sorgte, mal nachfragen wollte, ob es ihm gut ging, ob er etwas brauchte. Eine kleine Stulle mit Gouda und ein schwarzer Kaffee mit einem Stück Zucker darin wären schön. Er hörte schon das Klackern des kleinen Löffels in der Tasse, während er rühren und beobachten würde, wie sich das Zuckerstück nach und nach auflöste.

Bitte, Zati musste es gewesen sein, der geklopft hatte. Hoffentlich würde er sich an den Bettrand setzen, ihm eine Strähne aus dem Gesicht streichen und fragen, ob sie zusammen ins Musikzimmer gehen würden. Ja, würde er schreien, natürlich gehen wir ins Musikzimmer, aber erst mal esse ich die Stulle auf und trinke den Kaffee.

Zati würde die richtigen Fragen stellen, ihn nicht mitleidig anschauen, weil er seit Tagen das Bett nicht verließ, sondern er würde ihn mit Gefummel an Reglern und Knöpfen ablenken. Natürlich könnten sie sich gegenseitig ihre Lieblingssongs vorspielen, ihre persönlichen Top Ten.

Dabei könnten sie die Idee zusammen mit dem Boxer konkretisieren.

Hier hinten in Brook war im Prinzip alles möglich, hier wohnte niemand, keine Eltern, die sich über leicht bekleidete Mädchen beschweren konnten, keine Polizisten, die sich wie Milieu-Gourmets aufspielten. Was sollte die Polizei in Brook? Die waren zu beschäftigt, ihr Autofenster einen Spalt weit zu öffnen und im Schritttempo durch Grindelsta zu fahren. Damals, als er noch seine »Galerie für zeitgenössische Frauenzimmer«, seinen Irish Pub und den Saunaclub in Grindelsta hatte, war nie Polizei gekommen. Da waren sie noch mit Geldsäcken über die Straße spaziert, hatten ihre Pacht bar ins Nachbarhaus getragen. Alles in Ruhe, bis er selbst wegen Steuerhinterziehung vorgeladen wurde.

In Brook hingegen hatte sie niemand mehr auf dem Schirm, und die potenzielle Kundschaft arbeitete sich nebenan schon wund. Es würde sich schnell herumsprechen, wohin es nach Feierabend ging.

Er zog sich die Jeanshose an, die auf der Ledercouch gelegen hatte, und ging langsam zur Tür. Schade, dass es kein Guckloch gab.

Es klopfte noch mal, dieses Mal lauter. Mit einem Ruck zog er die Tür auf und machte sich bereit für Zati. In ihm stellten sich schon der Tonfall, der Gesichtsausdruck, die Körperhaltung ein, die nur für ihn bestimmt waren. Seine Stimme tief, etwas rau, als wäre er gerade erst aufgewacht. Ein entspanntes Gesicht, das er unter Kontrolle hatte. Eine normale Körperhaltung, er machte sich weder besonders breit noch besonders schmal in seiner Anwesenheit. Mit jeder Person war es anders, und mit Zati war es wunderbar leicht, auch wenn ihn diese grünen Augen fertigmachten. Er fühlte sich von ihm poussiert.

»Na du«, sagte Mikta.

Ein Oh flog aus seinem Mund und löste sich gleich wieder auf, als er auf ihren breit lächelnden Mund sah. Sogar mit Zähnen, eigentlich lächelte Mikta seit ein paar Jahren nur noch mit zusammengepressten Lippen, weil sie einen Überbiss hatte.

Er konnte nicht anders, als sie von oben bis unten zu betrachten, sich jeden Zentimeter genau anzusehen. Sie sah anders aus, ihr Kopf wirkte größer als das letzte Mal. Oder war ihr Körper kleiner geworden? Sie hatte zwar ihre Lederjacke an, die wirkte aber glänzender, vielleicht war sie mit Lederfett drübergegangen.

Sie schaute nach links und rechts den Gang hinunter, als würde sie nicht entdeckt werden wollen, und trat einen Schritt in sein Zimmer, drückte die Tür zu.

»Bist du noch frei?«, fragte sie und zwinkerte dabei. Kleine Teile lösten sich von ihr ab und befüllten den Raum, füllten ihn langsam aus. Sie trug ein Parfüm, das er noch nicht kannte und das holzig roch.

Er nahm sie in den Arm, ganz schnell, sodass sie sich nicht wehren konnte, und zog ihren Duft ein, ließ sie dann wieder los und stellte sich vor sie.

»Was machst du hier?«, fragte er leise.

Sie antwortete nicht, sondern warf sich für eine Umarmung zurück gegen seine Brust, drückte fest zu, bis er sich nicht mehr sicher war, ob sie nicht eigentlich mit ihm ringen wollte. Doch sie drückte sich einfach weiter an ihn und bewegte sich kaum. Ihre Lederjacke machte ein paar quietschende Geräusche, während er die Augenlider sinken ließ und seufzte. Er fürchtete, bald auf der Stelle zusammenzusacken, so schwach fühlte er sich.

Erst trennen sie sich, er mit schlaffem Penis, sie mit blutiger Hand, und Wochen später liegen sie sich in den Armen, ohne über den schlaffen Penis und die blutige Hand gesprochen zu haben.

»Wie geht's dir?«, fragte er, aber sie löste sich schon aus der Umarmung und schüttelte den Kopf.

Sie räusperte sich und sagte dann laut mit tiefer Stimme: »Ich hab da was vor.«

Sie sah jedenfalls nicht so aus, als wäre sie hier, um Iblis Unterhalt einzufordern. Donka musste ihr erzählt haben, dass er im Excalibur wohnte, oder besser gesagt: im Excalibur arbeitete.

Nie wusste er, wann der Schalter in Miktas Kopf umgelegt wurde, was bei ihr da oben überhaupt passierte. Manchmal kam es ihm vor, als würde sich ihr Gehirn jede Stunde selbst erneuern.

Sie zog ihr Portmonee aus der Hosentasche, legte es auf den kleinen Tisch neben dem Bett und ließ sich auf die Matratze fallen. Er starrte auf ihre Hand, die ihn klopfend ermutigen sollte, sich auch aufs Bett zu setzen.

Er wusste nicht, worauf sie hinauswollte, vielleicht eine Mikta-Idee, damit sie wieder zueinanderfinden könnten. Lieber hätte er weiter umschlungen im Raum gestanden, bis ihre Glieder nacheinander taub geworden und sie auf den Boden gefallen wären.

»Also was hast du vor?«, fragte er, setzte sich neben sie und versuchte, die Übelkeit zu ignorieren.

Dann war es eben so, dass sie nicht über den Abend in der Bar sprachen. Miktas Hand war nicht verbunden, und er konnte auch keine Narben erkennen, damit war es vielleicht auch nicht mehr so wichtig. Sie war ausgerastet, hatte einen Zusammenbruch gehabt, das konnte er schon so sagen, aber sie schien erholt, wie Donka gesagt hatte: entspannter.

»Ich will mit *dir* schlafen, nicht, dass du mit *mir* schläfst«, sagte sie.

»Okay«, sagte er, überlegte, war sich dann doch nicht mehr so sicher und fragte: »Wie jetzt?«

»Ich stecke ihn bei dir rein.«

Sie holte aus ihrer Handtasche einen pinken Umschnalldildo, der in schwarze Riemen eingefädelt war, und ließ ihn vor sich hin- und herschwingen. Er rutschte auf der Matratze einige Zentimeter nach hinten, weg von dem baumelnden Ding und Miktas grinsendem Mund.

»Sieht aus wie zum Kletterngehen«, sagte er und bereute es im gleichen Moment, denn Mikta verstand es als Zuspruch, stellte sich hin, schlüpfte in die Riemen und begann, die Gurte festzuziehen. Dabei wackelte das pinke Ding vor sich hin und zeigte auf ihn.

Sie sah so entschlossen aus, voller Tatendrang, bereit, das Gebirge zu erklimmen. Nicht mal die Hose zog sie aus. Machte man das so? Mit Hose? Mit Jacke? In Schuhen, mit denen man eben noch über den Asphalt gestiefelt war?

»Warte mal«, sagte er und griff nach ihrer Hand, »mir ist irgendwie schlecht.« Doch sie war schon fertig ausgerüstet und stellte sich breitbeinig mit den Händen in die Hüfte gestemmt vor ihm hin. Er erinnerte sich, dass sie einen ähnlichen Gesichtsausdruck gehabt hatte, bevor sie auf ihr Motorrad gestiegen war.

»Der steht immer«, verkündete sie und schlug mit der flachen Hand auf den Dildo, sodass er auf und ab sprang.

Er räusperte sich und verfolgte die Schwingungen mit seinen Augen.

»Vielleicht kann ich mir den mal ausleihen«, sagte er und lächelte.

So verharrten sie, kicherten wie Jungs am Straßenrand, er auf dem Bett, sie vor ihm.

»Steht mir das?«, fragte sie.

Ein Kribbeln ging durch seinen Bauch, als sie ihre Haare nach hinten warf und ihn streng, aber mit einem kleinen Lächeln ansah. Würde er sie jetzt küssen, müsste er sich gegen ihr neues Schwert drücken. Er könnte sich aber auch vor sie stellen und das Ding zwischen seine Beine klemmen, sich ausmalen, dass sie beide die Körper getauscht hatten, nur für einen Tag.

»Du siehst gut aus, aber dieses Teil, ich weiß nicht, Mikta.«

»Ich nenne mich ab jetzt Miss Tress.«

»Miss Tress.«

»Miss Tress.«

»Okay«, sagte er.

Sie warf sich neben ihn aufs Bett und klemmte ihre Arme hinter den Kopf.

»Ich mach nämlich ein Dominastudio auf.«

Ihr stolzer Blick erinnerte ihn an Iblis Gesichtsausdruck, wenn sie eine Staubsuppe in der Küche vom Palast gekocht und ihm einen Teller davon serviert hatte, während Mikta auf ihrem Zimmer arbeiten gewesen war. Essen ist fertig, hatte Ibli geträllert, und er hatte natürlich so getan, als würde er die Suppe genüsslich auslöffeln.

»Oh, wow«, sagte er, »woher hast du denn das Geld?«

»Gespart«, sagte sie, »und zwei andere machen auch mit.«

Er schnipste seinen Zeigefinger gegen den Dildo, Mikta bewegte ihr Becken in kreisenden Bewegungen, schloss die Augen und sagte: »Mein eigener Laden.«

»Ja«, antwortete er, »und wie nennen sich die anderen?«

»Madame Dark und Lady Venus.«

»Sind die auch aus dem Palast?«

»Ja, auch über vierzig, die eine ist auch Löwe. Und Lady Venus, also Claudia, ist Wassermann.«

Er ließ sich neben Mikta auf den Rücken fallen. Dabei landete seine Hand neben ihrem Oberschenkel. Sein kleiner Finger war nur einige Zentimeter von ihrer Hose entfernt. So blieb er liegen, schaute erst an die blaue Decke und schloss dann auch die Augen. An seinem rechten Fußknöchel juckte es. Ganz ruhig, das geht vorbei.

Sie redete weiter: »Nur wir drei Frauen, und dann holen wir immer wieder welche dazu, aber wir drei bleiben zu gleichen Teilen der Boss. Wird auch mal Zeit für eine Veränderung, Thorsten ist so anstrengend geworden und begrabbelt uns dauernd. Typisch Steinbock.«

Schnürten die Riemen ihr nicht langsam das Blut ab?

Er stellte sich einen kleinen Typen vor, mit vollem Haar, Bauchansatz, Schuhgröße vierzig. Einer, der nicht weiter auffiel, wenn er sich in der U-Bahn festhielt oder einen Sack Kartoffeln einkaufen ging. So einer würde sich hier aufs Bett legen, die Beine mit den Händen zu seinem Kopf ziehen und Mikta mit ihrem pinken Schwert hantieren lassen. Gefällt dir das, würde sie fragen und dabei ihr Becken feste gegen ihn drücken. Er würde nur brummen. Ein tiefes aus dem Bauchansatz anschwellendes Brummen.

»Und Ibli?«, fragte er und drehte den Kopf zu ihr.

»Der hab ich das schon erzählt, auch was ich da mache.«

»Was hat sie gesagt?«

»Nix, die interessiert sich für andere Sachen gerade.«

Mikta hauchte neben ihm ein *Für Jungs* in den Raum.

Sein Knöchel hatte nicht aufgehört zu kribbeln, also zog er sein Knie zu sich, schob die Socke zur Seite und kratzte sich. Erst an der Spitze des Knöchels, dann am Rand, um den Hügel herum, bis die Haut brannte.

Als er seine Hand zurück auf die Decke legte, landete der kleine Finger an ihrer Hose. Er ließ ihn sich wie einen kleinen Wurm räkeln.

Miktas Hauch flatterte weiter durch die Luft: für Jungs, für Jungs, die sich für Jungs interessieren. Wie sich für Rotfinken interessieren. Sich belesen. Fernsehsendungen über Jungs gucken. Im Gebüsch sitzen und Jungs beobachten, wie sie fressen und schlafen und sich mit anderen Jungs treffen.

»Aus der wird richtig was.«

Sie holte ihr Handy aus der Tasche, drückte fest auf die Tasten und hielt ihm schließlich den Bildschirm hin, auf dem er Ibli erkannte. Sie trug jetzt einen Pony und erinnerte ihn mit ihren schwarz umrandeten Augen an einen hübschen Koalabären. Sie hatte ihre Hand in die Hüfte gestemmt und ihren Mund zu einem frechen Lächeln geformt.

»Nur für 'ne Zahnspange müssen wir noch sparen«, sagte sie.

Er schwieg und konzentrierte sich auf die Stelle an seinem kleinen Finger, mit dem er sie berührte. Zwar nur ihre Hose, aber er mochte das Gefühl von dem Stoff, der sich als zweite Haut um ihren Körper spannte. Kein Wegrücken, sie blieb liegen, neigte sich aber auch nicht in seine Richtung. Er ließ den kleinen Wurm ruhiger werden, sich immer langsamer bewegen, bis er ihn an ihr Bein gelehnt ruhen ließ.

Miktas Atem wurde langsamer und tiefer, er sah dem Leder auf ihrem Brustkorb zu, wie es hoch- und runtergeschoben wurde. Er könnte seine Hand dort ablegen, spüren, wie sie wegdämmerte, aber er bewegte sich kein Stück.

»Hast du jemanden getroffen? An der Rezeption?«, fragte er.

»Nö, da war niemand.«

Ihre Stimme war ganz leise.

»Und woher wusstest du, wo mein Zimmer ist?«

»Stand da in diesem Buch. Lackschuh.«

»Ah.«

Sie schwieg. Er versuchte, den Druck und das Brennen in seiner Brust zu ignorieren. Lieber betrachtete er seine kleine Koalatochter auf dem Bildschirm, der zwischen Mikta und ihm leuchtete, stellte sich vor, wie Ibli nach der Neueröffnung des Excaliburs endlich zu ihm ziehen würde.

–.–

Ibli

I.

Morgens stelle mich vor einen jungen Poi, der an der Seite vor einem Schaufenster mit sexi Unterhosen steht und Däumchen dreht, während seine Mam auf dem Fon tippt. Ich sehe in das Gesicht des Pois und versuche ein Gefühl, einen Zustand zu erkennen, doch der Mund steht offen, die Zunge liegt teilnahmslos auf der Unterlippe. Der Blick ist so leer wie mein Magen. Nur sein salziger Geruch beißt in meine Nasenschleimhaut. Ich gehe ganz nah ans Gesicht und mache BUH, doch in dem Gesicht regt sich: nichts. Ich bemerke bloß ein kleines Zucken an der linken flauschigen Augenbraue.

Mit meinem Finger zeige ich auf die Tasche, die er hält, und denke an Vronis schönstes Lachen, um es ihr nachzumachen. Auch die Augen müssen sagen: Ich bin hier, hällo, sieh mich an, guck mich an. Kuffi liebt das, aber Kuffi liebt auch wirklich alles, was ich tue.

Der Poi hier allerdings liebt nicht alles, was ich tue, schaut jetzt skeptisch, und ich denke mir, wenigstens ein Gesichtsausdruck, den ich deuten kann. Ich lächle breiter, zeige noch mal auf die Tasche. Der mitteljunge Poi zuckt mit den Schultern und öffnet den Reißverschluss. Wir schauen beide hinein. Es ist eine Tasche wie ein Müllbeutel, in die einfach alles reingeworfen werden kann und sich am Boden sammelt. Sein flaumiger Arm steckt schon drin, wühlt und zieht einen Tampon heraus. Ich nehme ihn an, obwohl ich vor Aufregung schon lang nicht mehr geblutet habe. Einem geschenkten Gaul haut man nicht auf den Po.

»Ich heiße Hainz«, flüstert er, und ich erschrecke mich zu Tode, erstens, weil er unerwartet mehr als nur Wörter wie platzende Seifenblasen babbeln kann, zweitens, weil dieser Flaumige wie ein Opi heißt.

Mein Gesicht muss wohl komisch ausgesehen haben, denn er hört auf, in der Tasche zu wühlen, und guckt mich verzweifelt an. Da weiß ich, dass Hainz es auch weiß.

Ich sage laut: »Du musst nicht heißen, wie du heißt.«

Hätte ich doch meine vollen Lippen zusammengehalten, denn seine Mam dreht sich zu uns um, sieht, wie ich neben der klaffenden Tasche stehe und dem Hainz seine Gesichtszüge entglitten sind. Er hält mit der rechten Hand den Daumen der linken Hand umschlossen.

»Was machst du da, Hainz?«

Hainz und ich schauen uns an, ich will ihn schnappen und vor seinem trostlosen Ruhestand retten. Kein Opi-Name, kein Warten mehr. Es gibt noch so viel zu erleben. Er würde sich sofort, noch während wir davongaloppieren, einen neuen Namen aussuchen dürfen. Den Namen müsste es nicht mal geben, ein ausgedachter Name ist noch frisch, ist nicht bereits von anderen Personen durch den Schlamm gezogen worden.

»Ich teile«, sagt Hainz.

»Wieso teilst du denn unsere Sachen? Was ist das schon wieder?«

Ich wundere mich über ihren Tonfall, der mich vermuten lässt, dass ihr etwas wehtut. Sie ist auch eine Warze, Grindelsta hat eine Warzeninfektion.

»Kahnung.«

Seine Mam stellt sich vor ihn hin, beachtet mich keine Sekunde und streichelt über seine Wange. Ich will meine auch hinhalten, nur einmal kurz gestreichelt werden. Das würde mir dann auch reichen für etwa eine Woche.

»Muss das alles immer sein?«

Hainz schaut panisch in mein Gesicht, und ich weiß: Alles muss immer sein.

»Und wir reden doch nicht mit solchen«, flüstert sie.

Ich starre auf ihren Ring, den sie an einer Kette um den Hals trägt, ein sehr dünner, goldener Ring. In der Mitte sitzt wie selbstverständlich ein heller Stein. Sie hätten doch eine Ehekette nehmen können. Wie sinnlos es ist, einen Ring zu kaufen, um ihn dann an einer Halskette zu tragen.

Ich sehe Hainz tief in die Augen und weiß, dass wir uns verstehen, eine Verbindung haben. Natürlich sieht er in mir auf einer Leinwand jemand anderen, so wie ich in ihm, aber das spielt für Hainz und mich keine Rolle. Es geht um den Augenblick, den wir gemeinsam haben. Er greift wieder in die Tasche und präsentiert mir Kopfhörer, bei denen die Ohrstöpsel aussehen wie halbe Telefonhörer. Ich nicke, seine Mam formt ein Neien mit ihren eingesalbten Lippen, doch lässt den Ton nicht entweichen. Sie versucht Hainz' Blick einzufangen, aber damit braucht sie gar nicht erst anfangen. Dass er überhaupt wieder einen hat, ist mein Verdienst.

»Bist du sicher, dass du unsere Sachen weggeben willst? Die Kopfhörer waren sehr teuer.«

Da drückt er mir die kleinen halben Telefone aber schon

in die Hand. Seine Augenbraue zuckt wieder. Er wird ganz wild, zaubert eine Sache nach der anderen hervor und wirft sie mir zu, ich weiß überhaupt nicht, womit ich das alles transportieren soll. Einen Waschlappen, einen Bund mit fünf Schlüsseln, einen Kugelschreiber, einen Zeitungsschnipsel, eine kleine Chipstüte.

Die anderen Leute rennen an uns vorbei, als wäre heute nicht der beste Tag meines Lebens.

»Gut, aber dann gehen wir nicht mehr zum Videospielladen.«

Hainz stockt, kein Videospiel, das würde mich auch treffen als junger Poi, denn Videospiele, das ist allgemein bekannt, ist das Koks der Fläumchen. Bunte Farben und Formen lassen ihre Gehirne flattern.

»Wei?«, fragt er.

»Wie heißt das?«, fragt sie.

Hainz schaut auf den Boden. Ich weiß leider auch nicht, wie das heißt, und kann seinen Schmerz in mir fühlen, ich schaue auf den Punkt der Gehwegplatte, den er fixiert.

»WARUM«, sagt sie langsam, damit jeder Buchstabe wie eine Münze klingt, die auf den Boden fällt.

Er bleibt tapfer, presst die frischen Poi-Lippen zusammen, denkt wahrscheinlich an die gewonnenen Münzen, die bald auf das Konto eines anderen Spielers gehen. Auf Nimmerwiedersehen, glänzende Belohnung.

Sein Blick verliert an Farbe, an Intensität, bis ich da wieder nur noch zwei Löcher sehe. Ich will schnipsen, in seine Wange piksen, um ihn zurückzuholen aus der Wüste hinter seinen Augenbällen. Doch es ist nichts zu machen, Hainz ist weg, zurückgekehrt an den sicheren Ort, von dem er gekommen ist.

Seine Mam sieht es auch, schaut zufrieden, nimmt die Tasche an sich und dreht sich zu mir um, baut mit ihren Augenbrauen ein Hausdach.

Ob sie darauf auch noch stolz ist, will ich sie fragen, aber ihr Gesichtsausdruck lässt mich auch zu einem kleinen Hainz werden. Ich will mein Gesicht nach innen stülpen und den Rest hinterher, bis nur noch ein Sitzkissen meiner selbst übrig bleibt.

»Schönen Tag noch«, sagt sie zu mir, die da steht mit den Armen voll Sachen, ohne Beutel, und lächelt nicht mit den Augen. Sie zieht bloß ihre Mundwinkel nach hinten und macht ihre Zahnreihe für mich frei. Das Etwas, das einmal Hainz gewesen war, muss hinter seiner Mam mit den geraden Zähnen herstolpern, hat keine Wahl. Ich winke ihnen mit dem Waschlappen in der Hand hinterher.

Ich öffne die Chipstüte und zerkrümle ein paar auf den Gehweg. Tauben stürzen sich aus dem Nichts darauf, zerhacken die Stückchen, schreien sich gegenseitig an und weichen den Füßen der Leute aus. Eine humpelnde Taube klaut einer anderen den Krümel aus dem Schnabel und hoppelt weg, schlingt ihre Beute, wie ich meine Chips, hinunter. Ich verstaue die Geschenke in den Jackentaschen, den Schlüsselbund halte ich noch ein bisschen in der Hand, bewege die Finger, damit es klimpert. Als ich auf mein Fon schaue, blinkt endlich eine Nachricht von Zola auf.

Geile Wanne

Und zu deiner Frage: ich friere
nur nachts ein bisschen

ZOLAAA!

Vermiss dich so!!

WO BIST Duß?

ich bin aber echt noch sauer auf dich keine Ahnung warum du so kacke warst??

Standort gesendet

Meine Zola ist bloß vierhundert Meter von mir entfernt. Es brennt unter meinen Augen. Wären zwischen uns keine Häuser und Köpfe, könnte ich auf und ab springen, ihr zurufen. Was mir nicht gefällt, ist das Grindelhorn, wo Zola offenbar steht, doch ich schiebe den Gedanken weg.

Meine letzte Chance bei Zola hat begonnen; wenn ich mich jetzt nicht zusammenreiße, dann ist es durch mit uns.

Ich habe gesehen, wie es zwischen ihr und Bubi vom dritten Stock gelaufen ist, die Zola, als sie in den Palast gezogen ist, zur Besti ernannt hatte.

Erst waren sie nicht mehr zu trennen. Ich habe beide nur zusammen an mir vorbeilaufen sehen, Arm in Arm. Bubi kam manchmal mit verwuschelten Augenbrauen aus Zolas Zimmer. Es wurde schon getuschelt, ob sie … Zum Glück klatscht Vroni immer in die Hände, wenn gelästert wird. Sie hat zu allen gesagt, dass die Liebe nicht für uns bestimmt ist und es einem Wunder gleicht, wenn sie doch zu uns kommt. Die kreative Vroni findet immer die richtigen Worte. Da hat sich dann auch niemand mehr getraut, hinter

Zolas Rücken zu tuscheln. Irgendwann hab ich Bubi aber nur noch alleine heulen sehen. Wenn sie gekocht hat, wenn sie vor ihrem Zimmer stand, immer war diese nasse Spur unter ihren Augen. Kala hat mich gebeten, Zola zu erklären, wie es im Palast läuft, welche Preise wir haben. Weil Kala uns ja nicht die Preise vorgibt, sie vermietet ja nur die Zimmer. Die Preise stellen sich von allein ein. Zwinkerchen.

Als ich versucht habe zusammenzufassen, worauf es in unserer pink-weißen Höhle ankommt, hat sich Zola stattdessen eine Nacht probeweise in meinem Bett eingenistet. Von da an habe ich befürchtet, dass ich die neue Bubi bin, dass ich auch bald weinend durch die Flure laufe. Was mit Bubi passiert ist, hab ich sie einmal beim Teekochen gefragt, aber Zola redet nicht gern über Sachen, die gestern waren. Sie hat mich mit Fragezeichen in den Augen angeschaut, wollte mir verklickern, dass sie nicht weiß, wen ich meine. B U B I.

Ich komme

Mit Blick ins Schaufenster richte ich meine Klamotten, ziehe die Reißverschlüsse der beiden Jacken zu, verstecke mich weiter unter der Schirmmütze. Mit dem Finger rubbel ich an der Stelle, wo einmal meine halbe Augenbraue gewesen ist, über die Haarstoppeln. Dass die nachwachsen, war mir nicht klar gewesen, ich dachte, wenn ich sie einmal abrasiere, ist das Thema gegessen. Es kam mir wie eine große Entscheidung vor, die sich jetzt lächerlich anfühlt. Ich hätte Haar für Haar ausreißen sollen, aber ich wollte bloß krass sein, ich wollte nicht, dass es wehtut.

Auf dem Weg zu ihr spiele ich ein neues Spiel, in dem ich mich weigere, den entgegenkommenden Leuten auszuweichen. Kein Winden, kein Schlängeln mehr. Ich störe die Masse, fühle mich unter meinen ganzen Sachen wie ein Bodibilder unter seinen Muskeln, der zur Arbeit stiefelt. Erst werde ich noch angerempelt, doch ich rempel zurück, halte dagegen, bin bereit, ein Schrank zu sein, dem ausgewichen wird.

Kinn oben, Brust raus, breitbeinig schaffe ich mir die Rettungsgasse zu meiner Zola.

Ein Poi weicht nicht aus, sondern glaubt, dass ich mich klein mache, ihn vorbeilasse, obwohl kein Platz ist. Er sieht mir nicht mal in die Augen, sondern an mir vorbei. Ich mache mich bereit, spanne alles an, was es anzuspannen gibt, und wir laufen volle Banane ineinander. Sein Oberkörper prallt gegen meinen Kopf, weil der Poi größer als ich ist. Da ich kurz vorher noch ein wenig Schwung geholt habe, stolpert er in einen Poi hinter sich, stößt ihm das Fon aus der Hand, das auf den Boden fällt.

»Bist du scheiße?«, ruft der Poi zu dem Poi.

»Das war ich nicht«, höre ich ihn noch husten und verschwinde schnell in der Menge, überlasse sie ihrem Schicksal und hoffe, dass sie sich gegenseitig ins Gesicht hauen, einen Schlüssel in die Faust klemmen und ausholen. Ich hoffe, dass sie blutig nach Hause gehen und ihrer Familie erklären müssen, warum das Väterchen aus der Nase tropft. Ich bin gewappnet für das nächste Anrempeln, die neuen blauen Flecken, die ich sammle wie Medallien .

Wann bist du da?

gleich

ist da ein klo

?

ne

Ich halte nach einer Ecke Ausschau, in die ich mich hocken kann, doch kaum ein Fleck ist unbeobachtet. Mein Klo im Palast hockt jetzt ganz allein im Bad und fragt sich, wann ich wiederkomme, warum ich so lange nicht mehr nach ihm gesehen habe. Im schlimmsten Fall klemmt mein Sauger schon wieder drunter fest und piept, geht dem Klo auf die Nerven. Ich seufze und schiele in einen Hausschlitz, doch dort wohnt schon jemand, sitzt in eine Decke eingemurmelt und beißt in ein Brot.

So wie ich letzte Nacht in einem Schlitz geschlafen habe. Jeder Schlitz bräuchte eine Nummer und ein Namensschild, damit alle wissen, wer dort sein Zuhause hat, dass dort überhaupt jemand sein Zuhause hat. Die Leute sind doch nicht unhöflich und pischern in das Schlafzimmer eines erwachsenen Menschen. Außer die pinkelnden Pois in unserem Fahrstuhl. Ich will zu jedem Einzelnen nach Hause fahren und meine komplette Blase auf ihrem neuen Sofa entleeren.

II.

Das Grindelhorn war nie weit weg von mir gewesen, nur ein paar Häuserreihen haben zwischen uns gelegen. Ich hätte ein Dosentelefon vom Palast bis zum Grindelhorn legen können, und wenn jemand vorbeigekommen wäre, der keine Liebsten in seinem Leben hat, hätten wir uns bis in die Nacht anseufzen können. In einen richtig leidenschaftlichen Seufzer kann ich all meine Gedanken und Gefühle legen, und das richtige Menschlein wird es verstehen. Da braucht es kein langes Zerreden, kein Zerkauen. Mein Seufzer kann intimer sein, als eine nasse Zungenspitze ins Ohr gesteckt zu bekommen.

Ich habe versucht zu vergessen, wie meine Kindchenfüße neben den Füßen meines Pappas am Grindelhorn entlanggelaufen sind. Erst jetzt, da ich davorstehe, fühle ich mich wie ein eingefallenes Küchlein. Vielleicht sollte ich heulen, einfach mal alles rauslassen. Ist ja auch beklagenswert, wenn der Paps stirbt und die Mam sich nicht mehr meldet. Lass es laufen, aufplatzen, in alle Richtungen spritzen.

Doch ich bleibe lieber erst mal an der Seite stehen und lehne mich an ein Haus, verschwinde im Schatten. Ich halte meine rechte Hand gegen die Steinwand, wärme die Stelle, wiederhole das an einer anderen Stelle daneben. So viele Gesichter und Fahrräder überall. Meine Decke. Ich will meine Bettdecke hier haben und sie über meinen Kopf ziehen, bis ich mich nicht mehr eingequetscht fühle. Noch sehen alle Gesichter gleich aus, haben nur unterschiedliche Frisuren auf ihrem Kopf sitzen. Es sind zu viele. Mir wird schwindelig, wenn ich versuche, zwischen den lachenden Mündern Zola zu finden. Uns dürften nur einige Meter trennen, aber es flimmert, ich ziehe die Schirmmütze über meine Augen, in meiner Blase drückt es immer noch. Ich versuche, nicht an Schiffe zu denken, die über das Meer tuckeln.

Der Weg ist nicht mehr löchrig, niemand kann stolpern, irgendjemand hat neue Steine in die Lücken gesteckt. Sie sehen auch heller aus als früher, als wären sie poliert worden. Hier könnte ich mich mitten auf den Weg legen, es wäre kein Problem, es wäre weniger krümelig als in meinem Palastbett.

Da, wo Füße über Steine laufen, wird geschrubbt, aber um die Reinigung der Hausschlitze, in denen ich wohne, kümmert sich niemand. Gern würde ich einen Poi buchen, der die Schlitze putzt, der seifiges Wasser auf den Boden kippt und schrubbt. Vor und zurück, Reiner, das machst du gut. Siehst du, dahinten liegt ein Trinkgeld für dich. Aber erst mal müssen auch die Wände wieder weiß werden.

Von meiner Energie einer Lebefrau ist nichts mehr übrig, seit ich hier stehe.

Ich schaue auf meine Füße, die auf Größe fünfunddreißig geschrumpft sind und an Pappas Grab ohne Stein und Namen stehen. Ich erinnere mich an den Gedanken, dass ich es unfair finde, dass er und nicht ich in ein Loch geworfen wurde. Mich hat niemand gefragt, ob ich nicht Interesse hätte, in einem Grab zu liegen.

Dass ich erst tot sein muss, um begraben zu werden, verstehe ich nicht. Wenn ich das will, dann muss das doch möglich sein. Vielleicht hätte ich mir vor meiner Beerdigung Gänseblümchen ins Haar geflochten, mein Gesicht noch mal eingeölt, hätte nur meinen Körper beerdigen lassen. Mein Kopf würde noch aus dem Boden ragen, damit meine Liebsten ihn tätscheln können, falls sie mal in der Gegend sind und mich besuchen kommen. An meinem Grab müsste niemand weinen, weil ich tot, unfreiwillig und viel zu früh aus dem Leben geschieden wäre, sondern bloß, weil ich aus freien Stücken mit Erde zugeschaufelt werden wollte. Mit jedem Schäufelchen könnte ich eine Geschichte erzählen, in der ich etwas Schlaues getan oder gesagt hatte. Vielleicht, dass ich mal Frösche in einem Bottich im Palastkeller gezüchtet habe. Ich sehe mich, wie ich vor dem Grab ohne Blumen stehe und der Neid hochschwappt, dass ich über der Erde bleiben muss und der Pappa nicht.

Meine Hand kann die Steinwand nicht mehr wärmen, die Steinwand hat mir die Wärme ausgesaugt, meine Innenfläche ist kalt und tut weh. Neben meiner Blase tickt auch mein Darm aus. Sie zwingen mich, weiterzugehen, nicht ewig zu verschnaufen. Ich trete aus dem Schatten, und gleich hagelt es Blicke. Die Pois sitzen an der Seite, halten Bier, Brause, was weiß ich, in der Hand, sitzen zusammen mit Freundinnen und Freunden. Sie treffen sich an einem gewöhnlichen Nachmittag, um ein Bier zu trinken, und sehen nicht aus wie Zola und ich. Ihre Bodis signalisieren mir, dass sie sich sicher fühlen, sich immer sicher gefühlt haben.

Wo sie auf einmal alle herkommen, will ich die Freundinnen und Freunde fragen. Warum sie auf dem kalten Bordstein statt auf Stühlen sitzen.

Ich erinnere mich an den Gedanken, dass ich gern so einen herzförmigen Haaransatz wie Ehefrau Lore hätte, die auf der anderen Seite vom Erdhaufen, der ein Grab sein soll, steht und mich bisher nicht einmal angesehen hat. Als würde ich mich auflösen oder als wäre ich gar nicht erst geboren worden, wenn sie mich nicht anschaut. Ihre schwarzen Haare hat sie streng zurückgekämmt, ihr Haaransatz läuft in der Mitte oben an der Stirn zu einem kleinen Zipfel aus. Ich müsste ihr bloß mit einem roten Stift den Rest auf das Gesicht malen, die Linien an ihrem Kinn zusammenlaufen lassen. Dann hätte sie ein Herzgesicht. Hat sie mal in den Spiegel geguckt und sich gedacht, oh, fast ein Herz? War das schon als Kind so, oder ist der Haaransatz erst mit der Zeit herzförmig gewachsen?

Meine Zola entdecke ich abseits von den Freundinnen und Freunden, die nicht aussehen wie wir, die eine Hand in das Fell eines strubbligen Hundes gegraben. Neben ihr steht eine unserer pinken Taschen, die im Palast im Keller rumliegen. Sie könnte sie einfach mitgenommen haben, oder Kala hat ihr wenigstens eine Tasche für ihre Sachen gegeben, bevor sie sie vor die Tür gesetzt hat. Noch hat sie mich nicht gesehen, sie wuschelt durch das Fell, sieht müde aus. Erst als ich mich vor sie stelle, schaut sie hoch. So habe ich meine Zola noch nie gesehen, ihre Gesichtshaut hängt, so als hätte sie schon aufgegeben. Ich nehme mein Fon aus der Tasche, sie nimmt ihres auch in die Hand.

Halloo

Hallo

Ich hocke mich zu ihr runter, klemme meine Arme unter ihre Achseln und drücke sie fest an mich. Ich merke, wie der Hund an meiner Pobacke schnüffelt. Da gibt's kein Leckerli. Tsch, tsch.

Sie umarmt mich lasch, hat kaum Kraft. Es beginnt unter meinen Augen zu brennen, die Säure steigt auf. Ich blinzle und lasse es auf Zolinchens Schulter laufen. Da ich sie jetzt rieche, platzt es aus mir heraus, sie hat mir so gefehlt. Ich heule wie ein Wasserfall und tippe hinter ihrem Rücken eine Nachricht.

Tut mir soo leid

Ich schniefe und fange an zu hicksen. Ich sehe schon gar nichts mehr vor lauter Tränen. Mein Brustkorb zuckt, ich drücke sie noch fester an mich. Sie lässt sich von mir quetschen, und ich will ihr damit beweisen, dass ich keine Bubi bin. Ich bin keine Bubi. Ich bin doch wirklich bitte keine Bubi.

schon gut

Der Hund fängt an zu winseln, ich drehe meinen Kopf zu ihm und zeige ihm mein nasses Gesicht. Zotteln hängen über seinen Augen, die ich ganz reizend finde, aber weniger gefällt mir der Geruch, der sich aus seinem Maul in meine Nase schlängelt.

»Der stinkt wie eine Kuh aus dem Pöps«, sage ich, erschrecke mich über meine heisere Stimme, und Zola lacht ganz schwach.

»Das ist ein Mädel.«

»Dann stinkt eben die wie eine Kuh aus dem Pöps.«

Ich spüre, wie meine Schulter nass wird, ihr kullern stumm die salzigen Tropfen runter.

Ist deine schwesti sauer?

Der monat ist noch nicht vorbei

ich hab. ganz viel casch gemacht!!

Das ist alles für dich und sie

4200!!

Sie drückt mich noch einmal an sich und versucht, sich aus meinem Griff zu lösen. Ich lasse sie los, und wir wischen uns gegenseitig die Gesichter mit dem Handrücken trocken. Als ich über meine Lippen lecke, schmecke ich Salz.

»Ich weiß, wo wir auf Klo gehen können«, sage ich.

Meine Zola hat keine Jacke an, ich ziehe meine äußerste Jacke aus, die neu riecht, nach Chemie oder so, und reiche sie weiter an meinen schwachen Knubbel, nehme ihre Tasche auf meine Schulter. Nicht mehr lang, und ich mach mir in die Hose, aber ich will Zola und ihren Hund nicht stressen. Während sie sich die Jacke anzieht und die Seitentaschen auf Inhalt prüft, tippe ich dem Hund auf den Kopf, mache ein Foto von ihm. Sie hält ihre nasse Nase in die Kamera und schnüffelt. Dabei fällt mir auf, dass sie gar keine Hundel-, sondern Menschelaugen hat. Ich stecke das Fon weg, lege meine Hand auf ihren Kopf. Ganz raues Fell. Wir gucken uns an, und das reicht mir für den ersten Kontakt.

Zola hält den Tampon aus der Jackentasche in der Hand, zuckt die Schultern und steckt ihn zurück.

»Kann ich gut gebrauchen«, sagt sie und greift nach meinem Bein, zieht sich daran hoch, klopft sich ihren Hintern ab. Ich weiß, dass die mit dem Bier oder der Brause oder dem was auch immer uns gerade beobachten, aber ich mache keine Schau für sie, ich belohne sie nicht mit meiner Aufmerksamkeit.

»Wo kommst du denn her?«, frage ich das Hundel, während wir weiter die Straße hochgehen.

»Ich hab sie bei einer toten Frau gefunden. Sie lag auf dem Bauch, wahrscheinlich hat ihr jemand mit der Flasche auf den Kopf gehauen. Und der Hund saß da noch festgebunden. Ich hab die dann mitgenommen. Ich mag Hunde voll«, sagt Zola. Ich gucke die Feuchtnase an, die neben uns hopst, und weiß, was sie meint, nur ihre ernsten Augen machen mir Angst.

Café Keese steht da oben dran, die Fensterrahmen sind noch alt, das Milchglas an der Tür ist weiter undurchsichtig. Hier wurde der Gehweg mit Spucke poliert, aber das Café Keese sieht aus, als hätte hier erst gestern noch mein Vatar auf der Fensterbank gesessen. Statt uns haben sich aber die mit dem Bier in der Hand bis vor das Fenster auf der Bank ausgebreitet, jeder Zentimeter ist mit Hinterteil belegt. Ich würde gern einen Schneeschieber nehmen und sie in einer Bewegung runterschieben, sodass sie auf ihre Flasche fallen und mit der Nase im Flaschenhals stecken bleiben.

»Ich warte hier«, sagt Zola und hockt sich zum Hundemädel, entknotet mit ihren Fingernägeln einzelne Zotteln auf dem Rücken. Ich sehe, dass sie den Blicken auch ausweicht, so als gäbe es zwei Gleise, eines für uns, eines für die.

Ich stecke meine Hände in die Jackentasche und sehe aus dem Augenwinkel, wie eine Brille hochgeschoben wird.

Ich bin unsicher, ob ich mir wünschen soll, dass meine gute Donkski hinter der Tür wartet, oder ob lieber nicht. Was sollen wir reden, was wird sie von meinen stoppligen Augenbrauen halten, die Schirmmütze sieht auch nicht aus, als hätte ich es geschafft im Leben.

Hinter der Theke steht ein Poi, der ganz sicher nicht Donka ist. Natürlich mit Brille, wobei ich ihm wirklich überhaupt nicht abnehme, dass er diese Brille braucht. So viele Pois mit schwachen Augen kann es gar nicht geben, das wüsste ich doch. Er trägt einen Ring durch die Nase wie eine Milchkuh, reibt den Rand von einem Bierglas mit einem Tuch und unterhält sich mit einem anderen Poi, der auf Donkas Barhocker sitzt. Ich frage gar nicht erst, will überhaupt nicht darüber diskutieren, ob das jetzt okay ist. Ich biege direkt rechts ab, in das Klo, und schließe die Tür hinter mir mit dem kleinen Schlüssel ab, der steckte. Die Tasche lasse ich auf den Boden gleiten, zuppel mir schon an der Hose rum, während ich zum Klo gehe.

Es klopft, als ich meinen Unterbauch endlich entspannen und mich entleeren kann. Über meinem Kopf platzen Feuerwerkskörper, und ich verdrehe die Augen. Dieses Gefühl ist der Wahnsinn, ich fühle mich befreit.

Es klopft wieder, und ich frage mich, was ich genau machen soll, denn verhindert werden kann es jetzt eh nicht mehr. Ich sitze schon auf der Schüssel, werde gleich das Wasser aktivieren und einen Teil von mir ins Erdinnere schicken. Also lasse ich mir Zeit, schaue mich ein bisschen im Raum um. Er wird wohl kaum die Tür eintreten, nur weil ich das Klo benutze.

Sie haben Donkas Klo gegen ein normales ausgetauscht.

Ansonsten hat sich nicht viel verändert, außer dass Donkas Spuren verwischt wurden.

Ich wickle mehrere Schichten Klopapier um meine Hand, das wird teuer, mein Freund, ich bin kurz davor, den ganzen Raum mit Klopapier auszulegen oder unter Wasser zu setzen.

Neben dem Waschbecken steht eine alte Bierflasche, auf die sie so eine Pumpe geschraubt haben. Daraus kommt die Seife, von der ich zwei Handflächen voll nehme.

Wenn Donka gestorben ist, dann hat sie sicher nicht gewollt, dass hier eine Bierflasche als Seifenspender steht, so etwas wäre nichts für sie gewesen. Und niemals, wirklich niemals, hätte sie ihr Spezialklo aufgegeben. Donka muss entführt worden sein, an den Haaren wurde sie aus dem Laden gezogen und verschleppt. Vielleicht in eine andere Stadt, vielleicht höchstpersönlich von dem Poi mit der Brille.

Ich schrubbe mir die Seife ins Gesicht, passe auf, dass mir nichts in die Augen kommt. Dann werden die ganz rot, und sie werden denken, dass ich geschluchzt oder Heuschnupfen habe. Es fühlt sich so schön an, endlich die klebrigen Hände zu waschen. Es sind nicht mehr als vierundzwanzig Stunden, seitdem ich Wasser gesehen habe, und meine Hände sehen nicht mehr aus wie vorher. Das geht ruckzuck. Als wären es die Hände einer anderen. Klebrig, und unter den Fingernägeln sammelt sich schnell Dreck, vor allem wenn ich sie nicht schneiden kann und der schwarze Rand zusammen mit dem weißen nach oben wächst. Doch jetzt schrubbe ich alles sauber, gehe mit der Spitze des Schlüssels, der in meiner Jacke steckte, unter meinen Nagel und beseitige die schwarze Linie. Ich setze auch meine Schirmmütze ab und versuche, meine Kopfhaut von dem Talg zu entfernen, ohne die Haare komplett nass zu machen. Wenn ich meine halben Augenbrauen so ansehe, gefällt mir das wirklich gar nicht mehr, aber es sieht so aus, als würden sie in einer Woche nachgewachsen sein. So lange trage ich Schirmmütze auf der Höhe der Augenbrauen. Es nützt nichts.

Ich schreibe in die Gruppe, die verstummt ist.

Bild gesendet: Zolas Hund

Hab Zola gefunden sie hat jetzt ein Hündchen

@ibli3000 Kommt zurück!!

Wir streiten mit Kala

Mega süßer HUND

Wir wollen den Palast kaufen

alle zusammen

ihr könnt auch!

Ui

wie das

?

o wir
zahlen weiter miete und
und kaufen so

das will Kala???

haha ne

wir aber

heheheh

Als ich die Tür aufschließe, steht der Poi mit Brille direkt vor der Tür und hat die Arme verschränkt wie ein Lehrer im Ruhestand. Er guckt an mir vorbei, scheint irgendwas zu suchen, doch ich lasse mich davon nicht irritieren, freue mich über den seifigen Geruch, den ich in der Luft verteile.

Er sagt: »Die sind nur für Kunden.«

»Das gehört Donka«, sage ich.

Er fragt: »Wem?«

Aber ich drücke mich an ihm vorbei, streife mit der Schulter seinen Arm. Wäre ich ein Kätzchen, würde ich ihn wie einen Baum markieren, meine Eiweißdrüsen an ihm abreiben.

Ihn und die anderen Brillen im Raum beachte ich nicht weiter, gucke mich um, fasse die Theke an, einen leeren Hocker mit Zebramuster. Da entdecke ich mein Äffchen Harry in der Ecke hinter der Bar. Sie haben eine Küchenrolle auf seinem Kopf abgestellt, sein Fell sieht stumpf aus, nicht mehr gepflegt. Sein Mund ist immer noch aufgerissen, und ich verstehe ihn, höre seinen Schrei.

Die Brille sagt: »Hey.«

Aber ich bin schon hinter die Theke geschlichen und hab Harry unter meinen Arm geklemmt.

Ich hole dich hier raus, du kannst mit uns kommen. Das ist kein Problem, für einen ausgestopften kleinen Freund ist immer Platz. Zola hat ihren Zottel, und ich hab Harry.

Eine andere Brille sagt: »Ruf doch lieber die Bullen.«

Ich bleibe vor der Tür zum Nebenraum stehen. Sie ist nur angelehnt, und ich stecke mein Näschen durch den Spalt, will sehen, ob dort auch eine Brille sitzt. Doch da sitzt stattdessen ein alter Poi im Karohemd, ein Poi, der vielleicht übrig, seit Jahren kleben geblieben ist. Vielleicht lassen sie ihn auch als Ausstellungsstück dort sitzen. Er drückt die Knöpfe am Automaten und sieht mich überhaupt nicht. Aber ich sehe seine Augen durch die Lichter glänzen, die Delfine über sein Gesicht huschen. Ob sein Magen leer ist, seine Kehle trocken? Da steht kein Wasserglas neben ihm, und er selbst ist ganz dürr, bewegt sich minimal, nur den Finger, der von dem ganzen Gedrücke ganz muskulös sein muss, und die Augen, denen von dem ganzen Gerolle vermutlich ganz schwindelig wird. Willst du einen Dürum, frage ich fast, und mein Auge zuckt. Reiß dich los, störe ihn nicht, er will entspannt den Knopf drücken, nichts weiter. Ihr kennt euch gar nicht.

Ich sehe, wie mich Ehefrau Lore mit ihrem Blick straft, sagt, dass ich bei der Beerdigung nichts verloren habe, aber ich habe wirklich vergessen, wie der Weg zurück ist. Ich erinnere mich, dass meine Füße sich nicht bewegen, obwohl ich nicht erwünscht bin. Ich stehe weiter vor dem Grab, starre auf die lockere Erde.

Ihr zahlt das hier nicht, ich muss das bezahlen, sagt Lore zu mir, aber ich bewege mich immer noch nicht. Eigentlich hab ich mir Lore ganz anders vorgestellt, vielleicht eher wie eine Oma, aber es ist nur eine alte Frau, und auch die Herzform macht sie zu keiner Mutter von einer Mama.

Ich sehe, wie sich die Brille neben mich stellt und am Geschirrtuch zupft.

Er sagt: »Gib mir den Affen und geh. Bitte.«

Der Poi vor dem Automaten guckt mich an, direkt in meine Augen, ich ziehe die Mundwinkel nach oben, nur damit heute jemand für ihn die Mundwinkel hochgezogen hat. Damit er später, wenn er müde genug ist, um einzuschlafen, auch die Mundwinkel hochziehen kann. Sein Gesicht bleibt aber ausdruckslos, er stemmt sich hoch und drückt den Türspalt zu, zerquetscht fast meine Nase dazwischen. Ich umarme Harry fest, als die Brille mit der Hand näher kommt. Aber darauf braucht er gar nicht zu hoffen, ich stoße absichtlich ein Glas an einem Brillentisch um. Es klirrt, Geschrei, o weh, das Glas, es ist kaputt, o weh, das Bier liegt auf dem Boden.

Als ich aus der Tür haste, streife ich mit der Hand den Rahmen.

III.

Seitdem ich Harry als Schutzaffel neben uns gestellt habe, drückt sich Zolas Hund Rebekka zitternd an die Wand. Ich pfeife und schnalze mit der Zunge, sage, hey, Rebekka, ist doch nicht schlimm, schnüffel mal dran, es ist bloß unser Besti, der ausgestopfte Affe, aber sie legt ihre Ohren noch flacher an den Kopf und sieht in mir eine Verräterin. Zola will, dass ich das hässliche Fellteil doch einfach in den Müll werfe, aber da werde ich selbst zum Äffchen und schreie, als würde sie mir eine saftige Papaja vorenthalten.

Harry mag jetzt nur noch mit Styropor gefüllt sein, doch seine Haut, sein Fell sind echt. Darunter hat mal ein Herz geschlagen, eine Leber Gifte abgebaut und ein Hirn geknispelt. Das Gesicht muss richtig geformt werden, damit der Ausdruck passt, es ist eine pucklige Arbeit, die tagelang dauert, das kann ich doch nicht in den Müll werfen. Harry, und da bin ich sicher, wurde nicht einfach so für ein ewiges Leben ausgewählt. Er muss ein besonderer Affe gewesen sein, einer, der sich für den Frieden eingesetzt hat, vielleicht.

Es ist so schade, dass Rebekka mich nicht verstehen kann, ich wünschte, dass ich in Gerüchen kommunizieren und ihr mit Hilfe meiner Ausdünstungen erklären könnte, dass Harry nur das Beste für uns will.

Ich muss mich daran gewöhnen, dass der Hund Rebekka heißt, denn das passt überhaupt nicht zu Harry. Harry und Rebekka, das klingt nach Schulkindchen, zu denen die anderen auf dem Flur eklig sind. Aber Zola hat gemeint, dass das der Name ihrer Schwester ist, dann hat sie gelacht und gesagt, nee, doch von der Tante, dann war es aber der einer entfernten Bekannten, und am Ende war es doch nur der Name, der auf der kleinen Marke stand, den Rebekka um den Hals trug, als Zola sie gefunden hat.

Wenn mein Zolinchen von der Familie erzählt, und das ist selten, kann sie nur in einem albernen Ton darüber reden, sodass ich nie weiß, ob es wahr ist, was sie sagt.

Rebekka seufzt und lässt sich auf den Boden sinken, will aber ganz sicher nicht von der Wand weichen. Zola kratzt mit ihrer Hand als Forke über den Hunderücken, kaut auf einem weißen Brötchen, das ich ihr zum Frühstück besorgt habe. Sie muss auftanken, wieder zu der alten kraftvollen Zola werden. Auf dem Asphalt ist alles anstrengender, weil der Bodi immerzu die Temperatur richtig einstellen muss.

»Die wollen den Palast jetzt kaufen«, sage ich zu Zola, während ich ein Stück Brötchen abzupfe und in ihren Mund stecke.

»Willst du zurück?«, fragt sie.

Ich kaue und überlege, bin mir unsicher, was ich sagen soll, denn alles, was ich gerade will, ist bei Zola sein und keine Bubi werden. Bloß keine Bubi werden. Wenn sie mich fallen lässt, dann weiß ich nicht, wie es weitergehen soll.

»Nur wenn mein Zimmer unberührt ist«, sage ich.

Als ich in mein eigenes Palastzimmer gezogen bin, hab ich gedacht, jetzt bin ich groß, habe eine Berufung und ein individuelles Zimmer. Dass Kala sich wie die Oberbossin aufführen würde, nachdem Thorstens Kopf durch die Luft geflogen ist, war mir nicht klar.

»Aber lieber würde ich mit dir und Noa in so eine Wohnung und dass wir da nur zu dritt arbeiten«, sage ich.

»Können wir da nicht bei diesem Lappen einbrechen? Deinem Tjark?«, fragt Zola.

»Ja, und die dann für uns arbeiten lassen wie richtige Luden.«

»Deren Kind kann man ja auch vermieten an reiche Leute, die sich so sehr Nachkommen wünschen, aber selbst keine bekommen können.«

»Richtig teuer machen wir das.«

»Minutenweise.«

»Haha.«

Wir giggeln und stellen uns das Ludinnenleben vor, wie wir den ganzen Tag auf unserer Leinwand Eiskunstlauf gucken, während die Familie sich für uns wund schuftet. Zola zeigt mir ihre Lachfalten, nur ganz kurz, dann erschlafft ihre Haut wieder.

Ich will ihr einfach welche ins Gesicht malen, damit sie sich nicht mehr anzustrengen braucht. Sie hat diese Grübchen, wenn sie lächelt, wie ein Bauchnabel in der Wange, in den alle ihre dicken Finger stecken wollen. Zola schlägt die Finger meistens weg, und auch ich finde, dass nicht überall ein Finger hingehört.

»Kala hat das Trinkgeld nicht an uns weitergegeben übrigens«, sagt Zola, »das hab ich gesehen. Dass sie sich das eingesteckt hat. Deswegen wollte sie, dass ich weggehe.«

Mir bleibt das Brötchen im Hals stecken, und ich haue auf den Steinboden.

»Wie?«, frage ich. »Wie viel denn?«

Ich greife in die große weiße Tüte und hole ein weiteres Brötchen hervor und bekomme meine Augen nicht mehr klein.

»Megaviel, die macht das schon immer. Und Thorsten auch früher, glaub ich.«

Sie fährt sich mit der Hand an der Kehle entlang.

»Der tote Thorsten«, dudel ich.

»Mein Kopf«, sagt sie plötzlich und presst die Augen zusammen.

Mit zwei Fingern drücke ich von der Seite in ihre Birne und tipple an der Seite entlang, laufe Trab über ihre Haut. Warum tust du weh, Schädel? Hast du einen schlechten Tag? Zu viele Bilder gestapelt? Das kenne ich, Schädel, wir alle kennen das, aber deswegen musst du noch lange nicht wehtun. Stell dir einfach vor, dass der Steinboden ein windelweiches Kissen ist, auf das du bei Nacht gelegt wirst. Denkst du hart, denke weich. Denkst du kalt, denke warm.

Ich drücke mit den Zeigefingern feste in Zolas Schläfe, in die Schmerzpunkte, fordere sie zum Fingerdrücken auf. Irgendwo hab ich das mal gelesen, dass wir bei Bratzenschmerzen den Finger in die Schläfe drücken sollen. Zola zieht eine Schnute, und ich gebe ihr einen Bussel auf die Stirn, die mir unter meinen Lippen sehr warm vorkommt. Gleich ist es vorbei, halte es noch ein paar Sekunden aus.

Ich streiche über ihre Haare, vom Scheitel bis zu den Haarspitzen, und ziehe die Schmerzen über die Haare raus, schnipse sie zur Seite weg. Genau fünfmal mache ich das, streichen und ziehen und schnipsen. Weg damit.

Damit ich auch keinen Tropfen Schmerz vergesse, streiche ich auch über ihre Schultern. Zola lässt sie hängen, Rebekkas Brustkorb hebt und senkt sich unter Zolas Hand, doch ihr linkes Auge geht alle paar Sekunden auf, guckt, ob Harry sie aufessen will.

Seitdem ich hier draußen schlafe, habe ich gemeine Träume, aber nicht, weil es in den Schlitzen so eklig ist, sondern weil ich nicht durchschlafe. Bei jedem Geräusch erzucke ich, reiße die Augen auf, mache mich bereit, meine Zola zu verteidigen. Meistens donnert nur jemand am Schlitz vorbei und sieht uns gar nicht, manchmal bebt auch nur Rebekka im Schlaf, fiept, weil sie wahrscheinlich im Traum ein Hasilein sieht, das über eine Wiese tollt. Sie kann das besser mit dem Schlafen im Schlitz.

Wenn ich von einem Geräusch aufschrecke, wachen Rebekka und Zola mit mir auf, schauen mich mit vernebelten Augen an. Ihre Gesichter sind vom Schlaf geschwollen. Droht keine Gefahr, schwabbel ich wieder weg, träume von Jägern, die brabbelnde Bebis auf einer Wiese abschießen, träume, dass ich die Wiese bin.

Zola lässt kurz ihre Grübchen tiefer werden, sagt: »Das tut gut«, und lässt sich langsam auf meinen Schoß sinken, legt ihren warmen Kopf auf mein dünnes Beinchen.

So müssten wir in der schönen hübschen Wohnung auf dem großen imposanten Bett liegen. Auf dem Teeregal steht ganz sicher ein Tee, der bei Schädelschmerzen und schwachen Gliedern hilft, so einen Tee würde ich dort ganz sicher finden.

Mir wird auch ganz heiß, wenn ich an die Warze denke, die diese Wohnung fast kaltblütiger verteidigt hat als Tjark.

Zola atmet immer langsamer, grunzt ein bisschen, während am Grindelhorn mehr und mehr Blicke in unsere Richtung fallen.

Seid ihr Milchbrötchen wach, ja? Dann seid mal so aufgeweckt und geht weiter. Mein Gesicht ist finster, hier wird keine Freundlichkeit verschenkt, kein bisschen bekommt ihr von mir gratis. Ja, genau, ich vermiese dir den Tag mit meiner Finsternis. Alles andere spare ich mir für Zola, Noa und meinen kleinen Sauger auf.

Ich lege meine Hand auf Zolas Stirn, dabei verbrenne ich mich fast. Sie ist ein Feuerball, der schwitzt.

»Hu, hey, guten Morgen, Zola, hallo, du glühst.«

Doch sie öffnet nur halb ihre Augen, aus ihrem Mund kommt ein Stöhnen, das nicht sexi klingt, sondern wie ein Mann in der Wüste, der vertrocknet.

Ich ziehe eines meiner engen Oberteile aus und kippe eine Wasserflasche darüber, lege das Nasse auf Zolinchens Gesicht, nur die Nase und der Mund bleiben frei.

Ich weiß doch, dass ein glühender Feuerball nicht auf einem Hals sitzen sollte, dass der da ganz und gar nicht hingehört.

»Hey, huhu, sag mir, tut dir was weh außer der Kopf?«, frage ich, und meine Stimme klingt blechern, irgendwie weit weg. Doch sie antwortet nicht, zeigt nur auf ihren Feuerball und ihren Rücken.

Die Pois am Grindelhorn gucken uns doller an, als würden wir eine Seuche verbreiten, wenn wir hier an der Seite sitzen, eine von uns Fieber hat und die andere versucht, wie ein Killerwal aus der ewigen Finsternis auszusehen.

»Vielleicht ist dein Hirn entzündet«, sage ich und lese ihr etwas von meinem Bildschirm vor: »Sollte das Fieber mehrere Tage andauern, suchen Sie einen Arzt auf. Sagt fieber.net.«

»Ich hasse Ärzte«, meckert Zola, »die sind grob und gucken so.«

»Wie gucken die?«

»Als ob die nie weinen.«

»Oh, schau, vielleicht hast du auch einen Tumor.«

»Nie, nie gehe ich zu so 'nem Desinfizierten.«

»Aber wenn du stirbst?«

»Dann muss ich wenigstens nie wieder arbeiten und kann endlich entspannen.«

»Hier, Vroni hat doch 'ne Ausbildung fürs Krankenhaus.«

»Echt?«

»Ja, die hat auch immer so Salbe gegen Scheidenpilz.«

Als Kindchen hatte ich Fieber. Aber so richtig, mit Spucken und Kreischen und Husten und einer Ärztin mit Gummibärchen. Du kriegst eines, wenn du mir deinen Pöppes zeigst, hat sie gesagt, und ich fand nicht, dass wir einen fairen Tausch vereinbaren, dass mein Pöppes doch mindestens drei Gummibärchen kostbar ist. Da wusste ich ja noch nicht, wieso sie überhaupt meinen Pöps angucken wollte.

Vielleicht würde ich Zola ins Krankenhaus kriegen, wenn ich ihr eine Belohnung verspreche. Für Erwachsene reichen drei Gummibärchen natürlich nicht. Hätte ich ein gefülltes Warzenportmonee, könnte ich ihr drei Scheine bieten. Drei Scheine plus Gummibärchen, und du zeigst dem Arzt dein Hinterstes?

Bild gesendet: Zwanzig Leute hocken vor unseren Zimmern.

besetzt!

!!

Rebekka vibriert, aus ihren schmalen Lippen rollt das Knurren. Ganz flach liegt sie auf dem Boden und versucht auch, wie ein Killerwal auszusehen. Ihr Knurren wird immer lauter, bis ein Bellen ihren Mund verlässt. Da wende ich den Blick von meiner Zola ab, die immer noch auf meinem Schoß liegt, und ich kann nicht sagen, ob sie schon anfängt zu vertrocknen oder nicht, und ich schaue in die Bellrichtung, direkt ins Gesicht von einer Frau mit einer Flasche Cola in der Hand, die auf uns zustiefelt. Daneben, und das fasse ich ja nicht, stolziert der Kratzige in seiner Uniform.

Ich erinnere mich noch genau an seinen Hodensack, als hätte ich ihn erst vor einer Sekunde mit meiner Hand geknetet. Nicht so doll, hat er gesagt, nur ein bisschen, ganz lieb. Ich bin doch immer lieb, hab ich gesagt und aus Scherz kurz feste zugedrückt. Da hat er gezuckt, der kleine Kratzige, oder sollte ich jetzt besser kleiner Oberkommissar sagen?

»Habt ihr den im Griff?«, fragt die mit Cola und zeigt auf Rebekka, deren Oberlippe durch das Knurren flattert.

»Jawohl«, sage ich und bin kurz davor zu salutieren, meine Hand zittert schon, will flach an meinen Kopf gehalten werden.

Der kratzige Kommissar weicht meinem Blick wie einer lästigen Fliege aus. Na du, will ich sagen, weißt du noch, wir kennen uns. Dabei würde ich die Knetbewegung noch mal machen, damit er sich auch ganz genau daran erinnert.

Er trägt vor: »Wir wurden wegen eines Diebstahls- und Hausfriedensbruchsdeliktes kontaktiert«, und schaut mir mit einer Härte in die Augen, die mein Hirn erfrieren lässt.

»Oh«, stöhnt Zola und drückt sich mit zitterndem Arm hoch, ihr kleben die Haare nass an der Stirn, und ihre Haut ist solide ergraut, »oh was?«

Ich lehne mich gegen sie, damit sie nicht zur Seite kippt.

»Der Gegenstand gehört zu Herrn Müllers Inventar«, sagt die Cola und zeigt auf unseren Affen.

»Harry gehört Donka«, fasel ich.

»Wer?«

»Jawohl, meine ich«, sage ich mit kräftiger Stimme.

Der Kommissar und die Cola gucken sich an, tauschen vermutlich Gedanken aus, die ich nicht entschlüsseln kann.

»Die Ausweise einmal bitte«, sagt die Cola.

Vielleicht bekomme ich auch Fieber, verbrenne vor Aufregung auf dem Asphalt. Ich gebe ihnen meinen und beginne, in Zolas Tasche zu wühlen, suche nach der verdammten Karte mit einem Foto von ihr darauf, finde sie Göttinnenseidank unter einem Handtuch.

Er sagt: »Bitte auch die Anmeldebescheinigung.«

Sein rechtes Augenlid zuckt. Da hast du wohl auch an das Kneten gedacht, und ich ärgere mich, dass ich dich so gut geknetet habe. Hätte ich durchschnittlich geknetet, hättest du mich vielleicht vergessen, dann wäre ich ein symmetrisches Gesicht von vielen auf der Straße, aber nicht die Kneterin aus dem Palast, die ihre »Anmeldebescheinigung« vorzulegen hat.

»Woher weißt du das?«, fragt die Cola den Kommissar, und er antwortet ihr nicht, sondern fixiert meinen kleinen Kopf.

»Achim?«

»Was denn?«

»Woher weißt du das?«

»Später, okay?«

»Hast du?«

»Susanne.«

»Hast du?«

»Reiß dich zusammen.«

Sie schaut mich an, in ihren Augen steigt das Wasser hoch, bis ich denke, dass sie mich wie durch ein Aquarium hindurch sehen muss.

»Die liegen im Palast bei der Inhaberin«, trage ich vor und setze mir ein Lächeln auf. Bringe sie mit Freundlichkeit um, frage höflich, bevor du ihren Kopf abschneidest. Zola zuckt neben mir, schüttelt sich fast.

»Habt ihr?«, fragt die Cola mich.

Er kocht: »Jetzt hör auf, Susanne.«

»Mein Kopf«, ächzt Zola und wird von einem Kälteschauer geschüttelt. Mit meinen Augen stelle ich alles um uns herum unscharf, da sind nur noch verschwommene

Gestalten, niemand von Bedeutung. Nur meine Zola sehe ich gestochen scharf, nur ihr widme ich meine ganze Aufmerksamkeit. Wir beide. Ich beobachte drei kleine Wulste, die sich zwischen ihren Augenbrauen gebildet haben, und drücke meine Lippen dagegen.

Dank

Ich danke Meike Herrmann für die tolle Agentinnenarbeit, Angelika Künne für die bereichernde Zusammenarbeit, Olga Grjasnowa für Input und Zuspruch im Recherche-Seminar am Literaturinstitut Leipzig, als ich noch ganz am Anfang des Projekts stand, Jörn Dege für das Beantworten meiner nervösen Mails, allen Beteiligten der Werkstatt für Junge Literatur 2020 in Graz für das produktive Feedback, insbesondere Liliane Studer für die präzisen Anmerkungen, Thorsten Dönges und Julia Franck sowie allen Autor*innen der Werkstatt 2021 des Literarischen Colloquiums Berlin für die intensive Textarbeit, Florian Kessler für das ausführliche Feedback, der Jürgen-Ponto-Stiftung für die Unterstützung und der Stadt Pfaffenhofen sowie der Jury des Lutz-Stipendiums 2021 für die richtig tolle Schreibzeit im Flaschlturm.

Außerdem möchte ich meiner Familie und meinen Freund*innen für alles danken: Jelena, Tobias, Ilona, Louise, Hannes, Carla, Banu, Janne und Eleonore.

Textnachweis

Auf S. 20 singen die Delfine *Daddy Cool* von Boney M.
Musik und Text: Frank Farian, George Reyam
© Far Musikverlag Gmbh & Co. Kg
Mit freundlicher Genehmigung von Sony Music Publishing (Germany) GmbH
Auf S. 131 interpretiert Ibli den Song *Touch Me Again* von den Petrol Girls neu.
Musik und Text: Lauren Beatrice Aldridge / Manfred E. Herzog / Leipa Kuraite / Joseph Howard Martin York
© by Bomber Music Ltd.
Für Deutschland, Österreich, Schweiz: Platz Musikverlage GmbH
Auf S. 154 hört Lackschuh Barry White's Song *Never, Never Gonna Give Ya Up*.
Musik und Text: Barry White
© Universal Music GmbH